KB150153

大河小說 주역 ①

연진인의
천명재판

김승호 지음

도서출판 선영사

머리말

대하소설 《주역(周易)》을 말하기에 앞서 주역이 무엇인가를 먼저 말하는 것이 순서일 것 같다. 흔히 항간에서는 주역을 신비한 점술서(占術書) 정도로 생각하고 있는데, 이것만으로는 주역을 잘 이해했다고 볼 수 없다. 물론 주역 이론(理論)이 점(占)치는 일을 가능하게 하지만, 그 무엇보다도 원리(原理) 그 자체가 중요하다.

주역은 천지 만물의 뜻을 유별(類別)하고, 그 변화와 작용을 설명하고 있다. 주역을 완전히 이해하게 되면 만물의 뜻과 생성(生成), 그리고 변화와 종말을 알 수 있다. 주역은 시간을 거슬러가기도 하고 앞서가기도 하기 때문에 점치는 일도 가능할 수 있다.

공자가 뒤늦게 주역을 접하고 심취하게 된 까닭도 바로 여기에 있다. 주역을 평생 머리맡에 놔두고 공부했거니와, 명(命)이 짧아 주역을 완전히 터득하지 못함을 한탄했다고 한다.

공자처럼 위대한 성인이 단순히 점치는 일을 가지고 이토록 주역에 매달린 것일까? 결코 그렇지 않을 것이다. 앞에서도 언급했듯이 주역에는 자연의 모든 원리와 사물의 뜻과 변화 등이 담겨져 있기 때문에 이 소설 《주역》에서는 단순히 인간계에 국한하지 않고 천선계(天仙界)까지 다루었다.

사실 주역은 성인과 세속(世俗)의 학자·일반인 모두 필독서이다. 최근에는 서양에서도 주역을 공부하고 있으며, 특히 수학자나 물리학자들 간에 연구되고 있다. 이는 주역의 주요 이치가 특정한 어떤 사물에 국한되어 있지 않고, 우주 자연의 보편적(普遍的) 진리로써 인식되고 있다는 뜻일 것이다.

주역이 만들어진 시기는 정설(定說)은 없지만, 대략 5000여 년 전으로 추산되며 당시에는 주역 외에도 연산역(連山易)·귀장역(歸藏易) 등이 있었다고 하는데, 그 원리는 다른 것이 아니다. 왜냐하면 주역은 자연 원리를 기술한 것이고, 자연 원리는 예나 지금이나 한가지이기 때문이다. 단지 주역의 구성은 음양(陰陽)이원(二元)으로 되어 있어서, 우주 만물의 근원을 극명(極明)하게 드러내 보이고 있다.

연산역이나 귀장역 등도 주역과 같은 형식으로 되어있었는지는 밝혀지지 않았지만, 주역이 이토록 단순한 이치로 무한대의 자연을 설명하고 있다는 것만으로 숙연함을 느끼게 한다.

그런데 주역이 만들어진 시기에는 현재와 같은 집이라든가 문자 등이 없었으며, 주거 환경도 전혀 달랐던 것이다. 그런데 이와 같은 시대에 주역의 광대한 이론이 어째서 필요했을까? 이러한 문제에 대한 답은 독자들의 몫으로 남겨놓고 싶다.

혹자(或者)는 주역이 신선들이나 성인들의 책으로, 인간 세상에 알려지게 된 것은 오랜 세월이 흐른 후라고 말한다. 어쨌거나 현재 우리 곁에 주역이 있고, 우리는 그것을 손쉽게 공부할 수도 있다.

이 소설은 바로 주역 그 자체와 그 이론을 공부한 사람들의 얘기를 다루고 있다. 물론 대하소설 주역은 인간 세상에만 한정하지 않고 천계(天界), 혹은 온 우주의 신선(神仙)들에게까지 확장했다. 특히 범속(凡俗)한 한 인간이 우주 전체의 당면한 위기를 해결하는 이야기는 우리의 탐구욕을 크게 분발시키고자 함에 있었다.

그러므로 필자는 여기에서 새로운 세계관 내지 인생관을 제시하고자 했다. 그것은 천계나 신선계가 인간 세계와 공영권(共榮圈)을 이루고 있다는 필자의 생각에서 나온 것이다. 즉 인간 세계의 확장이 바로 천계일 뿐만 아니라, 여기서 단절이나 초월이 존재하지 않는다는 뜻으로 해석해 주기 바란다.

그리고 이로써 인간이 살아가는 무대가 한없이 넓은 우주 자체라는 것을 강조했다. 인간은 단순히 이 세상에만 살고 있는 것은 아니다. 시간은 시작과 끝, 그리고 저 멀고 먼 우주나 천상계까지가 바로 우리의 사회인 것이다. 따라서 우리는 영원하고 무한한 세계의 구성원이고, 하늘과 더불어 평등할 수 있다.

이 소설에서 옥황상제·염라대왕 등 우리 귀에 익숙한 천인들이 등장하고, 그 외에도 수많은 신선들이 등장하고 있다. 주역의 이치는 모든 세계에 통용되기 때문에 등장인물과 배경을 넓혀 다룬 것이다. 이야기는 물론 역사적 사실을 묘사한 것은 아니고, 어디까지나 허구의 이야기들이다.

하지만 여기에서 다루고 있는 주역 이론은 사실 그대로일 뿐만 아

니라, 그 응용 범위가 한없이 넓다는 것을 보여주고 있다. 독자들은 이 책을 통해 주역이 어떠한 것이라도 충분히 알 수 있게 해줄 뿐만 아니라, 인간을 초월하는 공부도 할 수 있음을 알 수 있을 것이다.

이 책이 집필 된 지가 5년이 좀 넘었지만 〈문화일보〉의 연재를 통하여 이제야 세상에 나오게 되었다. 필자는 이 책의 내용을 널리 알리고 싶었기 때문에 단행본으로 출간 된 것을 몹시 기쁘게 생각한다.

끝으로 이 책이 나오기까지의 배경을 약간 밝히고 싶다. 당초 이 책에 '소설 주역'이라 이름을 지어준 분은 〈문화일보〉의 회장이신 경산(經山) 이규행(李揆行) 선생이다. 경산 선생은 이 책을 미리 읽어보시고 세상에 내놓을 만하다고 연재를 허락해주었다. 나는 경산 선생에게 큰 감사를 드린다. 그리고 탁월한 식견으로 이 책의 내용을 평가해 준 선영사의 장상태(張相泰) 편집주간님과 나에 대해 크게 배려해 주신 선영사의 김영길(金永吉) 사장님께도 감사를 드린다.

이 책을 무한한 지혜를 추구하고 고귀한 일생을 영위하는 분들에게 바친다.

1994년 늦은 가을에……

지은이 초운 **김승호**

차례

정(井)마을의 촌장(村長)

사공 박씨는 황급히 물가로 내려오면서 강 건너편 나루터를 바라보았다. '사공', '사공' 하고 외쳐대는 앳된 목소리가 계속 들려왔다. 강 저쪽 편에 다른 사람은 보이지 않고, 웬 어린아이 혼자 열심히 손을 흔들며 있었다. 어린아이 혼자라서 박씨는 조금 의아한 느낌도 들었지만, 아마 저쪽 뒤 숲 속에서 일행이 곧 뒤따라 나타나겠거니 생각하면서 능숙한 솜씨로 배를 출발시켰다.

소양강 상류인 이곳은 산이 깊고, 주변에 인가가 없어 인적이 아주 드문 곳이므로, 어린아이가 혼자 오기에는 힘든 곳이었다. 더욱이, 지금은 한여름철이기는 하지만 여행객도 다니지 않는 이 깊은 산중에, 어린아이가 혼자 찾아왔다면 정말 이상한 일이었다. 하지만 박씨는 그동안 너무도 사람을 그리워했기 때문에 더 이상 별다른 생각을 할 겨를이 없이 반가운 마음으로 노를 저을 뿐이었다.

아이는 배가 자기 쪽을 향해 출발해오자 부르던 소리를 그치고 '이제 됐다'싶은지 한숨을 돌린 듯 조용히 서서 물가를 바라보며 기다리고 있는 것 같았다.

맑디맑은 물은 천천히 소리 없이 흐르고 주변은 산이 깊어 적막하였다. 영롱히 내리쬐는 햇빛은 수면에 부딪쳐 현란하게 흩어지고, 새소리는 쉬지 않고 들려왔다. 폭이 그리 넓지 않은 강의 양쪽에는 울창한 숲과 산 그림자로 인해 대낮인데도 어둠이 서려있었다.

박씨가 외지 사람을 본 지는 몇 달이나 되었다. 따라서 이른 봄에 외지 사람을 두 명이나 나루터에서 건너 보낸 후 근 넉 달 만에 사공을 부르는 소리를 들었던 것이다.

반가움은 이루 말할 수 없었다. 박씨가 이 세상에서 가장 듣기 좋은 소리가 있다면 '사공!'하고 부르는 소리일 것이다. 그 소리를 듣기 위해서 오늘도 두 번씩이나 이 나루터에 나왔다가 강 건너편에 있는 사람을 발견했다. 아마 '사공!'하고 부르는 소리를 들은 것과 건너편에 있는 사람을 본 것은 거의 동시였을 것이다. 박씨는 사공이래 봤자 한 해에 몇 명밖에 건네지 못한다. 겨울에는 이 곳 물가가 얼어붙어서 배가 필요 없다. 그러나 박씨가 이 산골로 이주해 온지 십 년 이래 얼음 위로 강을 건너 이 나루터로 온 외지 사람은 없었다.

박씨는 얼음이 어는 겨울을 제외하고는, 매일 두세 차례 정도 나루터에 나온다. 거르는 법은 거의 없다. 박씨가 사는 마을은 이 나루터에서 숲 속에 난 길을 따라 반시간 남짓한 거리에 있다.

이 마을 사람들은 자신들이 살고 있는 곳을 정(井)마을이라고 불렀다. 마을의 한가운데에는 작은 우물이 하나있는데, 아마 마을 이름은 이 우물에서 비롯된 성싶었다. 그런데 이 마을 사람들은 왠지 이 작은 우물을 매우 신성시한다. 해마다 몇 차례씩 이 우물에 치성 같은 것을 드리기도 하는데, 이 풍습은 이 마을에 살고 있는 '촌장'이라고 불리는 노인이 만든 것이라 한다.

현재 이 마을에는 열한 명의 주민이 있다. 십 년 전까지만 해도 주민의 수는 서른 명을 헤아렸는데 해마다 줄어들어 지금에 이르렀다. 이제 남은 열한명의 주민도 실은 열 명이라 해야 할 것이다. 재작년 가을에 들어온 젊은 학생이 조만간 떠나기로 되어있기 때문이었다.

이 학생은 무슨 고등고시인가 뭔가를 공부한답시고 들어와서는 공부는 별로 하는 것을 볼 수가 없었고, 봄부터 떠난다면서 아직도 남아있다.

이곳 정마을 사람들은 대개 십 년 이상 거주해왔지만, 촌장과 강노인 내외는 이십 년 가까이 거주하고 있다. 그리고 삼 년 전부터는 이주해 나간 사람은 없었다. 이제 남은 열 명의 주민은 이주해 나갈 계획이 없다고 하니까 당분간 주민의 수가 줄어들지는 않을 것 같다.

이 마을로 들어오는 방법은 나루터를 건너는 방법밖에 없다. 물론 나루터까지 오기위해서는 강 하류에서 좁은 산길을 오십 리나 올라와야 한다. 그리고 산길을 올라오는 동안 강 쪽으로 가끔 길이 있으나, 나루터가 있는 길로 제대로 들어서는 것이 그렇게 쉽지는 않았다.

대개 정마을로 찾아오는 사람은 전에 여기서 살았던 사람이거나, 약초를 바꿔가기 위해 생필품을 가지고 다녀가는 장사치들뿐이다. 장사치들은 싸구려 옷가지나 비누·밀가루·종이·그릇·연장·농기구·소금 등을 가지고 일 년에 한두 차례정도 찾아든다. 그들은 돈을 가지고 오기도 하는데, 주로 촌장이 만들어 놓은 한약이나, 가끔 있는 산삼 등의 귀한 약재를 사가지고 간다.

마을 사람들도 물건을 사기위해 드물게 밖에 나가기도 하는데, 어떤 때는 농산물을 팔기위해 몇 사람씩 함께 나가는 경우도 있다. 그러나 박씨는 밖에 나가본 적이 결코 없다. 박씨는 마을에서 멀리 떠나갈 경우란 강을 건너지 않고 높은 산 쪽으로 약초를 캐러가는 때뿐이다. 박씨가 하는 일은 농사를 짓고, 촌장의 시중을 들고, 약초를 캐고, 배를 젓는 일 등이다.

박씨는 바깥세상을 그리워하고 사람을 그리워한다. 그러나 정마을을 떠날 생각은 없었다. 언젠가 한번은 정마을을 떠나려 한 적이 있었는데 마음속의 더 큰 이유 때문에 떠나지를 못했다. 박씨는 세상을 피해야만 할 이유가 있는 것인가? 아니면 정마을을 떠날 수 없는 이유라도 있는 것일까?

박씨의 나이는 삼십대 후반인데, 결혼은커녕 연애 한 번 못해 본 사람이었다. 여자를 좋아하지 않는다고 했다. 박씨가 좋아하는 것은 공부인데, 이런 깊은 산골에 살고 있으니 공부할 기회가 좀처럼 없었다. 그러니 항상 생각을 많이 하고 지낸다. 촌장의 말로는 박씨가 앞으로 공부를 많이 할 사람이며 좋은 운명을 타고 태어났다고 했다.

박씨가 생각하기에는 촌장이란 노인은 약 만드는 일과 운명을 아는 일에는 범상한 것 같았다. 물론 촌장이 남보다 약 만드는 일이 뛰어나는지, 운명을 말하는 것이 진실인지 무식한 박씨로는 알 길이 없었지만, 그냥 그렇게 믿고 있는 것이다. 요 며칠 사이 촌장은 이렇게 말하였다.

"박군, 약초 캐러 다니는 일은 며칠 쉬게! ……약초보다는 사람을 건네주는 일이 더 중요하니까……."

이 무슨 뚱딴지같은 소리인가? 촌장은 사람이 찾아올 것을 미리 알기라도 한단 말인가? 촌장은 원래 말이 없는 사람이었다. 그러나 아주 가끔 이상한 소리를 한다. 마을 사람들은 촌장이 하는 예언 비슷한 소리를 믿는 것도 아니지만 무시하지도 않는다. 그러나 박씨만은 언제나 촌장이 하는 말을 절대적으로 믿는다.

촌장은 강을 좋아한다. 어느 때는 강가에 앉아서 밤을 지새우기도 한다. 막연히 강을 바라보기만 하면서…….

박씨도 강을 싫어하지 않는다. 세월이 갈수록 강하고는 정이 깊어만 가는 것이다. 말없이 흐르는 강은 끝없이 오고 끝없이 간다. 강에는 영구한 시간의 비밀이 있는 것 같다. 강을 바라보고 있으면 언제나 마음이 고요해지고, 무엇인가 심오한 것을 깨달을 것만 같다.

이윽고 박씨가 젓는 배는 강 건너편에 도착했다. 배가 강을 건너는 동안에도 나타나리라고 생각했던 어린아이의 일행은 나타나지 않았다. 박씨는 닻을 내려놓고 물었다.

"얘야, 너 혼자니? 뒤따라오는 분들은 없고?"

아이는 열두 살 전후 정도 되었을 것 같았다. 머리카락은 헝클어져 있었고 햇볕에 그을린 얼굴에는 땟기운이 자욱하다. 옷은 헌 누더기인데 기운 자국도 보인다. 손에는 보자기에 싼 작은 짐 꾸러미가 들려있었다. 그리고, 다른 한 손으로는 깡통을 철사에 끼워서 들고 있었다. 말하자면 거지였다. 박씨는 기가 막혔다.

'아니, 이런 산중에 거지가 무슨 일로 찾아왔을까?'

아이가 대답했다.

"예, 저 혼자예요."

목소리는 조용하지만 분명하고 차분했다.

"혼자라고?"

박씨가 다시 물었다.

"그런데 여기까지는 어떻게 왔니?"

"그냥 오다보니 이렇게 오게 됐어요!"

"아니, 여긴 깊은 산중인데 무엇 하러 왔니?"
"동냥하러요!"
"뭐? 동냥하러? 산중에서 무슨 동냥이냐?"
"사람이 있으면 동냥은 할 수 있게 돼 있어요."
박씨는 어처구니없어 웃음을 터뜨렸다.
"사람이 있으면 동냥은 할 수가 있다고? 그래, 그 말이 맞다. 그런데 얘야, 이곳은 그런 데가 아니야!"
"그런 데가 아니라니요?"
"……."
"아저씨, 세상에 동냥할 수 없는 데는 없어요. 아저씨는 저보다 모르네요!"
거지 아이의 말은 거침이 없었다. 오히려 박씨가 말문이 막혔다. 다시 한 번 웃음을 터뜨리고 박씨는 물었다.
"그래그래, 네 말이 다 맞다. 그런데 이 아저씨는 너에게 동냥 줄 것이 없는데 어떡하지?"
사실 박씨는 지금 이 아이에게 줄 것이 아무것도 없었다. 이번에는 거지 아이가 물었다. 아이의 목소리는 힘차고 낭랭했다.
"아저씨는 사공이지요?"
"그래…… 사공이지!"
"그럼 강이나 건네주세요."
"그건 어렵지 않지. 나야 사공이라지만 돈 안 받는 사공이니까……. 그렇지만 강은 건너서 뭐하게? 거긴 산 속이고 사람도 없는데……."
그러자 거지 아이가 깔깔대고 웃었다.

"아저씨! 거짓말 말아요. 저 건너편에 사람 사는 곳이 없다면 아저씨는 여기서 뭘 하고 있었어요? 사람이 살고 있는 곳이니까 아저씨가 저쪽으로부터 와서 사람들을 건네주잖아요."

박씨는 그만 더 이상 할 얘기가 없었다. 더 얘기해 봐야 이 아이를 당할 수는 없었다.

'거지라서 이 계통의 일은 훤하구나.'

이렇게 생각하며 박씨는 강가 쪽으로 돌아서며 말했다.

"좋아, 따라오너라! 강도 건네주고 우리 동네에도 데리고 가마."

거지 아이를 손님으로 태운 배는 즉시 출발했다. 강물 위에 뿌려진 햇살은 눈부시게 반짝거렸다. 얼마동안 노를 저어가던 박씨가 말을 건넸다.

"얘야, 넌 몇 살이니?"

"열한 살이에요!"

"고향은?"

"충청도요!"

"이쪽 강원도에는 언제 왔니?"

"두 달 전요."

"언제부터 이러고 다니니?"

"한 오 년 되나 봐요."

"이름은?"

"정섭이에요."

"부모는 없니?"

"그럼요!"

"형제는?"

"형이 있었는데 잃어 먹었어요."
"언제?"
"오 년 전에요."
"아픈 데는 없니?"
"병은 없어요."
"점심은 먹었니?"
"어제 저녁 먹었어요."
"배가 고프겠구나!"
"예!"
"힘드니?"
"뭐가요?"
"배고픈 것 말이야……."
"굶는 데는 이골이 났어요."
"너 참 재미있는 아이로구나."
"아저씨도요."
"어젠 어디서 잤니?"
"숲 속에서요."
"무섭지 않았니?"
"뭐가요?"
"숲 속에서 잔 게 무섭지 않았어? 넌 그렇게라도 살아야 하니?"
"무섭긴 뭐가 무서워요. 그리고 죽으면 뭐해요?"
거지 아이는 어떤 물음에도 대답이 빨랐다. 하지만 대답이 빠른 데 비해 안정된 목소리를 내고 있을 뿐만 아니라 생각마저 깊은 것 같았다. 박씨는 시간이 흐를수록 이 아이가 신기하게만 느껴졌다. 아이에게 위로해 줄 말은 생각나지 않았지만 박씨는 이 아이에게 왠지 정감이 갔다.

이윽고 배는 나루터에 닿았다. 배에서 내린 두 사람은 숲을 향해 걸어 들어갔다. 잦게 들려오는 새소리는 숲의 한가함을 더해 주는 것 같았다. 더위는 그다지 느껴지지 않았다. 한참 걷다가 박씨가 물었다.

"힘들지 않니?"

"또 뭐가 힘들어요?"

"걷는 것 말이야."

"전, 잘 걸어요."

"이곳이 마음에 드니?"

"아저씨는요?"

박씨가 돌아보니 아이의 얼굴이 비록 초췌한 기색은 있었지만 안온한 빛을 띠고 있는 것으로 봐서 마음도 편안한 것 같아 보였다. 박씨는 자신도 알 수 없는 즐거운 마음이 되어 대답했다.

"얘야, 아저씨는 이곳에 집이 있으니 당연히 마음에 들지."

그러자 아이가 물었다.

"그래요? 이곳에 아저씨 집이 있어서 마음에 든단 말이죠?"

"그럼!"

아이는 고개를 갸우뚱하다가 다시 물었다.

"아저씨…… 사람은 누구나 자기 집이 마음에 드는 것이란 말이죠?"

"그럼!"

"언제까지요?"

"글쎄, 어떻게 말할 수는 없지만 사람은 누구나 자기 집이 언제까지나 오래오래 마음에 드는 것 이란다!"

"그런데 저는 왜 어느 곳이든 금방 싫어질까요?"

아이는 궁금하다는 듯이 박씨를 빤히 쳐다보며 말했다. 박씨는 속으로 생각했다.

'천상 거지 팔자로구나.'

그런데 그 다음 질문에 박씨는 실수를 했다.

"얘야, 너는 집이란 게 없으니 그런 게 아닐까?"

박씨는 이 말을 즉시 후회했다. 어린아이에게 '너는 집이 없다'라는 말은 좀 가혹한 것 같았다. 하지만 다행히 아이는 별 느낌이 없는 것 같았다. 오히려 아이는 대단한 말을 했다.

"아저씨, 저는요…… 어디든 마음에 드는 곳이 없어서 집이 없나 봐요. 저도 몇 번은 …… 아니 여러 번 집이 있어 봤어요. 그런데 싫어서 금방 뛰쳐나왔어요."

박씨는 속으로 생각했다.

'이 아이는 돌아다니는 것이 습관이 되어서 한 곳에 오래 있지를 못하는구나.'

갑자기 이 아이가 불쌍하게 생각되었다. 박씨는 다정하게 얘기했다.

"그건 아마…… 좋은 사람을 못 만나서 그럴 거야. 집보다는 함께 사는 사람이 중요하거든……."

그러자 아이는 아주 작은 목소리가 되어 말했다.

"아저씨, 그건 저도 아는데요, 저는 그렇지 않은가 봐요. 제가 만났던 사람들은 전부 좋았던 사람들뿐이었어요! 그런데 제가 답답하여 견딜 수 없어서 금방 뛰쳐나왔던 거예요…… 이상하죠?"

박씨는 또 생각해 보았다.

'이 아이는 천성이 그렇고 또 운명이 그런 것이겠지!'

이렇게 생각해 본 박씨는 문득 운명이란 말이 새삼스러워졌다.

'이런 아이들의 운명이란 도대체 어떤 것일까? 운명…… 운명…… 나의 운명…… 운명이란 무엇인가?'

여러 가지 상념이 아지랑이처럼 피어났다. 이때 좁은 산길이 넓어지면서 왼편 산비탈 쪽에 밭일을 하는 사람이 보였다. 밭의 바로 뒤에는 높은 산이 병풍처럼 막아섰고, 우측으로 언덕이 나 있는데, 그리 멀지 않은 곳에 집이 몇 채 있었다. 여기가 바로 정마을인 것이다.

언덕길을 따라가니 작은 실개울이 정답고 시원스레 흐르고 있었다. 밭에서 일하고 있는 사람은 남씨라고 하는데, 이쪽에서 다가서는 것을 보자 일손을 멈추고 이들을 바라보고 있었다. 남씨는 박씨보다 연배 되는 사람이었다. 박씨가 먼저 말을 건넸다.

"형님, 손님이에요."

"응? 손님이라고…… 누군데?"

"나그네에요! 이쪽으로 나와 보세요."

남씨는 밭에서 나왔다. 이 마을에 사람이 찾아온 것은 어른이든 아이이든 드문 일이었기 때문에 충분히 관심거리가 되고도 남았다. 박씨는 남씨에게 한쪽 눈을 찡긋해 보이고 아이에게 말했다.

"얘야, 인사드려라, 이 마을 아저씨란다."

아이는 밝게 웃으며 인사를 했다.

"안녕하세요? 저는 정섭이에요."

남씨는 제법 예의를 갖춰 인사를 하는 정섭이의 행색을 일순간에 살펴보자마자 정황을 금방 알 수 있었다. 남씨는 사려가 아주 깊은 사람이었다.

"응! 이 아저씨는 남씨라 부른다."
하고는 남씨가 박씨에게 말했다.
"좀 앉았다 가지?"
그러면서 몇 발짝 먼저 실개울 쪽으로 걸어갔다. 개울에는 나무 그늘이 있었다. 남씨는 잠깐 앉아있으라고 하고는 다시 밭으로 들어갔다. 이내 광주리에 참외를 가득 따가지고 왔다. 참외를 깎으면서 남씨는 아이에게 말을 걸었다.
"고생이 참 많구먼…… 힘들여 이 정마을까지 찾아왔는데, 자! 이것부터 맛있게 먹어라!"
아이는 참외를 받아들고는 '고맙다'고 인사를 한 뒤 곧바로 먹기 시작했다. 잠시 시간이 지나갔다. 세 사람은 한가로이 물가에 앉아 참외를 먹고는 일어났다. 일어나면서 박씨가 말했다.
"형님, 어떡하실래요? 같이 올라가시지 않겠어요?"
"아니, 박씨 먼저 올라가게! 나는 하던 일 마저 하고……. 이따 저녁때 보지!"
"그래요, 그럼 먼저 올라갈게요."
박씨는 아이와 함께 언덕 쪽으로 향해 올라갔다. 남씨가 두 사람의 뒷모습을 우두커니 바라보았다. 아이는 한 손에 깡통을 들고 가는데, 참으로 애처롭고도 묘한 느낌을 준다. 남씨는 혼자 중얼거렸다.
"참, 안됐구나…… 어린 것이……."
두 사람이 마을에 당도하자 박씨가 이렇게 말했다.
"얘야, 정섭아, 이 정마을은 아주 평화스러운 곳이란다. 걱정이 없는 곳이지! 너는 이런 데가 마음에 안 드니?"
아이는 박씨가 자기의 이름을 불러주는 것이 놀랍기도 했고 기쁘기도 했다. 이제껏 이름을 물어본 사람은 많아도 불러준 사람은 많지 않았다. 아이는 한결 기분이 좋아져 대답했다.

"아저씨, 아직은 몰라요. 하지만 아저씨는 마음에 들어요. 저, 이곳에서 며칠 있어도 돼요?"

"며칠 있겠다고? 그래그래. 여러 날 있어도 된다."

박씨의 집은 마을로 들어서면서 첫 번째 집이었다. 초가지붕에 부엌이 하나 달린 집인데, 집과 길의 경계가 불분명했다. 방문을 열고 나오면 바로 산의 봉우리 쪽이 보인다. 문 앞에는 마루가 붙어 있었다.

"정섭아, 너 여기 좀 앉아 있거라, 내가 먹을 것을 만들어 올게!"

박씨는 정섭이를 마루에 앉혀놓고 부엌으로 들어갔다. 무료해진 정섭이는 산 쪽을 바라보며 아이답지 않게 생각에 잠기기 시작했다.

'이곳은 참 좋은 곳이로구나! 사람들도 좋고…… 여기에 사는 사람들은 무얼 하고 지내나? 농사를 짓고…… 먹고…… 자고…… 일하고 또 일하고…… 일이란 무엇인가? 먹고 사는 것을 마련하는 것이지…… 내가 동냥하러 다니는 것과 마찬가지로. 그런데 동냥은 잘못하면 먹을 것을 구하지 못한다. 일이란 좋은 것이구나. 그런데 일을 많이 해서 먹고 살 것이 많아지면 그 다음엔 무얼 하지? 또 일을 하고…… 점점 먹을 것이 많아지고…… 옷도 많아지고…… 집도 있고…… 그 다음엔? 사는 것이 무엇일까? 한없이 이렇게 살다가 죽는 것일까? 무엇이 좋은 것일까? 사람은 왜 사는 것일까? 에잇, 나는…… 모르겠다.'

정섭이는 끝없이 의문을 스스로 답해보면서 생각을 거듭했으나 결론은 나지 않았다. 점점 뭐가 뭔지 알 수가 없었다. 정섭이는 지쳤다.

너무나 어린 나이에 냉혹한 세파 속으로 내팽개쳐져 있었기 때문일까? 정섭이는 그의 나이에 비해 세상 물정을 많이 겪은 탓인지 생각조차도 다른 아이들보다 크게 달랐다.

갑자기 졸음이 몰려왔다. 그 자리에 쓰러졌다. 시간이 얼마나 흘렀을까? 정섭이가 잠에서 깨어나니 박씨가 없었다. 상에는 칼국수가 차려져 있었는데 아직 식지 않았다. 잠을 오래 잔 것 같지는 않았다. 정섭이는 원래 잠을 깊게 들지 못하고, 또 오래 자지도 않는다. 항상 긴장하고 살아간다. 정섭이는 아무 생각 없이 칼국수를 먹기 시작했다.

박씨는 음식을 차려놓은 뒤, 정섭이를 깨우지 않고 즉시 촌장을 찾아갔다. 이 마을에 사람이 왔다는 반가운 소식을 제일 먼저 촌장에게 전하고 싶었던 것이다. 촌장의 집은 마을에서는 제일 높은 곳에 위치하고 있었다. 촌장의 집에서 보면 이 마을의 집은 거의 다 보인다. 박씨는 촌장의 집에 들어서면서 조용히 불렀다.

"촌장님!"

박씨의 목소리는 원래 큰 편이나 촌장을 부를 때는 소리를 최대한으로 작게 한다. 크게 부르는 소리는 촌장이 싫어하기 때문이었다. 촌장은 박씨에게 목소리를 낮추라고 몇 번인가 주의를 주었다. 촌장은 거의 말을 안 하고 지내기 때문에 박씨에게 일러준, 목소릴 낮추란 말을 박씨는 깊게 마음에 새겨두고 있었다. 무슨 비결이나 되듯이…….

촌장은 아무리 작은 소리도 듣는 것 같았다. 잠도 안자는 것인지 깊은 밤에라도 언제든 부르면 기척을 한다. 아니나 다를까, 박씨의 소리를 들었는지 촌장이 기척을 냈다. 촌장은 방에 있었다. 더운 여름날에도 좀처럼 밖에 나오지 않았다. 항상 문을 닫아놓고 있었다. 이 마을에서 촌장을 찾아오는 일이라면 거의 모두 박씨가 도맡아한다. 박씨가 이 일을 좋아해서이기도 하지만, 마을 사람들도 촌장을 찾을 일이 생기면 으레 박씨에게 부탁을 한다.

박씨는 기운이 남아돌아가는 사람이다. 박씨가 촌장을 찾아오면 대개는 촌장이 방 밖으로 나오지만, 어떤 때는 방으로 들어오라고 하기도 한다. 박씨는 촌장의 방에 들어가기를 좋아한다. 이 마을의 다른 사람들은 촌장의 방에 들어가 본 적이 없다. 다른 사람들이 찾아오면 촌장은 밖에 나와서 얘기한다. 겨울에도……. 그러나 박씨만은 가끔 방으로 불러들인다.

오늘은 촌장이 밖으로 나왔다. 촌장은 체구가 아주 작았다. 고개를 숙여 인사부터 한 박씨는 조용히 얘기했다.

"……마을에 손님이 찾아왔습니다. ……어린아이 혼자서 왔는데, 거지예요!"

거지란 말에 촌장은 반응을 나타냈다.

"대단한 아이로구먼……."

그러고는 고개를 끄덕였다. 촌장의 표정은 밝은 것 같았다.

"알았네, 나중에 보세!"

촌장은 방으로 들어갔다. 촌장이 한 말을 박씨는 따라 외워보았다.

''대단한 아이로구먼'…… 그래? 정섭이가 대단한 아이라고? 그렇지! 내 생각에도 그럴 것 같아!'

박씨는 다시 길을 돌아 내려왔다. 집까지 내려오는 동안 사람은 만나지 않았다. 이 시간에는 대개 밭에 나가 일을 하고 있다.

마을은 한가하고 고요했다. 어떠한 움직임도 보이지 않는 마을은 한 폭의 그림 같았다. 매미 우는 소리가 들리고, 새소리도 들린다. 집에 와 보니 정섭이는 마루에 앉아 있었다.

"그래 정섭아, 맛있게 먹었니? 이 마을엔 쌀이 귀하단다. 쌀밥을 못 먹여 미안하구나."

그러자 정섭이는 급히 대답했다.

"아니에요. 이런 음식 좋아해요. 맛있게 잘 먹었어요!"

그러고는 이어서 말했다.

"아저씨 저 이 동네 좀 구경해도 될까요?"

"그래라! 그런데 여긴 밭이랑 산이랑 논 같은 것들뿐이고 뭐, 구경할 게 별로 없단다. 그럴게 아니라 나랑 같이 가보자! 저 높은 산 쪽으로, 그리고 가는 길에 강노인 집에 들러서 인사도 할 겸……."

"강노인이 누군데요?"

"응, 강노인은 이 동네 두 번째 어른이신데, 아는 것이 많은 분이시지. 이 동네 선생님이기도 하시고!"

"선생님이요?"

"그래!"

"그럼, 학교에서 애들 가르치는 선생님하고 같은 것인가요?"

"응, 그 노인네는 젊어서는 학교 선생님이셨지. 지금은 이 동네에서 한 사람만 가르치시지만……, 전에는 이 동네에서 여러 사람을 가르치셨단다."

"그래요?"

정섭이의 목소리는 유난히 작아졌다. 왠지 우울한 기색이 보였다. 박씨는 금방 알아차리고 다정스레 말했다.

"정섭이는 학교를 못 가봤지?"

"예."

"한글도 모르고?"

"예."

"……그렇겠지!"

박씨는 정섭이가 한글도 모른다는 그 한 가지 사실로써도 아이의 지난 일을 훤히 알 것 같았다. 그래서 험난했을 운명에 대해 동정이 갔다. 때마침 한 가지 좋은 생각을 떠올렸다.

"얘, 정섭아, 너 공부하고 싶지 않니?"

"예? 공부요?"

정섭이의 목소리가 커졌다.

"하고는 싶지만…… 제가 어떻게 공부를 할 수 있어요?"

"응, 그건 네가 마음먹기에 달렸지! 정섭이가 공부하고 싶다면 여기서 살면서 공부하면 되지! 어때?"

"아저씨랑 살면서……?"

"그럼, 우선 한글이라도 깨쳐야지?"

정섭이는 대답이 없었다. 무엇인가를 깊게 생각하는 것 같았다. 아이의 침묵이 한동안 계속됐다. 박씨가 참지 못하고 먼저 말했다.

"자, 그 일은 나중에 생각하고 산에나 가보자!"

정섭이는 금방 생각에서 깨어나 박씨를 따라나섰다. 박씨가 가보려는 산은 이 근방에서 가장 높은 산이었다. 이름은 박씨도 모르는데, 이 동네에서는 그저 '큰산'이라고 부른다. 강노인의 집은 큰산으로 들어가는 길목 쪽에 있다.

박씨와 정섭이가 얼마 걸어가지 않아서 강노인의 집이 보였다. 집 앞의 밭은 제법 넓었는데 이 동네에서는 가장 넓은 곳이라고 했다. 강노인은 밭에 보이지 않았다. 아마 낮잠이라도 자고 있을 것 같다. 두 사람은 일단 강노인의 집 앞에 섰다. 집은 역시 초가집이다. 마당이 있는데, 싸릿대로 둘러져 있었다. 박씨가 정섭이에게 물어보았다.

"여기 들러서 갈래? 그냥 산부터 갈까?"
정섭이는 머뭇거리다 대답했다.
"아저씨, 산에는 가고 싶지 않아요. 이 집에나 들어가 보지요!"
"그래? 그럼 그러지 뭐!"
박씨는 속으로 생각해 보았다.
'정섭이는 지금 공부하는 문제를 생각하고 있구나…… 노인네가 마음에 들면 공부를 하겠다고 할지도 모르지! 이 아이는 참으로 불쌍하다. 어려서부터 거지로만 돌아다녔기 때문에 어디든지 한 곳에 매여 있는 것을 싫어한다. 그런데 공부는 무척 하고 싶어 하는구나!'
박씨는 어떻게 하든 아이를 달래서 이 동네에서 살게 하고 싶었다. 박씨는 왠지 자꾸 눈물이 나올 것만 같은 걸 꾹 참았다. 박씨는 그러한 생각을 누르고 싸리문 안으로 선뜻 들어섰다. 그런 뒤 큰 소리로 불렀다.
"할아버지, 선생님!"
이 동네 사람들은 강노인을 선생님 혹은 할아버지라고 마음 내키는 대로 부른다. 그러자 방 안에서 기척이 나면서 문이 열렸다.
"누구여?"
막 선잠에서 깬 것 같았다.
"박씨 아닌가? 웬일이야? 어! 이 아이는 누군고……?"
"할아버지, 이 아이는 손님이에요. 정섭아, 인사 드려라!"
"안녕하세요?"
정섭이는 정중하게 인사를 했다. 강노인은 밖으로 나와 마루에 걸터앉았다. 건강하게 보이는 얼굴에는 인자한 미소가 가득 찼다.
"그래? 이름이 정섭이라고? 누구랑 같이 왔니?"

강노인은 정섭이와 박씨를 번갈아보며 물어보았다. 박씨는 정색을 하며 대답을 했다.

"이 아이는 혼자예요. 강가에서 데려왔어요."

그제야 강노인은 정황을 눈치 챘다.

"오! 그렇구먼…… 혼자라고 했나? 고생 했구나…… 밥은 먹었는가?"

정섭이는 명랑하게 대답했다.

"예, 밥은 먹었어요."

이어서 박씨가 말했다.

"할아버지, 정섭이는 집도 없이 혼자 떠돌아다니는 아이예요. 가족이 없는가 봐요. 그런데 공부를 하고 싶어 해요. 그렇지?"

정섭이를 쳐다보면서 묻고는 아이의 대답을 기다리지 않고 다시 강노인에게 말했다.

"공부를 시켰으면 해요. 이 동네에서 살게 하면서……."

이제 강노인은 모든 상황을 깨닫고 다정하게 정섭이를 쳐다보며 말했다.

"그래, 그래, 아가야! 너무 오랫동안 돌아다니면 못쓴다. 불쌍하구먼, 이곳에 살면서 공부나 해라…… 어떻니?"

정섭이는 이미 한참동안 생각을 했기 때문에 분명하게 대답했다. 정섭이는 천성이 명랑하였다. 아마 전에는 많이 울면서 커왔겠지만 차차 눈물이 메마르고 스스로를 명랑하게 만들어 왔으리라.

"할아버지, 저 여기에서 살면서 공부를 해도 되겠어요? 할아버지께서 공부를 가르쳐주실 수 있나요?"

"그럼, 그럼. 이제 다 됐다. 아저씨 집에서 살면서 공부를 하자!"

박씨는 정섭이의 등을 쓰다듬어주었다. 이렇게 하여 정섭이는 오년간의 떠돌이 생활에 종지부를 찍게 된 것이다.

이 순간부터 시간이 흐를수록 정섭이의 마음은 정착되어 갈 것이리라. 두 사람은 강노인의 집을 나왔다.

박씨의 머릿속은 생각으로 가득 찼다. 뜻밖에 마을 손님을 맞이했는데, 그 손님은 이제 박씨의 손님이 된 것이다. 박씨는 마을에 누가 찾아와도 몹시 좋아하는 판에, 자기 자신의 손님, 그것도 오랫동안 함께 살 손님이 생긴 것이다. 박씨는 어느 누구보다도 기뻤다. 그리고 한편으로는 인생의 기이한 만남과 흐름에 대해 깊은 감동을 느꼈다.

'인생이란…… 묘하구나…… 참으로…….'

박씨는 정섭이를 데리고 집으로 내려왔다. 시간은 저녁때가 거의 되었다. 보통 때 같으면 나루터에 한 번 더 갈수도 있었다. 그러나 박씨는 오늘은 가지 않기로 마음먹었다. 정섭이를 위해 무엇인가 하기로 했다.

'그렇지! 먼저 옷을 구해주고…… 머리를 깎아주고…… 목욕을 시키고…… 그리고…….'

박씨는 이번처럼 할 일이 바로 앞에 있어 본 적이 없었다. 언제나 해도 그만, 안 해도 그만이고, 특별하게 바쁜 일이 없었다. 박씨는 정섭이에게 집에 있으라고 말하고는 급히 밖으로 나섰다. 어린아이의 옷이 있을 만한 곳은 남씨 집 밖에 없었다. 남씨의 딸이 열여덟 살이지만 어려서 입던 옷이 남아있을 것이다.

'여자 옷이지만, 우선 당장은 이 아이에게 입힐 것은 있겠지!'

이제 정마을의 주민은, 작년 이래로 한 사람이 늘었다. 학생이 떠나가지만 않는다면 열두 명이 된다. 마을 사람은 누구나 떠나가는 것을 걱정하였고 외부에서 사람이 찾아오기를 바랐다. 오늘은 정마을 사람 모두가 좋은 날인 것이다.

저녁때가 되자 마을 사람들은 밭이나 산에서 집으로 돌아와 쉰 뒤 저녁밥을 먹고는 우물가에 모여들었다. 우물은 마을 한 가운데 있었는데, 위쪽에 전망이 좋은 평지가 있었고, 그곳에 돗자리가 깔려 있어 모여드는 대로 그 돗자리에 앉았다.

해가 긴 여름날이라서 아직 어둡지 않았고, 오늘은 제법 많은 사람이 모여 앉았다. 박씨와 정섭이는 강노인의 옆에 앉았는데, 정섭이의 용모는 낮보다는 많이 단정해져 있었다. 이 마을 사람들이 우물가의 돗자리에 나와 앉은 것은 여름날의 일례 행사였는데, 저마다 한담을 나누고 바람을 쐬며, 시간을 보내다가 늦은 시간에야 집으로 돌아들 간다.

우물가의 단골은 임씨 부부이다. 임씨는 박씨와 동년배인데 항상 부인을 데리고 다닌다. 부인이 예쁘다고 자랑도 많이 하고, 산골 생활이 지루하지도 않은지 항상 싱글벙글한다. 오늘은 남씨의 딸도 나와 앉았고 학생도 나와 앉아 있었다. 촌장 노인은 언제나처럼 나오지 않았다. 이 노인은 일 년에 몇 차례 정도 이 우물가에 나오는데, 주로 가을에 몇 번뿐이다.

임씨가 예의 싱글벙글하면서 먼저 말을 꺼낸다.

"오늘 이 마을에 한 식구가 늘어서 기쁩니다. 그 주인공이 먼저 자기소개를 하면 어떨까요?"

그러고는 정섭이를 돌아보며 웃었다. 정섭이는 멋쩍어했지만, 부끄러워하지는 않았다. 정섭이는 앉은 채로 고개를 꾸벅이며 말했다.

"저는 정섭이에요. 여기저기 돌아다니다 이곳에 왔는데, 이곳은 참 마음에 들어요…… 저…… 그리고……."

이때 임씨가 아이의 말을 막다시피 한 뒤 크게 웃으며 말했다.

"이 마을 사람들은 항상 이곳에만 있었는데, 너는 항상 돌아다녔다 이 말이지? 그럼 세상이 넓은지 넌 알겠구나! 하하하……."

그러자 임씨 부인이 임씨를 툭 치며 말했다.

"괜히 애를 놀리지 마세요! 애가 참 착하게 생겼네요. 그렇지요, 할아버지?"

강노인을 바라보며 동조를 구했다. 강노인은 고개를 끄덕이며, 남씨의 딸을 쳐다보면서 말했다.

"이제 숙영이가 덜 심심하겠구나! 동생이 생겨서……."

숙영이는 금년 실팔 세로서 이 동네에서 가장 나이가 어렸다. 마음씨가 곱고 유난히 아름다워서 동네 사람들이 모두 귀여워하며 아끼고 있었다. '장차 숙영이는 어떻게 되는 거야?' 하면서 종종 화제에 오르기도 했다. 마을 사람들은 숙영이를 머지않아 도시로 내보내야 한다고 하지만, 아버지인 남씨는 그저 고개만 끄덕일 뿐 그 생각하는 바를 알 수가 없었다. 강노인은 이어서 말했다.

"앞으로 숙영이가 자주 돌봐주는 것이 좋을 거야, 특히 한글을 깨우쳐줘야지……."

그러자 숙영이는 공손히 대답했다.

"예, 할아버지. 제가 이 아이에게 한글을 가르칠게요."

그러고는 정섭이를 돌아보며 말을 건넸다.

"이름이 정섭이라고 했지? 이 누나가 글을 가르쳐줄게. 어때?"
하면서 다정히 바라보았다. 정섭이는 좀 부끄러워하는 것 같았다. 기분은 좋은 것이 틀림없었다. 임씨가 다시 떠들었다.

"녀석, 수지맞았군! 어, 이 녀석 여자 옷을 입었잖아?"

이 말에 모두가 웃었는데, 숙영이가 임씨의 말을 꼬집었다.

"아저씨가 옷 한 벌 만들어주면 되잖아요. 왜 놀리고 그러세요."

하면서 눈을 흘기는데도 더욱 예쁘게 보인다.

"응, 뭐라고? ……나보고? 그래 까짓것 그렇게 하자꾸나. 하하하…… 우리 마누라님께서 옷을 잘 만드니까. 옷만 잘 만드나, 뭐든지…… 아얏!"

이 순간 임씨 부인이 그의 무릎을 심하게 꼬집었던 것이다. 임씨는 항상 자기 부인 자랑을 한다. 기회다 싶어 한 마디 하려는데, 덜미를 잡혔다. 임씨 부인은 원래가 잘난 사람이긴 했다. 인물도 잘난데다가 여러 가지 재주가 있어서 이 마을에서는 대단히 필요한 존재였고, 게다가 마음씨 또한 더할 수 없이 고왔다.

마을 사람들은 임씨 집 재산이 열 냥이라면 임씨가 한 냥이고, 임씨 부인이 아홉 냥이라고 말한다. 또한 하늘이 임씨에게 큰 복을 주었다고 하기도 한다.

이 마을에서 임씨는 유일하게 행복해 보이는 사람이다. 임씨 부인이 차분한 어조로 말했다.

"그런 일은 걱정하지 말아요. 그런데 정섭이는 성이 뭐지? 옷에 이름을 새겨줄게……."

"응? 성? 그렇지 성이 뭐냐?"

마을 사람들 누구도 그것을 물어보지 않았다. 박씨가 다정스레 물었다. 정섭이는 너무 기뻤다. 새 옷에 이름까지 새겨준다니…….

"제 성은 유씨예요. 유정섭이에요."

정섭이는 아주 밝게 대답했다. 마을 사람들의 오늘 화제는 거의가

다 정섭이에 관한 것이었다. 정섭이의 과거·생각·거지 팔자·성격 등과 함께 정섭이가 다녀본 곳, 싫어하는 것, 좋아하는 것, 마음씨 및 미래·운명 등등…….

마을 사람들은 어떻게 보면 세상을 피해 사는 약한 사람일 수도 있고 안일한 사람일 수도 있다. 그러나 거지란 어떠한 것인가? 끝없는 행각과 긴장·고난·불안, 그리고 도저히 범인으로서 견디기 힘든 길을 가는 사람일 것이다. 하물며 어린아이가…….

따라서 마을 사람들은 정섭이를 가엾고 어리게 보는 한편, 그 강인함에 깊은 감명을 느끼고 있는 것이다. 물론 정섭이는 지내다 보니 그렇게 된 것이었지 미리 그 난관을 극복할 각오로 산 것은 아니었다. 사실, 정섭이에게는 내일은 없었고, 오늘뿐이었다. 그래서 고통도 지금 바로의 고통뿐인 것이다. 많은 고통을 한 번에 다 느낄 기회조차 없었던 것이다.

오늘 마을 사람들은 정섭이 둘레에 모여 앉아 색다른 세계를 느껴 보았다. 그리고 인생의 오묘함을 음미할 기회를 가져 본 것이다. 하기는 정마을 사람들도 아주 색다른 세계의 사람들이긴 하다. 사람이 사는 세상을 등지고 끝없이 마음을 누르고 살아야 하는 것이다. 정섭이가 동(動)의 세계에 있었다면 이 마을 사람들은 정(靜)의 세계에 있었던 셈이다.

여름날의 대화는 길게 길게 이어지고, 밤은 깊어왔다. 밤하늘의 별들은 이 정마을을 위해 있는 것 같았다. 멀리 은하수는 끝없는 신비를 간직한 채 검은 하늘에 빛을 뿌리고 있다. 하늘에 별이 있기에 인간에게는 절대 고독이란 없는 것이리라. 정마을은 하늘의 별과는 아주 가까이 있는 세계이다. 이들의 세계는 저 낙원과 세속의 중간에 위치하는 것일까? 마을 사람들은 밤이 아주 깊어서야 각자의 집으로 돌아갔다.

박씨는 편안한 마음으로 잠을 청했다. 그리고 새벽 박씨는 일찍 자리에서 일어났다. 아직은 어둠이 약간 머물러 있었다. 깊게 잠이 들지 않는 정섭이도 함께 일어났다. 정마을은 그리 높은 지대는 아니었지만 강의 찬 기운과 어우러져 안개가 자욱했다. 아침의 새소리는 유난히도 정답고 맑았다. 흐르는 실개울 소리도 나직하면서 맑디맑게 들린다. 맑은 공기는 가슴을 시원하게 뚫어주고, 이어서 정신의 구석구석까지 일깨워주었다.

박씨는 강가로 향했다. 정섭이는 이미 약속이 되어 있는 듯이 뒤따라 나섰다. 이제부터 박씨는 새벽이면 으레 정섭이와 함께 나루터로 다닐 것이다. 정마을에는 엄청난 변화가 일어난 셈이다. 박씨의 발걸음은 어느 때보다도 가벼웠다. 주변의 정경은 한없이 맑고 고요했다. 상쾌함은 이루 말할 수 없었다.

박씨는 새삼 정마을의 아름다움에 대해 느끼게 되었다. 정작 낙원이란 이런 곳이 아닐까? 나루터에는 금방 도착했다. 강가에서 한동안 있었으나 사람은 나타나지 않았다. 그러나 오늘은 박씨의 마음이 여느 때처럼 서운하지는 않았다.

정마을로 다시 돌아올 때는 정섭이가 먼저 말을 많이 건네 왔다. 두 사람이 나루터까지 오가는 사이에 정마을의 아침은 밝아 있었다. 이제 정마을의 하루는 시작되는 것이다.

모든 것이 여느 때와 같았다. 단지, 정섭이라는 작은 돌멩이가 일으킨 파동이 정마을이라는 호수에 고요히 퍼지는 것을 제외하고는…….

며칠의 세월이 덧없이 지나갔다. 정섭이가 이 마을에 온지 이레째 되던 날 학생은 이 마을을 떠나갔다. 학생의 이름은 박인규인데 나이는 스물두 살이고 얼굴은 귀공자 타입으로 아마 부잣집 아들일 것이다. 이 학생이 이 마을에 들어온 것은 이 마을에 살다 나간 사람의 소개로 이루어졌다. 돈을 많이 가지고 와서는 조용히 공부할 곳을 찾는다고 했다.

정마을 사람은 외부 사람을 무조건 좋아할 뿐만 아니라 곤란한 질문은 하지 않는다. 이 학생은 실은 학생이 아닌 것 같았지만, 불량하지는 않았고 총명하지도 않은 것 같았다. 학생은 떠날 때 아주 조용히, 그리고 급작스레 떠났다. 봄부터 떠난다는 말은 있었지만 정작 떠나고 나니 박씨는 서운한 마음이 들었다. 그동안 깊지는 않았지만 정이 들어있었던 것이다. 아마 마을 사람들도 박씨처럼 그럴 것이다. 학생은 떠나면서 강노인에게만 인사를 했을 뿐, 마을 사람은 만나지 않았다. 학생이 새벽에 강을 건너갈 때 정섭이도 박씨와 함께 따라갔는데, 학생은 노트 몇 권을 정섭이에게 남겨주었다.

강을 건넌 학생은 지체 없이 강의 하류 쪽으로 향해 숲 속의 길을 반나절이나 걸어 춘천에 도착했고, 이어 기차를 타고 다시 서울로 향해 갔다. 학생이 떠나간 소식을 알게 된 것은 이 날 저녁때였다.

그러나 우물가에 마을 사람들이 모였을 때는 그리 큰 화제로 된 것은 아니었다. 이 마을 사람들은 사람에 대해 대체로 체념이 빠르다. 오는 사람은 맞이하고 가는 사람은 잊어버린다. 그럴 수밖에 없다. 떠나간 사람을 오래 생각해서는 이 마을에서는 잠시도 살 수가 없다.

학생 인규가 청량리역에 도착한 시각은 늦은 밤이었다. 거리는 어수선했다. 인규는 더 늦지 않으려고 서둘러 택시를 잡아탔다. 인규가 정마을에서 돌아온 이 세계는 계엄령이 내려져 있는 곳이었다. 온 국민의 봉기로 자유당의 이승만 정권이 물러나고 과도 정부가 들어서 있는 시기였기 때문에, 사회 전반이 불안한 분위기에 휩싸여 있었다. 지금의 시기가 이렇듯 혼란한 시기였지만, 정마을은 아랑곳하지 않았다. 어느 시기였든 정마을은 세상을 초월해 있었던 것이다.

그러나 세상의 변화는 끝이 없다. 언젠가 정마을에도 변화가 찾아올 것이다. 자연의 변화는 미세하지만 쉬지 않는다. 변화가 적은 듯한 곳은 어느날 더 큰 변화를 맞는다. 사물의 이치라는 것은 막히면 변하고, 변한즉 통하게 되며, 통한즉 오래오래 이어지는 것이다.

오늘도 소양강 물은 소리 없이 흐른다. 그 쉬지 않고 흐르는 것에 어쩌면 만물의 변화가 예견되어 있는지도 모른다. 흐르는 강물을 수천 년, 수만 년 바라보고 서 있는 산들은 침묵 속에 모든 것을 알고 있으리라.

정마을은 오늘도 조용히 살아가고 있다. 학생이 떠나간 지도 거의 한 달이나 지나갔다. 정섭이는 한 차례 앓아누웠지만, 이틀 만에 회복되어 지금은 정마을 생활에 익숙해져 있었다.

저녁때 나루터에 나온 박씨는 강가에서 여느 때보다 오래 앉아 있었다. 정섭이는 저녁때는 따라 나오지 않는다. 정섭이도 낮에는 일을 하고 저녁에는 공부를 하는 등 바쁘게 나날을 보내고 있었다. 오늘은 왠지 생각을 많이 했다. 근 한 달 가까이 변화가 없으니 자연히 여러 가지 잡념이 고개를 드는 것이다. 여름은 아직 다 지나간 것은 아니지만, 금년에도 별 변화 없이 지나가는 것으로 느껴졌다.

산 속의 마을은 모든 것에 변화가 적기 때문에 생각은 항상 남아돌아간다. 정섭이가 정마을에 온 이래 박씨는 외로운 마음이 많이 사라졌다. 한 지붕 밑에서 살아가니 시간이 갈수록 정이 깊어가고 한 가족이 되어가는 것이다. 그러나 외로움은 적어졌다고 해도 박씨의 넓은 마음속을 다 덮을 만큼 바쁜 일은 없는 것이다.

시간이 갈수록 생각은 점점 깊어졌다. 그리고 박씨는 몹시 무료했다. 무료하다는 것은 고독하다는 것과는 많이 다르다. 무슨 재미있는 일이 없을까? 이런저런 생각을 하는 중에 번뜩 뇌리를 스치는 어떤 말이 떠올랐다. 촌장이 했던 말이었다. 촌장은 마치 정섭이가 이 마을에 올 것을 미리 안 것처럼 얘기 했었다.

"'박군, 며칠간 약초를 캐러 다니는 일은 쉬게!' 하면서 은연중에 정섭이가 오는 것을 내다봤고, 또 정섭이를 보기도 전에 대난한 아이라고 했지! 그렇지!"

박씨는 무슨 대단한 것을 발견한 것처럼 마음이 설레기 시작했다.

'촌장님은 앞날을 잘 아는 사람이야! 그래 맞아!'

박씨는 고개를 끄덕이며 생각을 계속했다.

'앞으로 무슨 일이 일어날 것을 안다면? ……물어봐야겠다. 가까운 장래에 무슨 일이 있는가를…… 먼 미래도…… 그런데 촌장님이 이것저것을 말할 때 나는 왜 바보처럼 묻지를 않았나?'

박씨는 벌떡 일어났다. 걸음을 빠르게 해서 걷는 박씨에게는 주변의 풍경 따위는 눈에 들어오지 않았다. 어느새 정마을에 들어섰다. 정섭이는 집에 없었다. 지금 시간에는 남씨 집에서 숙영이와 공부를 할 시간이다. 박씨는 곧장 촌장 집으로 올라갔다. 촌장 집이 가까워오자 일단 마음을 가다듬기 위해 걸음을 늦추고는 차분히 생각해 나가면서 중얼거렸다.

"촌장이란 노인네는 괴상한 노인이야!…… 내가 조심스레 묻는다고 해도 대답을 잘 해 주시지도 않을 거고…… 게다가 여러 가지를 물으면 당장에 '오늘은 그만 가게!'하고 쫓아낼 것이다. '오늘은 그만 가게!' 이 말은 촌장의 항다반사라서 어떻게 비집고 들어갈 방법이 없었다. 오늘도 촌장은 이 말을 남기고는 들어가 버리실 것이 뻔하다. 그렇다면 오늘은 한 가지라도 대답을 해 주실 것을 물어야지! 잘못해서 아예 내가 묻는 말을 대꾸도 안 해 주실 지도 모르지……. 우선 물어볼 것의 내용부터 정하자! 이 마을의 먼 미래는 어떨까? 그것은 너무 애매하다. 그저 그렇고 그렇게 되겠지…… 그럼 정섭이는 어떤 아이입니까? 하면 '음, 대단한 아이이지!' 그러시고는 나에게 말한 것처럼 '좋은 팔자를 타고 났다. 공부를 많이 할 팔자이고……' 이렇게 말씀하시겠지! 아무래도 이 마을에서 가까운 장래에 일어날 일을 물어야지! 그래야 확인할 길도 있고 재미도 있지! ……그래, 그런데 정섭이가 대단한 아이라고 한 말씀은 무슨 뜻일까? ……아니야, 이것은 나중에 물어보자, 정섭이를 데리고 가서…… 이제, 물어볼 내용은 정해졌는데, 방법은? 말을 만들어 보자! 우선 '촌장님!'하고 조용히 부른다. 그러면 나오실 것이다. '저 궁금한 것이 있는데요, 촌장님, 촌장님께서는 우리 마을의 가까운 장래에 일어날 일을 알고 계십니까?' 아무래도 이 말은 너무 길다. '모르겠네!' 하고 딱 잡아떼시면 그만 아닌가? 말이 길어지면 촌장님께서는 방으로 들어가신다, '오늘은 그만 가게!' 하시면서. 그럼…… 곧바로 물어야 할 것이다. '촌장님'하고 불러서 나오신 것이니만큼 촌장 소리는 빼고 태평하게 작은 소리로 '저…… 금년 여름에는 무슨 일이 있을까요?' 됐다! 이렇게 물으면 짧고 함축성이 있다. 무엇인가 대답해 주시면 좋고…… '무얼?' 하고 되물으시면 그땐 차분히 되물어 보면 될 것이다. '마을엔 별일이 없을까요?' ……이렇게 묻는 것도 좋다."

박씨는 방침을 세워놓고는 기분이 좋아져서 고개를 끄덕이며 촌장의 집 쪽으로 가려고 했다. 이때 뒤쪽에서 자그맣게 부르는 소리가 들렸다.

"박씨!"

뒤돌아보니 바로 아래쪽에서 강노인이 올라오고 있는 것이 아닌가? 손에는 커다란 물통을 들고 있었다.

"어! 할아버지 웬일이세요?"

"음, 촌장님을 뵈러 왔나? 나도 촌장님을 뵈러 왔네. 집에 가보니 박씨가 집에 없기에 내가 직접 왔지! 이것 좀 촌장님께 갖다 드리게. 술이야! 잘 빚어진 것 같아……."

강노인은 술통을 박씨에게 맡기고는 즉시 내려가 버렸다. 이 마을에서 술은 강노인 집에서 도맡아 담근다. 강노인의 부인 되는 사람은 정마을에서 촌장 다음으로 괴상한 성격의 소유자인데, 술 만드는 일에는 귀신도 놀랄 만했다. 이 할머니는 술만 만들기 위해서 사는지 동네 술은 혼자 다 담가주지만 문밖출입은 일체 안 한다. 문밖출입을 안 하는 점에 있어서는 촌장과 닮았다.

그런데 이 할머니는 마음씨가 그리 선량한 것 같지는 않았다. 사람의 잘못에 대해서는 여지없이 지적하고는 상대를 안 하려 들고 남의 일에 간섭을 일체 않는다. 마을 사람하고는 어울리지도 않았고, 어쩌다 어울리게 되었을 때도 남의 흠만 잡는 것 같았다. 그래서 마을 사람들도 이 할머니를 슬슬 피하는데, 이상하게도 누가 술에 대해서 물어오면 기분이 좋아져서 열심히 설명하고는 자기가 담가주겠다고 한다.

강씨 댁 할머니는 촌장이 마시는 술에 대해서만은 특별히 정성을 더 들이는 것 같았다. 촌장의 괴상한 성격으로 인하여 박씨 외에는 누가 상대하기를 썩 좋아 안 하지만 강씨 부인은 촌장을 존경해 마지 않는다. 물론 마을 사람들도 촌장을 진심으로 존경은 하지만, 성격이 괴상하고, 대하기 어려워서 가까이 가기를 좋아하지 않는다.

촌장은 술만은 아주 좋아하는 것 같다. 일 년 내내 음식을 먹는 것은 거의 볼 수가 없었는데, 신통하게도 술만은 잘 마시는지, 많은 술을 갖다 주어도 술은 금방 없어지는 것이다. 그렇다고 갖다 준 술을 누구를 불러서 마신 적은 십 년 이래로 한 번도 없다. 마을에 잔치가 있어서 청하면 어쩌다 힘들게 참석해서는 음식은 별로 먹지 않고 술은 한없이 마시다가 멀쩡히 돌아간다. 그나마 촌장의 여유와 틈이 이것이어서 박씨는 가끔이나마 촌장을 즐겁게 해 줄 수가 있는 것이다.

박씨는 촌장의 집에 술을 가지고 여러 차례 갔었지만, 그때마다 박대를 받은 적은 거의 없었다. 오늘은 마침 강노인이 술을 가지고 왔기 때문에 속으로 '잘 됐다'고 생각하고는 촌장 집 뜰에 쉽게 들어섰다. 그러고는 역시 목소리는 최대한으로 낮추어서,

"촌장님!"

하고 불러보았다. 안에서 이내 기척이 나더니,

"들어오게."

라는 말이 들려왔다. '들어오게' 이 말을 들어본 지도 꽤나 오래 된다. 지난봄에 장사치 둘이 이 마을에 왔을 때 박씨는 장사치들의 말을 전하러 왔었는데, 그때 들어오라고 했었다. 물론 방에 들여서는 오래 앉아 있게 하는 법이 없었다. 그때 박씨가 방에 들어서자 인사를 하고는,

"촌장님! 장사치들이 왔는데 약을 내어줄 것이 있습니까?"
하고 물었는데, 촌장은 말없이 약초 몇 꾸러미를 내어주고는,
"오늘은 이만 가보게!"
하면서 벽을 보고 돌아앉았던 것이다.

박씨는 조용히 문을 열고 방에 들어서서는 무릎을 꿇고 고개를 깊이 숙여 인사부터 했다. 그러고는 거의 숨 돌릴 사이도 없이 말을 꺼냈다.

"강노인께서 술을 가져왔습니다!"

이렇게 말하면서 슬쩍 촌장의 안색을 살펴보니 역시 기분이 나쁘지 않은 것 같았다.

"음! 그래? ……잘했군! 그런데 박군! 금년에는 이 마을에 사람이 많이 찾아올 것 같아!"

"……예?"

박씨는 어안이 벙벙했다. 박씨가 물어볼 필요도 없이 여기 온 목적이 실현된 것이다.

'금년엔 사람이 많이 찾아온다고? ……그렇다면 한 가지 정도는 더 물어봐도 되겠구나…….'

"촌장님, 저…… 그건 어째서 그렇지요?"

박씨가 물어본 것은 '그것은 어떻게 알지요?' 라는 물음인데 아주 조심스럽게 말하다 보니, '어째서'라고 하는 말이 나오게 된 것이다. 그런데 말을 내뱉고 보니 오히려 잘 된 것 같았다. '어째서'라는 말은 듣기에 따라서는 '왜 그렇지요?', '어떻게 알 수 있지요?'라는 말이 된다. 촌장은 고개를 끄덕였다. 촌장이 고개를 끄덕인 것은 좋은 징조로, 대개는 다음 말이 있게 마련인 것이다. 몇 초간의 시간이 흘러

갔다. 이 짧은 시간도 박씨에게는 길게 느껴졌다. 숨을 죽이고 기다리니, 이윽고 기다렸던 다음 말이 들려왔다.

"이제 됐네! 그것을 알고 싶으면 인시(寅時)에 다시 오게. 우물가에서 목욕을 하고!"

'인시에 다시 오라고?'

박씨는 깜짝 놀랄 만큼 기뻤다. 십여 년 이래 이런 일은 없었던 것이다.

'그런데 인시가 언제지……?'

다시 물어보려고 하는데, 이미 촌장은 벽으로 향해 돌아앉았다. 이것으로 오늘 면담은 끝이 난 것이었다. 촌장은 밖에서 사람을 맞이할 때는 방으로 들어가는 것으로 끝이 나지만, 방 안에서는 돌아앉는 것으로 끝이 난다. 박씨는 새삼 생각나는 것이 있었다. 촌장이란 노인네는 방 안에서도 항상 벽을 향해 앉아 있는 것 같았다.

가끔 방으로 들어오라고 해서 들어서면 미처 벽에서 되돌아 앉지 못한 때가 종종 있었던 것이다.

'참으로 괴상하긴 괴상한 노인네다…….'

이런 생각을 하면서 밖으로 나와서는 술통을 부엌에 갖다놓고 내려왔다. 박씨는 이제 강노인에게로 갈 생각이었다.

'가서 인시가 언제인지 물어봐야지…….'

금년 여름은 비가 많이 오지 않았다. 그렇다고 심한 가뭄도 아니었기 때문에 농사는 예년과 같았다. 단지 정정(政情)이 더욱 불안하여 학생 데모는 끝이 없었다. 이승만 정권은 물러갔지만 장면이 이끄는 정권은 약체로서 사회 혼란은 가중되었고 국민의 의식 구조는 기회주의로 쇠약해지고 있었다. 따라서 사회 기강은 말이 아니었다.

사회의 지도층은 지도 이념을 잃었고, 서민 생활은 더욱 궁핍을 벗어날 길이 없었다. 게다가 치안도 불안한 상태여서, 전국 어디에나 폭력이 판을 치고 윤리 도덕은 타락할 대로 타락해 가고 있었다.

독재를 딛고 선 병든 젊음의 출구(出口)

서울로 돌아온 박인규는 집 안에만 며칠 틀어박혀 있다가 처음으로 거리에 나섰다. 인규는 부유한 집안의 외아들로 어느 면에서나 걱정이 없고 행복해야 할 사람인데, 그 무렵 그는 경찰 및 수사 당국을 피해 다니는 몸이 되었던 것이었다. 그가 이렇게 되기까지는 무엇보다도 정치적 현실이 큰 몫을 차지했다. 피 끓는 젊은이에게 당시의 정국은 그야말로 부패와 부정 그 자체였다. 이승만 정부의 독재와 부정 선거 등 일련의 사건들은 그들을 거리로 내몰기에 충분했다.

인규와 그 친구들도 소위 독서 서클이란 것을 만들어 본격적으로 정부를 규탄하기에 이르렀다. 잠재적으로 이루어지던 활동이 점점 확대됨에 따라 신분이 노출되어 마침내 이들에게 검거령이 내려졌다. 이 사건으로 피신해 있기를 이 년 가까이 하자 사건은 어느새 수습되어 있었다.

인규의 아버지는 아들을 엄히 꾸짖었다. 친구도 만나지 말고 바깥 출입을 금하라는 근신령을 내린 것이었다. 인규가 정마을에 피신해 있는 동안, 인규의 아버지는 큰돈을 들여서 겨우 해결을 본 것이었다. 처음에 인규의 아버지는 자식을 심히 꾸짖었다. 그러나 아들의 행위가 정당성을 가지고 있었을 뿐만 아니라, 워낙 자식을 귀하게만 기른데다가 오랫동안 떨어져 있다 만나고 보니 마음이 누그러져, 그만 근신령은 며칠 못 가서 풀고 말았다.

단지 앞으로는 행실을 조심하고 친구도 가려서 사귀라고 했다. 그러나 인규는 집을 나서자 친구 중에서도 자기와 반정부 시위에 합세했던 건영이부터 찾았다. 이 친구도 지금은 그 사건은 수습되어 있었지만 더 큰 액고(厄苦)를 치르고 있는 중이었다.

최건영, 이 친구는 나이가 인규보다 한 살 위이고 집안 형편은 인규와 마찬가지로 넉넉한 편인데, 아주 똑똑한 사람이다. 그렇지만 똑똑한 사람은 대개가 그렇듯이 경솔하고 오만스러운 데가 많아서 주변 사람에게 별로 평이 좋지 않았다.

지금 최건영이는 사경을 헤매고 있었다. 일 년여 전, 인규가 정마을로 떠난 몇 달 후 갑자기 경찰서에 끌려가 받았던 고문의 후유증 때문인지는 모르지만, 원인 모를 병을 앓게 되어 병원을 전전하다 지금은 집으로 옮겨와서 죽기를 기다리고 있는 중이었다. 인규는 이 사실을 모르는 채 건영이의 집을 찾았다. 대문 앞에서 가정부가 반갑게 맞이해서 건영이의 어머니에게 안내되었다.

"마님, 도련님 친구 분이 찾아오셨어요……."

"응 친구? ……누구?"

밖으로 나온 건영이 어머니는 인규를 금방 알아보고 손을 잡고 눈물부터 흘리는 것이었다.

"인규야! ……너는 그새 어디 가서 있었니? 건영이가 다 죽게 되었단다……."

"예……?"

바로 건영이가 누워 있는 방으로 들어갔다. 건영이는 의식이 없었다. 하루에 몇 시간씩 의식이 회복되기는 했지만, 깨어 있을 때도 몹시도 괴로워하다가는 소리를 지르고 기절하곤 한다. 얼굴은 알아볼 수 없도록 초췌해 있었다. 처음엔 대학병원 내과의 정밀 진단 결과 이상이 없자 정신과로 옮겨졌는데, 이곳에서도 병명조차 밝혀지지 않았고, 일 년여를 전전하다가 이제 죽기 전에 집으로 데려온 것이라고 했다.

집에 와서는 정기적으로 의사가 왕진을 오지만 별 효과가 없었고, 한약이나 민간요법 등도 소용이 없었다. 나중엔 목사나 스님이 와서 기도나 염불도 해 봤고, 무당굿도 치러 봤으나 마찬가지였다.

그러나 건영이의 정신력은 대단한 것 같았다. 깨어 있을 때는 그 고통의 와중에서도 주변 사람은 다 알아보고 대화도 길지는 않았으나 침착히 소통되고 있었다. 단지 끝없는 공포를 느끼며 점점 죽음의 길로 다가가고 있었다. 의사도 건영이가 체력이 너무 약해져 있어서 오래 가지 못할 것이라고 얘기한다. 건영이의 부모들은 이미 체념한 상태였다.

인규는 오래 앉아 있었지만 건영이의 의식은 회복되지 않았다. 인규는 다시 오겠다고 말하고는 방을 나섰다. 건영이의 어머니가 대문까지 전송하며 다시 오라고 말하고는 들어갈 줄을 모른다. 평소 인규와 건영이는 둘도 없이 친한 친구인데, 병상에서 건영이는 자주 인규를 얘기했었다. 눈물을 흘리며 대문에 서 있는 건영이 어머니를 뒤로하고 인규는 선배 되는 사람의 집으로 향했다. 이 선배는 인규를 산촌 마을에 안내한 사람으로서, 예전엔 정마을에 살았었다. 인규는 이 사람을 오래 사귀지는 않았지만, 왠지 좋아져서 잘 따르고 형제처럼 지내는 사이였다.

이 선배 되는 사람의 이름은 김철형인데 성실하고 침착한 사람이었다. 나이는 삼십대 초반으로 정마을에서 가족과 함께 서울로 이사해서는 얼마 동안 인규의 아버지 사업에 고용되어 있었으나 이내 자신의 사업을 시작했는데, 생각대로 사업이 나날이 번창해 가고 있는 중이었다.

인규가 김철형의 집에 도착하니 마침 집에 있었다. 집 근처에서 장사를 하고 있었기 때문에 멀리 나다니지는 않는 사람이다. 방에 들어가 앉자 인규는 그간 지난 상황을 간단히 얘기하고는 건영이 얘기부터 꺼냈다. 건영이는 김철형이도 잘 알고 있었다. 김철형이는 건영이를 별로 좋아하지는 않았으나, 인규의 친구로서 가끔 만나봤던 것이다.

건영이 얘기를 다 듣고 난 김철형이는 길게 한숨을 내뱉고는,

"그것 참…… 묘한 병도 다 있군! 대책이 없구먼, 어려워."

그러다가 갑자기 놀란 듯이 소리를 질렀다.

"그래! 정마을에 한번 가보면 어떨까?"

"예……?"

"정마을의 촌장님 말이야! ……촌장님한테 한번 보여 보지! 그분은 신통한 데가 있으신 분이니 어쩌면 방법이 있을지도 모르지……."

"그래! 그렇게 한번 해 보자……."

김철형이는 정마을에 있을 때 촌장을 무척이나 존경했다. 사공 박씨하고는 자주 촌장에 대해 의논하곤 했다.

"형님, 저 노인네가 정말 신통한 사람일까요? 아니면 좀 정신이 이상한 사람일까요?"

처음엔 이런 의논을 자주했다. 해가 지날수록 점점 존경심을 갖게 되었던 것이었다. 인규는 원래 사람이 좀 어리숭한데다가 관찰력도 별로 없어, 촌장과 마주칠 기회가 거의 없었다. 그러나 생각해보니 그 노인네가 뭐가 있긴 있었구나 하는 생각도 들었다. 지금에 와선 되든 안 되든 할 수 있는 일은 다 해봐야 할 것 아닌가?

'그런데…… 현대 의학으로도 못 고치는 병인데…… 그러나 혹시 모르지……!'

이렇게 생각하다가 마음을 정했다.

"형님, 좋은 생각입니다…… 그렇게 한번 해 보지요! ……제가 이 길로 가서 건영이 어머니를 만나 의논해서 결정하지요! ……그렇지만 형님, 그 촌장 노인네가 과연 치료를 해 줄까요?"

"응? 그건 나도 잘 모르겠지만 어떻게 하니? ……부딪쳐 봐야지."

인규는 다시 건영이의 집으로 향했다.

인규가 건영이네 집에 도착하자 건영이 어머니가 여전히 기운이 빠진 얼굴로 맞이했다.

"음, 또 왔구나? 내일 온다더니……."

인규는 지체 없이 얘기를 꺼냈다.

"어머니, 건영이 문제로 의논드릴 것이 있어서 다시 왔어요."

"응? 건영이 문제로?"

건영이 어머니는 이미 건영이에 관한 한 체념하고 있었기 때문에 반응이 그리 민감한 것은 아니었다.

"어머니, 다름이 아니라, 제가 있었던 산골 마을에 아주 신통한 사람이 있는데요……."

인규는 자신의 느낌보다는 선배의 말을 그대로 전했다.

"아마 그분이면 건영이의 병을 고쳐줄 수 있을지도 몰라요. 아니 잘 될 것 같아요."

"……그래? ……그런 사람이 있다고?"

건영이의 어머니는 약간의 호기심이 났다. 지금 이 판국에 신통한 사람이 있다면 속는 셈 치고라도 한번 보이고 싶은 마음이다.

"그런데 그 사람 뭐하는 사람이니? 의원이니, 아니면 산에서 도라도 닦는 사람인가……?"

"아니에요, 어머니. 그냥 산골 마을 촌장님이신데, 사람 병도 고치고(인규는 촌장이 병을 고친 것을 본 적은 한 번도 없었다. 하지만 약을 만든다는 것을 익히 알고 있었다) 사람의 운명에 대해서도 잘 알아요……."

운명에 관한 말은 인규도 자신 있게 말했다. 이 노인네가 미래에 대해 말하는 것이 잘 맞는다는 것은 박씨로부터도 자세히 듣고 있었고, 정마을 사람들이면 누구도 한 번씩은 그런 얘기를 했었다.

운명이란 말이 나오자 건영이 어머니도 귀가 솔깃했다.

운명! 과연 건영이가 지금 죽을 운명인가? 그것이 몹시도 궁금했었다.

"그래, 인규야! ……그분을 불러오려면 어떻게 하면 되니?"

"어머니, 그분은 불러서 오는 분이 아니에요. 우리가 직접 가야만 돼요……."

"음…… 그런 분이라고? 우리가 직접 가야 한다고? 그럼 그렇게 해야지! 내일 당장 가보자! 어떻게 준비를 해야 할까?"

"어머니! 이 일은 제 선배 되는 사람이 잘 알아요. 또 그분이 가서 말해주면 좋을 거예요. 그러니 우리는 내일 떠나더라도 제 선배가 먼저 출발하는 것이 좋겠어요. 가는 방법이 복잡해요. 찻길이 없으니 여기서 춘천까지 차로 간 다음 거기 여관에서 하룻밤 자고, 다시 새벽 일찍 차로 소양강 숲 입구까지 가서 거기서부터는 걸어서 가야 하니, 사람도 몇 필요하고 들것도 준비해야 해요."

"……그래! 그럼 서둘러 보자! 그런데 너의 선배 되는 사람은 그렇게 수고를 해 줄까?"

"걱정 마세요. 제가 지금 가서 말해보고 먼저 출발할 수 있겠는가를 알아본 뒤 다시 와서 준비하는 일을 도울게요."

"그런데 인규야. 만일 그분이 거절하면 어떡하니?"

"그럴 때는 집 앞에서 며칠이고 꿇어앉아 빌죠 뭐. 그러나 촌장님은 그런 분이 아니에요. 꼭 봐 줄 거예요."

인규는 다시 김철형의 집으로 떠났다. 이때만 해도 전화가 많지 않을 때라 김철형의 집에는 전화가 없었다. 인규가 떠나가자, 건영이의 어머니는 왠지 마음이 설레고 기대가 점점 커가는 것을 느낄 수 있었다.

'어쩌면 아들이 살 수 있을지도 모른다…….'

아니, 아들이 살아날 것을 굳게 믿었다. 건영이 어머니는 즉시 밖에 나가있는 남편에게 전화를 걸어 인규와 나누었던 얘기를 들려준 다음, 즉시 집으로 불러들였다. 건영의 아버지는 하던 일을 중단하고 서둘러 집으로 돌아왔다.

출발 준비는 착착 잘 진행되었다. 의사에게 연락하여 비상약을 준비하고 차량을 준비하고, 어머니가 따라가기로 방침을 정해 두었다.

이로써 독재와 부정·부패에 과감히 항거했던 젊디젊은 최건영은 자신의 미래를 깊은 산 속의 정마을이라고 하는 신비한 곳에 맡기게 되었다. 이것은 그의 피할 수 없는 운명의 길에서 발견된 당연한 출구였다.

능인(能忍)과 좌설(坐雪)

저녁때가 되어서 인규가 찾아와 선배 되는 사람은 이미 출발했다고 알려주었다.

김철형은 정마을에 하루나 반나절 먼저 도착해야만 했다.

하지만 만약에 비가 온다면 정마을에 가게 되는 것은 거의 불가능하다. 그렇지만 이번 여름은 맑은 날이 많고 며칠간은 쾌청할 것이라는 관상대의 예보가 있었다.

김철형은 정마을을 떠나온 지 몇 년 만에 처음으로 가보는 길이다. 항상 정마을에 가보고 싶었던 마음이어서 건영이 사건으로 가는 것이 남의 일 같지가 않았다.

김철형은 언제나 소양강 가와 정마을을 꿈꾸며 살아갔다. 소양강은 오늘도 쉬지 않고 유유히 흐르리라…….

이 무렵 소양강 숲가에서는 오늘 조그만 사건이 하나 있었다. 정마을로 통하는 나루터까지는 사람이 찾아오는 일이 드물었지만, 하류쪽은 도시에 가까워서 가끔 소풍객도 찾아들고, 아베크족도 찾아들곤 한다.

사건이 있던 이 날은 마침 일요일이어서 강이나 숲으로 찾아드는 사람이 좀 있었다. 대개 이런 한적한 곳에 찾아드는 사람은 일찍 왔다가는 해가 지기 전에 돌아가곤 한다.

그런데 한 무리의 소풍객이 저녁이 가까워오는데도 돌아갈 생각을 하지 않고 왁자지껄 떠들고 있었다. 주변엔 사람이 없었는데, 이들이 지껄이는 말을 들어보면 너무나 속되고 품위가 없었다. 그리고 서로 욕을 하는 건지 싸움을 하는 건지 쌍소리가 그치지 않았다.

"퉤, 어떤 새끼가 이런 산골로 놀러오자고 했어? 원, 심심해서 견딜 수가 있어야지?"

이들 패거리는 가까운 도시의 불량배들로서 이곳에 소풍을 나온 것 같았다.

"형님, 공기도 맑고 조용하니 좀 좋아요? 난 아주 좋은데요."

"야, 이 미친놈아! 우리가 원래 조용한 것 좋아하냐? 뭐, 맑은 공기? 맑은 공기 좋아하네! 야, 누구 담배 가진 것 있니? 없어? 제기랄 도대체 준비는 누가 했냐? 술도 떨어지고, 담배도 없고…… 야! 가자! 별 볼일 없다. 퉤, 내가 다신 이런 데 오나봐라! 야! 자빠져 자고 있는 놈들 빨리 깨워라!"

지금 기분이 나빠서 연상 불만을 터뜨리고 있는 사람은 아마 이들 중 두목인 성싶었다. 서너 명은 나무 그늘에서 아무렇게나 이리저리 누워서 잠들어 있었는데, 필경 술을 몇 잔 들고 뻗은 것이리라.

이들은 대개 이십대 초반에서 후반까지 들인데 모두 열네 명이었다. 이 중에 나이로 봐서 중간쯤 되는 사내 하나가 아직 깨어나지 못하고 있었는데, 금방 깰 것 같지가 않았다. 아무리 흔들어도 잘 깨어나지 않는다.

"형님! 형님! 좀 일어나세요! 이젠 가야지요! 원 제기랄…… 이 형님은 어디 가서든지 한번 곯아떨어지면 날 새는 줄 모른다니까……."

"야! 다른 짐은 다 챙겼냐?"

"뭐? 짐이라고? 짐이 뭐가 있냐?"

"저 형님이나 누가 업어라!"

"가자, 가자!"

"원 이렇게 무거워서…… 이거 어디 얼마나 가겠어? 형님, 일어나세요!"

뺨을 몇 대 쳐 본다. 이때 두목이 한 마디 했다.

"이놈들아! 대가리를 좀 써라, 대가리를…… 야! 누구 강물 좀 떠와라!"

"물이요? 그릇이 있어야지요?"

"그럼, 끌고 가서 물에 처박아보면 될 거 아냐? ……덜 된 놈들!"

몇 사람이 팔다리를 떠메서 물가로 끌고 갔다. 다른 사람들은 숲에 앉거나 서서 기다렸다.

"형님! 이거 이런 데 올 데가 못 되는데요?"

"그래 내가 뭐랬냐? ……술집에나 처박혀 있는 게 낫지. 그리고 너희들 이런 데 올 땐 계집 몇 명도 못 데려오니? 그저 싸움질이나 하라면 신이 나지?"

"아니, 형님! 싸움질 하면 우리 본업 아닙니까? 싸움이라도 잘하면 되잖아요?"

"야! 야! 싸움도 대가릴 잘 써야 한다고…… 그리고 놀러 다닐 땐 준비를 좀 하고 다녀야지…… 이거야, 원…… 오늘 안 온 놈들은 지금 편안하겠구나. 그런데 이놈들은 안 되겠어, 기압이 빠졌어, 야!

너 애들 교육 좀 시켜라!"

두목은 소두목한테 오늘 빠진 애들을 혼내주라고 하고는 하품을 한다. 바로 이때 뒤에서 아주 작은 소리로 누가 부른다. 강가에 나갔던 패거리 중 하나이다.

"형님……."

"아이구 깜짝이야! 이 새끼 무슨 지랄이야?"

소리가 너무 작았던 것이다.

이들은 항상 거칠게 부르고 거칠게 대답하는데, 뒤에서 가만히 다가와서 작게 부르니 놀랄 수밖에 없었다.

"저쪽에 사람이 와요……."

"뭐? 사람이? 몇 놈인데?"

두목도 목소리가 작아졌다. 이들은 어디 가서나 사람을 만나야 좋아한다. 시비를 걸어 싸움질을 하거나, 돈을 뺏거나 여자라면 강간도 서슴지 않고 한다. 두목의 목소리가 작아진 것은 마음속으로 흥분했다는 증거이다.

"글쎄요, 멀어서 잘 안 보이는데 아마 몇 명 정도는 되나 봐요……."

"어느 쪽에서 와?"

"상류 쪽에서 내려와요."

이때 다시 강 쪽에 나갔던 패거리 하나가 뛰어들면서 소리쳤다.

"형님! 형님!"

이번엔 목소리가 크다.

"이 새끼야, 작게 좀 얘기해! ……뭐야?"

"네 명이에요! ……여자가 두 명이고요!"

"뭐? 여자라고? 야! 빨리 숨어라! 저쪽에서 우릴 봤니?"

"예, 보긴 했는데 그냥 이쪽으로 걸어오는데요."

"그래? 잘됐다. 다른 애들도 빨리 들어와서 숨으라고 해!"

이런 말을 채 하기도 전에 강가에 나갔던 나머지 패거리 세 명이 뒤따라 왔다. 그 중 하나는 얼굴에 물을 잔뜩 뒤집어썼는데 싱글벙글하면서,

"형님! 여자예요, 여자!"

하면서 손바닥을 비비면서 능청을 떤다. 이들은 이런 경우 어떻게 일을 진행시켜야 하는지에 대해서는 이골이 난 인간들이다. 누가 시킬 것도 없이 자동적으로 몸을 감추고는 신속하게 일처리를 해 나간다.

"그래, 누가 나갈래?"

"아따, 형님! 이런 일에는 누가 있겠어요?"

뻔한 일을 묻는다는 것이다. 이들 중 하나가 일어나 허리띠를 죄며 두목을 슬쩍 바라본다. 두목이 끄덕이니 이 친구는 즉시 강가 쪽으로 나갔다.

강가로 일을 하러 나간 친구는 얼굴이 깨끗하게 생기고 체격이 작은데다가 나이도 이들 중에서 제일 어린 것 같았는데, 스무 살이나 갓 넘었을까 했다.

강 상류 쪽에서 한가하게 걸어 내려오는 네 명은 아베크족인데 쌍쌍이 놀러왔다가 좀 늦어서 급히 내려오는 중이었다.

조금 전 저 아래 사람이 보였지만 그들도 떠나가는 중이려니 생각하고, 오히려 길을 '제대로 들어섰구나!' 하며 사람이 있었던 쪽으로 걸어왔던 것이다. 이들 중 한 사람이 말했다.

"이곳 강가가 좋긴 참 좋구나! 우리 언제 다시 올까?"

"그래요, 다시 한 번 와요. 다시 올 땐 저 애는 데려오지 말아요. 원

저렇게 찰싹 붙어 떨어지지 않으니…….”

“뭐라고? 니넨 어떻고? 기집애도 자긴 더 하면서…….”

“하하…… 미스 김, 미스 전 말이 맞지 뭘 그래요?”

“우리가 언제 찰싹 붙어 있었어요? ……미스 김은 그렇지만.”

“뭐라고요? 그래요, 우린 그렇지만…… 남 볼 때 점잖은 사람이 둘만 있을 땐 더 한다고요. 아무도 안 볼 때 미스 전하고 둘이 무슨 짓을 할지 어떻게 알아요? 우린 누가 볼 때만 이런다고요…….”

“그래요? 그럼 언제 숨어서 한번 봐야지.”

“……뭐라고요? 내 참, 거봐요, 기명씨는 더더욱 엉큼하다고요…….”

“하하…… 미스 김 얼굴이 빨개진 것을 보니 아무도 안 볼 때 무슨 일이 있어도 대단히 있었는가 보지요 ……그렇지 않고서야…….”

“아니에요! 우리가 무슨…….”

이때 저쪽에서 누가 걸어 나온다.

“어? ……누가 이쪽으로 오는데?”

미스 김의 애인인 명구는 이렇게 얘기하면서 불안한 육감을 느꼈다. 거침없이 다가온 젊은 사내는 먼저 침부터 퉤 뱉고 나서 네 사람의 길을 막고 섰는데, 주머니에 손을 집어넣고 얼굴은 뻔뻔하게 내밀었다.

“저…… 아저씨들, 담배나 좀 얻읍시다…….”

말부터가 상스럽고 태도가 불손한 것을 보니 불량배가 틀림없다. 기명이는 기분이 탁 상했다.

“뭐? 담배?”

이때 명구가 기명이 어깨를 툭 치며 가만히 있으라고 신호를 보내고는 재빨리 담배를 꺼냈다.

"담배 여기 있습니다."

담배는 갑에서 한 개비 나와 있어서 뽑기가 좋게 되어 있었다. 그런데 이 불량배 사내는 아예 빼앗다시피 하여 통째로 담뱃갑을 낚아채고는 그 중에서 한 개비를 입에 물고 담뱃갑을 돌려주면서 말한다.

"불도 좀 얻읍시다……."

이때 담뱃갑은 모래 바닥에 떨어졌는데, 돌려주면서 일부러 떨어지게 한 것이 틀림없었다.

"아니? 이거 뭐 이래……?"

기명이는 화를 참지 못해서 무슨 말인가 하려는데 역시 명구가 막았다.

"자, 성냥 여기 있습니다……."

그러자 이 불량한 젊은이는 성냥을 낚아채서 담배에 불을 붙이고는 성냥을 돌려줄 생각도 않고 기명이를 쳐다보며 한마디 한다.

"아니 뭐, 담배 한 개비 갖고 그러슈? ……원 참 내, 재수 없어서…… 퉤…… 별 미친놈 다 보겠네…… 미친놈!"

이 말에 기명이는 더 이상 참지 못했다. 명구가 말릴 새도 없이 험한 말이 튀어나왔다.

"야! 이 자식아 너 깡패구나? 나쁜 놈 자식……."

"뭐라고요? 이 자식이라니? 왜 욕을 하고 난리예요…… 나보고 깡패라고요? 별 더러운 소리 다 듣겠네, 이거 담배 하나 얻어 피우다 봉변당하겠네…… 자! 이까짓 담배 아까우면 도로 가져가슈!"

하고는 기명이의 얼굴에 불붙은 담배개비를 확 집어던진다. 얼굴에 부딪힌 담배는 재를 눈에다 뿌리고는 모래 바닥에 떨어졌다.

이와 동시에 기명이가 젊은이의 어깨를 힘 있게 잡아당기니 옷이 찢어지면서 모래 바닥에 나뒹굴었다.

일은 이제 벌어진 것이다. 사실 일이 벌어졌다기보다는 불량배들의 각본이 본궤도에 오르기 시작한 셈이다.

다급해진 명구는 기명이를 밀쳐내고는 젊은이를 일으켜 세우려 했다. 그러나 명구의 손을 뿌리친 젊은이는 숲 속을 향해 소리를 질렀다.

이와 때를 맞춰서 몇 명이 달려 나왔다. 소리를 지를 것도 없이 기다렸다 나온 것이다. 그새 넘어졌던 젊은이는 일어나서 소리를 지르며 분위기를 고조시키고 있었다.

"이 새끼가 사람을 쳐? 이거 깡패구나! 너, 어디 좀 보자! 형님, 여기 좀 보세요! 이 새끼가 사람을 쳐요!"

몇 명의 불량배들은 이미 위협적으로 다가섰는데, 그 뒤에 또 몇 명이 달려 나오고 있었다.

"뭐? 사람을 쳐? 왜 그러니?"

"괜히 담배 좀 빌리자니까 느닷없이 사람을 치잖아요!"

"뭐? 괜히 사람을 쳐? 깡패로구먼! 누구야? 이놈이야?"

이때 명구가 부드럽게 끼어들었다.

"저, 미안합니다만 그런 게 아니고 제 친구가 그만 실수를 한 것 같아요!"

"……뭐라고? 실수로 사람을 쳤다고? 이놈들 아주 나쁜 놈들이군."

이와 동시에

"야, 나도 실수 좀 해 볼까?"

하면서 이들 패거리 중 하나가 번개같이 주먹을 날렸다. 주먹이 명구의 면상에 적중하고 명구는,

"악!"

하고 나가 자빠졌다. 이어 기명이에게 다른 주먹이 날아들었다. 기명이는 배를 움켜쥐고 무릎을 꿇었는데, 그 등을 사정없이 짓밟았다.

이어 뒤따라온 패거리도 합세하여 발길로 차고 짓밟더니, 기진맥진해 있는 사람을 일으켜 두 사람이 한쪽씩 팔을 껴잡고는 얼굴과 가슴 및 배를 사정없이 후려쳤다.

여자들이 소리를 지르고 비명을 지르자 몇 명이 달려들어 따귀를 몇 대씩 후려갈기고는 팔을 비틀어 무릎을 꿇렸다. 남자 두 명에 대한 공격은 끝없이 계속됐다.

얼굴은 이미 피범벅이 되었고, 비명은 더 이상 들리지도 않았다.

"퍽…… 읍…… 억……."

이들이 거의 죽다시피 하자, 잠시 공격을 멈추고는 여자들의 머리채를 잡아당겨 고개를 들게 했다. 여자들은 너무나 놀라 비명조차 지르지 못하고 새파랗게 질려 울 뿐이었다.

다시 한 차례 심한 공격이 시작되었다. 남자들은 이미 실신했는지 치고 차고 하는 주먹과 발길질에 따라 몸이 이리저리 움직일 뿐이었다. 여자들은 바로 앞에서 이것을 쳐다보고 있어야 했다. 고개를 돌려 외면하려 하면 얼굴을 비틀어 바로 보게 하면서 치고는 하였다.

이들은 한 줄로 서서 차례차례 두 남자를 향해 한 번씩 주먹을 날리고는 잠시 휴식을 취했다.

이윽고 두목의 차가운 음성이 들렸다.

"저놈 둘을 앉혀놔!"

기명이와 명구는 앉힐 것도 없이 푹 고꾸라졌지만 다시 일으켜 세워 앉혀졌다.

"이 새끼들 그래, 사람을 쳐? 그래, 맛이 어때?"

아무런 대답이 없자 여자 쪽을 돌아보며 물어본다.

"야! 너희들, 이 남자들 잘 아는 사이야?"

여자들이 고개를 끄덕이자, 두목은 벼락같이 화를 낸다.

"뭐라고? 이년들도 한통속이로구먼? 이것들도 맛을 봐야겠군……."

이어 옆에 있는 패거리에게 신호하자, 하나가 여자에게 다가서서 윗도리 목 부분에 손을 넣어 잡고 힘껏 잡아챘다. 옷은 찢어지고 하얀 젖가슴이 드러났다. 이어 나머지 여자에게도 똑같이 하자 마찬가지로 가슴이 드러났다.

여자들은 '아악'하고 소리를 질러댔지만, 이들의 손은 멈춰지지 않았다. 머리채가 앞으로 당겨지고 땅바닥에 앞으로 뉘어지자 이내 치마를 잡아당겨 찢어 내렸다. 그리고는 나머지 팬티까지 벗겨져 마침내 알몸이 드러났다.

이때 남자들이 아직 기절하지 않았는지 '음, 음!'하고 소리를 내자 패거리 중 하나가 즐거운 듯이…….

"이 새끼들 아직 죽지 않았군! 그럼 좋은 구경을 시켜주지."

하고는 자신의 바지를 벗어 내렸다. 이 자는 부두목격인 것 같았는데 바지를 벗고 팬티 바람에 서서 두목을 바라봤다. 두목이 왼손 엄지로 신호를 하니, 이 자는 즉시 왼쪽 여자 뒤에 가서 섰다. 두목도 바지를 벗고 오른쪽 여자 뒤에 가서 섰다. 두목이 다시 신호를 하자, 패거리들 네 명씩이 한 여자에게 달려들어 팔과 다리를 하나씩 잡아당겨 바로 뉘였다.

이때 이들의 애인인 남자들은 고개가 들려져 이 광경을 바로 보게 했다. 이들 불량배 패거리들은 이제 핵심적인 향연으로 접어들어 가려하고 있었다.

아직 저녁이 되지 않아 밝고 환한 모래밭에 두 여자의 나신은 보기 좋게 드러나 있었다.

패거리들은 신이 나서 함성을 지르고 있다. 이들은 이런 짓을 많이 해본 것 같았다.

그렇지 않고서야 어떻게 질서 정연하게 저마다의 작업으로 한 가지 목표 쪽으로 신속하게 접근할 수 있겠는가?

두목은 침을 꿀꺽 삼켰다. 이제 육체의 샘에 뛰어들어 생명의 원초적인 갈증을 해소하려 하고 있는 것이다. 두목은 무릎을 꿇고 여자의 다리를 더듬기 시작했다……. 옆에서 다른 여자를 공격하는 부두목은 두목보다 앞서지 않으려고 무진 애를 쓰고 있는 것 같았다.

상황은 일촉즉발의 상태였다. 떠들고 있던 다른 패거리들도 숨을 죽인 채 눈이 빠져라 하고 구경하며 있었다. 긴장이 감돌고 있었다.

바로 이때 가까운 숲 속에서 소리가 들려왔다. 매섭고 우렁찬 목소리였다.

"멈춰라! 이놈들!"

이 한마디는 침묵을 가로질러 섬광처럼 광란의 현장에 날아들었다. 모두가 놀라서 바라보니 숲에서 누군가 성큼성큼 걸어 나와 순식간에 패거리들이 있는 곳까지 다가왔다. 다가온 사람은 체격이 건장한 나이든 사람이었는데, 옷은 검정색으로 무슨 도포같이 보이기도 했다. 아무튼 흔하게 볼 수 있는 옷은 아니었다.

가까이서 얼굴을 보니 나이는 예순 살 전후의 노인이었다. 노인의 두 번째 음성이 무섭게 들려왔다.

"음, 짐승 같은 짓거리를 하고 있었군! 벼락을 맞을 놈들!"

그리고 패거리들을 한 번 주욱 돌아보고는 다시 한 번 일갈했다.

"물러서지 못할까!"

실로 짧은 순간에 일어난 일이었다. 패거리들은 이제야 정신을 수습하고 재빨리 상황을 판단해 보았다.

우선 저쪽 숲에 다른 사람이 더 있는가가 문제였고, 그 다음은 이곳에 뛰어든 사람이 경찰이냐 아니야? 아니면 어떤 사람이냐? 등 안전 상황을 번개같이 점검해 보았다.

생각해 보니 아무것도 아닌 것을 알게 되었다.

숲에는 아무도 없었고, 이곳에 뛰어든 사람은 단신으로 경찰도 아니었으며 (경찰이라도 이들에겐 상관없지만……) 더구나 나이 든 노인이었다.

두목은 마음속으로 안도감을 갖는 한편 몹시 화가 났다. 두목은 속으로 생각하면서 바지를 주워 입었다.

"썩어질 영감! 하필, 이럴 때 방해하다니…… 재수도 우라지게 없네. 이 영감 어디 혼 좀 나봐라! 아주 찢어죽여야지! 나 참, 별게 다 끼어드네! 퉤…… 왜 이렇게 오늘은 재수가 없을까?"

두목은 싸늘하게 웃음을 지으면서 한 마디를 내뱉었다.

"미친놈의 영감! 이 개 같은 영감아! 여기가 어딘 줄 아니?"

두목이 신호도 하기 전에 이미 패거리 몇은 노인이 도망하지 못하게 뒤쪽을 막아섰다.

"이 노망한 영감아! 넌 오늘 다 살았다…… 미친놈! 도대체 어디를 끼어드는 거야? 정말 웃기는군!"

두목은 노인네가 미워서 견딜 수 없어하며 부하에게 눈짓했다. 부하중 나이가 제일 젊은 사내가 나서서 빤질빤질 웃으며 노인에게 다가서서는 따귀를 후려쳤다.

실로 놀랄 만한 일은 이때 일어났다. 노인의 얼굴을 향해 가던 손은 허공에 멈추어 섰고, 어느새 노인은 젊은이의 손목을 쥐고 있었는데, 노인은 미동도 하지 않고 서 있었다.

"어……?"

패거리들은 잠시 놀랐는데 이어서 비명 소리가 들려왔다.

"어…… 어…… 어…… 악——"

노인이 잡은 손에 힘을 주자 젊은이의 손목은 마치 연한 나뭇가지처럼 '우직— 삑—'하면서 뼈가 으스러져 버렸다. 젊은이는 그 자리에서 기절했다. 공포가 엄습해 왔다. 이 무슨 변이란 말인가? 패거리들은 어안이 벙벙해서 잠시 갈피를 못 잡았는데, 두목의 목소리가 정신을 차리게 해 주었다.

"모두 쳐라!"

이들 패거리는 싸움판에서는 아주 유능한 친구들이었다. 한 친구가 노인의 얼굴에 주먹을 날렸다. 이와 동시에 노인이 발로 걷어찼는데, '퍽—' 하면서 옆구리 위쪽에 발이 날아가자 이 친구는 갈비뼈가 부러지면서 나동그라졌다.

이때 노인이 다시 왼손을 휘두르자, 왼쪽에서 달려들던 놈 하나가 피와 함께 이빨을 쏟아내면서 쓰러졌다. 노인은 이어 오른발을 약간 앞으로 내디디며 앞에 있던 놈 하나의 얼굴을 오른손으로 밀어내자 얼굴은 뭉개지고 코피와 함께 나자빠졌다.

노인의 동작은 어찌나 빠른지 어떤 것이 먼저인지 알 길이 없었다. 노인은 동작을 멈추지 않았다. 두목의 면전까지 다가가서는 멱살을 잡고 번쩍 들어 올려서는 다른 패거리들을 향해 몽둥이처럼 휘두르니 두목의 다리에 두 놈이 얼굴을 맞아 목뼈가 부러지면서 쓰러졌다.

마침내 두목은 땅바닥에 심하게 패대기쳐져 그만 쭉— 뻗어버렸다.

잠시 동작이 멈추고 침묵이 찾아왔다.

패거리들은 너무나 놀란 나머지 얼굴이 새파래져서 부들부들 떨고 있었다. 노인은 벼락같이 소리쳤다.

"이놈들, 꼼짝 마라……."

이때 두 명은 달아나려고 뒤를 돌아다보았다. 그러나 뒤를 돌아다 봤을 뿐 한 발자국도 떼지 못했다. 어느새 노인은 이들의 키를 껑충 뛰어넘어 이들의 가슴에 손바닥을 밀어 쳤다.

둘은 피를 토하며 펄썩 주저앉았다. 나머지는 이제 도망갈 생각도 못 하고 반정신 나간 상태에서 떨고 있는데, 그래도 부두목은 아직 정신을 덜 차렸는지 품속에서 잭나이프를 꺼내들었다. 이를 본 노인은 즉시 부두목에게 다가섰다.

부두목은 '얏얏—!'하고 기합을 넣으면서 곧바로 찌르려고 달려들었지만 쉽게 손목을 잡히고 비명을 질렀다. 노인은 손목을 잡은 채로 힘을 주고는 사타구니를 걷어찼다.

"으악—— 악——"

손목의 뼈는 부서지고 사타구니는 어떻게 되었는지 알 길이 없으나 앞으로 고꾸라졌다. 이제 남은 패거리는 네 명밖에 없었다. 노인은 사나운 소리를 지르면서 네 명에게 다가갔다. 네 명은 서로 누가 먼저랄 것도 없이 일제히 무릎을 꿇었다. 노인의 차가운 음성이 고요한 강가를 진동시켰다.

"이놈들! 누가 무릎을 꿇으랬나? 어서 일어나지 못해?"

네 명은 다시 일어났다. 이 때 한 명이 일어나는 동작이 좀 느렸다. 아마 다리에 힘이 쭉 빠져 겨우 일어서는 것이리라. 노인은 그 쪽으로 다가서자마자 정강이를 걷어찼다. 정강이뼈가 부서지면서 너부러졌다.

"이놈들 아직 정신 못 차렸군!"

하면서 세 명을 노려보는데, 흡사 하늘에서 내려온 저승사자 같았다. 세 명중 하나가 바지에 오줌을 쌌다. 그러고는 몸을 부르르 떨더니 그 자리에 쓰러졌다. 나머지 두 명은 얼굴이 백짓장처럼 하얗게 질려 있고 눈은 멍하니 뜬 채 바들바들 떨면서 겨우 버티고 서 있었다. 다시 노인의 음성이 들려왔다. 작고 무거운 음성이었다.

"너희들은 저것들을 한데 모아라!"

노인이 가리킨 것은 이리저리 쓰러진 패거리들인데, 거의가 다 기절한 상태였다.

주변은 온통 핏자국으로 물들어 있었다.

이어서 노인은 여자들이 있는 곳으로 왔다. 여자들은 겨우 몸을 가리고는 자기들의 애인이 있는 곳에서 떨고 있었다. 남자 둘은 정신이 약간 있었는지 쓰러지지 않으려고 여자들한테 기대어서 숨을 몰아쉬고 있었다. 노인은 이들의 등 쪽으로 말없이 다가가서는 손가락으로 어딘가를 번개같이 찔렀다. 남자들은 몸에 진동이 일어나면서 정신이 한결 맑아지는 것을 느꼈다.

곧바로 노인의 말소리가 들렸다. 음성은 여전히 차갑고 무거웠다.

"너희들, 어서 이곳을 떠나거라! 잠시 후 내가 이곳을 처리하고 너희를 찾을 것이다. 그때 나에게 발견이 된다면 너희 네 명은 지옥으로 가게 된다. 알겠느냐?"

여자들은 일제히 흐느껴 울었고, 남자들은 고개를 끄덕였다. 도대체 어떻게 된 영문인지 알 길이 없었다. 그러나 살아남기 위해 정신을 바짝 차리고 쉴 새 없이 궁리를 하면서 고개를 끄덕인 것이다.

"그리고……."

노인은 다시 얘기했다.

"너희가 이렇게 살아서 돌아가는 것은 하늘이 너희를 도운 것이다…… 서로 사이좋게 지내며 영원히 헤어지지 말아라! 오늘 일은 누구를 탓할 것이 없다. 운명이다. 너희들은 앞으로 행복해질 것이다. 어서 가거라!"

노인은 돌아서며 혼자 웃었는데, 이들 네 명은 그것을 보지 못하였다.

네 명은 바삐 일어나 하류 쪽으로 향해 가는데 허둥지둥하면서 경황없이 걸어갔다. 노인은 다시 차가운 얼굴로 돌아왔다. 패거리들은 이제 한 곳에 다 모아져 있었는데, 아직 멀쩡한 두 친구는 무릎을 꿇지도 못하고 눈치만 살피고 있었다.

노인의 목소리가 들렸다.

"무릎을 꿇어라!"

추상같은 명령이었다. 순간도 지체할 수가 없다. 두 친구는 번개같이 꿇어앉았다.

다시 노인이 외쳤다.

"모두 들어라!…… 기절해 있는 놈은 아예 죽여 버린다."

이 말에 여러 명이 고개를 들었다. 여전히 깨어나지 못한 패거리들은 노인이 일일이 등에다 아까 한 것처럼 손가락으로 어딘가를 찔렀다. 모두가 정신을 차렸다. 냉정한 노인의 눈초리가 한 바퀴 패거리들을 둘러본다.

적막한 가운데 공포가 엄습했다. 이제 노인의 처분에 따라 이들의 운명은 결정된다. 지금까지의 행동으로 봐서 노인은 잔인한 사람이 틀림없다. 악마와 같은 이 노인네의 판결은 행운을 기대할 수는 없을 것 같다. 패거리들은 공포 속에서도 한 가닥 희망을 가지면서 처분을 기다렸다. 순간순간이 길게만 느껴졌다.

이윽고 노인의 음성이 떨어졌다.

"이놈들! 내가 누군지 아느냐?"

이 무슨 말인가? 이들 패거리가 어떻게 노인을 알겠는가? 영문을 몰라 하면서도 어떻게 할지 몰라 누가 '모릅니다' 하고 대답했다. 대답은 멀쩡한 두 명이 함께 했는데, 이 둘은 이 노인네 성질이 급해서 무슨 일이 일어날지 몰라 얼떨결에 대답한 것이다. 그런데 결과적으로 이 대답은 크게 잘못된 것이다.

노인은 다가와서 싸늘하게 쳐다보다가 한 녀석의 따귀를 때리니 이빨이 부러지면서 코피가 터지고 고막도 터진 것 같았다.

"업! 흑!"

그리고 이어서는 나머지 한 녀석의 어깨를 꽉 잡아 쥐었다. 뿌드득하면서 어깨뼈가 부서졌다.

"아 —— 악!"

그러나 둘은 결사적으로 버텨서 기절은 하지 않았다. 다른 패거리들은 숨소리를 죽였다. 자기가 노출되기가 싫어서였다. 몰인정한 노인의 음성이 차갑게 다시 들려왔다.

"나는 저승에서 온 사자(使者)다."

이 또한 무슨 말인가? 어처구니가 없다. 그러나 한없이 잔인한 노인의 성품으로 봐서 사실인 것 같기도 했다. 이 무슨 날벼락이란 말인가. 밝은 대낮에 저승사자가 나타나다니, 패거리들은 심장이 방망이질치기 시작했다. 이십 세기에 도시 근교에서 저승사자가 나타나다니, 이제 모든 것이 끝장인 것 같았다. 저승사자라! 틀림없이 저승사자일 것이다. 그렇지 않고서야 그런 괴력이 나올 수가 없는 것이다. 악의 현장에 정확히 나타난 것만 봐도 알 수 있다.

이제, 들려오는 노인의 음성은 아예 저승사자의 목소리로 들렸다.

"나는 너희들을 죽이러 내려왔는데……."

패거리들은 '그렇겠지!'하고 점점 체념을 하려는데, 다음 말은 희망을 주는 것이었다.

"다 죽이지는 않겠다."

'뭐? 다 죽이지는 않겠다고?'

패거리들은 모두 이 말에 정신이 번뜩 들었다. '다 죽이지는 않겠다.' 이 말은 이들에게 한 가닥 희망인 것이다. 어쩌면 자신은 살아남을 수도 있다. 그래서 패거리들은 더욱 숨을 죽이고 다음 말소리에 귀를 기울였다. 이들은 소리를 내면 먼저 죽을 것만 같았다.

"너희들 중에……."

노인의 한 마디를 결사적으로 청취했다. 노인은 느리게 얘기하지 않는데 패거리들에게는 아주 느리게 들려오는 것이었다.

"……앞으로 나쁜 짓을 하지 않겠다고 맹세할 사람 있나?"

노인의 이 말에는 모두들 한결 부드러운 느낌을 받았다. 대개 이런 말은 용서할 때 사용하는 말이다. 그러나 누구도 대답은 못 하고 있었다. 잘못 대답하면 큰일 날 것이 뻔하다. 이때 다시 들려온 노인의 말은 이들 패거리에게는 어떻게 해야 할지를 확실히 알 수 있는 것이었다. 노인은 차갑게 그러나 왠지 신경질적으로 내뱉었다.

"빨리 대답하지 못하겠나?"

이 말이 떨어지자 패거리들은 일제히 함께 대답했다.

"예에!"

이 대답은 처량하게 들렸다. 노인은 신경질이 나 있는 것 같았다.
"대답 안 한 놈은 없지?"
모두들 가만히 있었다. 그러자 노인은 한결 차분한 목소리로,
"좋다! 그럼, 모두 옷을 벗어라! 팬티 하나만 남겨놓고 모두 벗어라! 빨리! 늦는 놈은 찢어죽이겠다."
패거리들은 신속하게 옷을 벗었다. 모두 몸들이 불편할 텐데 신기하게도 별 지장 없이 옷을 벗어젖혔다. 벗어진 옷은 노인의 명에 의해 다시 한 곳으로 모아졌다. 노인은 이제 최후의 선언을 하기 시작했다.
"너희 놈들은, 원래 나의 법대로 하면 당장 찢어죽여야 하겠지만 일단 앞으로의 태도를 보겠다. 너희들 모두 나에게 빚이 있다. 앞으로 오늘 일을 항상 기억하라! 오늘 내 말을 잊고 다시 나쁜 짓을 하는 놈은 어딜 가 있던 내가 찾아가서는 찢어 죽이겠다. 저승에서 너희들 사는 걸 항상 내려다보겠다. 알아들었나?"
모두가 '예예' 하고 대답하자, 노인은 고개를 끄덕이며,
"너희는 오늘 운이 좋았다. 다시는 나쁜 짓 하지 마라!"
이렇게 말하고는 패거리 하나를 지적했다.
"야! 너!"
이 친구는 가슴이 철렁하면서 이젠 죽는구나 생각하고 식은땀을 주루룩 흘렸다. 노인은 차갑게 명령했다.
"저 옷에 불을 붙여라, 어서!"
이 친구는 번개같이 일어나 옷에 불을 붙이는데 손이 부들부들 떨려서 한참만에야 옷에 불을 붙였다. 옷은 순식간에 태워져서 재로 변해버렸다. 불이 타고 있는 것을 물끄러미 바라보던 노인네가 다시 패거리 쪽으로 날카로운 시선을 보내더니,

"자, 이제 네놈들은 어서 숲을 빠져나가라! 내 여기 잠시 있다가 너희를 찾을 때 보이는 놈이 있으면 그땐 용서 없다. 빨리 도망 가!"

이 말에 패거리들은 일제히 일어났다. 누구를 부축해 주는 것도 없었다. 알몸을 이끌고 사력을 다해 도망을 해야 하는 것이다. 저마다 재주껏 하류 쪽으로 바쁘게 몰려갔다.

이들이 사라져가자 노인은 혼자 강가를 바라보더니 앙천대소(仰天大笑)했다.

"하하하……."

얼굴엔 웃음이 가득 찼다. 다시 한 번 힘 있게 웃어젖혔다.

"하하하……."

이때 숲 속에서 우렁찬 음성이 들려왔다.

"당장 웃음을 멈추지 못할까?"

노인은 눈빛을 번개처럼 숲 속으로 보내더니 이내 웃음을 띤다.

"난 또 누구라고 자네구먼 능인(能仁)! 어서 나오게!"

이렇게 말하자 숲에서 한 노인네가 껄껄 웃으며 걸어 나왔다.

"이봐, 좌설(坐雪). 자네 여기서 골목 대장하나?"

두 사람은 절친한 친구인 것 같았다.

"이거, 몇 년 만인가? 십 년 가까이 된 것 같은데?"

좌설이 먼저 묻는다.

"그래, 그 정도 됐겠네!"

"그간 공부는 좀 했나?"

능인이 물었다. 이 말에 좌설은 우렁차게 웃어댔다.

"하하하, 자넨 날 놀리는가? 내가 어떻게 자네 앞에서 공부란 말을 할 수 있나?"

"뭐라고? 어! 그새 말재주도 많이 늘었군! 허허……."

"그래, 그건 그렇고, 자넨 여기 언제 왔나?"

좌설이 궁금한 듯 물어봤다.

"응, 나? 자네보다 한참 먼저 왔지."

능인은 싱글벙글하면서 대답했다.

"그래? 그럼 여기서 애들과 장난하는 거 다 봤겠네 그려?"

좌설이 다시 물었다.

"허허허, 그렇고말고……."

이 말에 좌설은 정색을 하며 항의를 한다.

"이런 나쁜 친구를 봤나? 그래, 그런데 구경만 했단 말이야?"

"그럼! 나무 위에서 숨어서 보니 저쪽에 누가 있더군. 바로 자네였지! 그래서 나는 가만있었지! 하하하……."

"뭐? 원, 나 참 이런 못된 친구 봤나. 난 아직 멀었다니까! 역시…… 자네는 나를 봤는데 나는 자네를 못 보다니, 역시 자네를 따를 수는 없군!"

좌설은 못내 아쉬운 것 같았다. 이내 능인이 위로했다.

"이 사람아…… 뭘, 그걸 가지고 그러나? 어쩌다 한 번 그럴 수도 있지, 한데 애들이 다치지는 않았나?"

"뭐 별로, 그 정도로 혼내주지 않으면 평생 바른 길로 돌아설 수가 없겠지…… 오히려 약했어……."

"그래? 그래! 과연 그렇구먼. 그런데 여자애들한테는 무슨 엉뚱한 소린가?"

이렇게 묻자 좌설은 호탕하게 웃어댔다.

"하하하……."

웃음을 멈추고 능인을 향해 손가락질하며 대답했다.
"능인! 자네도 모르는 것이 있군? 그건 말이야……. 여자들이란 이런 일을 당하면 대개 원망을 하면서 남자를 버리지! 그럼, 남자 애들만 불쌍하지 않겠나? 깡패한테 매 맞고, 애인한테 버림받고…… 그래서 묘한 소리로써 그들을 더욱 맺어지게 해 줬지…… 그리고 겁을 줘야만 서로 힘을 합쳐 열심히 도망을 가겠지! 그러다보면 아픈 것도 빨리 낫고, 더욱 친해질 거고…… 어떤가? ……하하."
능인은 좌설의 말을 다 듣고는 크게 감동했다.
"과연, 자네는 생각하는 것이 깊어. 인정이 없는 듯하면서도 깊게 자비를 베푸는 것이로구먼? 난 역시 자네한테는 못 당하겠어."
"어! 왜 또 그래? ……이제 허튼 칭찬은 그만 치우지, 그보다 다른 얘길 하세!"
"그래그래! ……하하."
두 사람은 그간 지내온 옛날 얘기를 하면서 한동안 강가에 앉아 있었다. 서로가 안부를 확인하고 나서는 좌설이 먼저 물었다.
"그런데 능인! 자네 이곳에 왜 왔나?"
"음, 그건 나도 모르네!"
"뭐? 자네도 모른다고? 그게 무슨 소린가?"
"……응! 그건 우리 스승께서 자네 스승을 만나보라고 하셨네! 무슨 일이 있는가 보네!"
"그래……? 우리 스승을?"
좌설은 고개를 끄덕이며 다시 물었다.
"그러면 능인, 자네 스승께서 무슨 일이라고 말씀해 주시지 않던가?"

"그렇네."

능인은 대답했다.

"그냥 가보면 안다고 했네……."

"그래? 무슨 일일까……?"

좌설은 여러 가지를 생각해 보았으나 알 길이 없었다. 능인이 생각을 중단시키며 말을 이었다.

"나는 그렇네만, 좌설! 자넨 왜? 치악산에 있지 않고 이곳에 왔는가?"

"응, 스승님께서 내일이 중십(重十 : 백 세)의 날이지! 그래서 인사차 왔네."

"그래? 내일이? 그런 줄 난 몰랐네…… 아무튼 잘 됐지. 함께 가보세!"

능인·좌설 두 노인네는 상류 쪽으로 향해 걷기 시작하여 어두워져서야 정마을로 건너는 나루터에 도착했다. 나루터에는 이 시간에 사공이 있을 턱이 없었다.

박씨는 오늘 저녁은 이미 다녀갔고 내일 아침에야 나타날 것이다. 능인이 말했다.

"좌설! 어떻게 하지? 사공은 날이 밝아야 나올 것 같은데 기다릴까?"

좌설은 이 말을 듣자 투덜거리듯 대답했다.

"기다리긴 뭘 기다려! 그냥 건너가지."

"그래? 그냥 건너가자고? 보는 사람이 없을까?"

"이 밤중에 누가 이런 곳에 있겠어? 빨리 건너가면 되지 않겠나?"

이래서 이들은 그냥 건너가기로 했다.

그냥 건너간다는 것은 이들에게는 물 위를 그냥 걸어간다는 뜻이었다. 두 사람은 비호처럼 강 위를 땅 위를 걷듯 걸어서 순식간에 강을 건넜다. 강을 건너자 다시 능인이 말했다.

“좌설, 여기 앉아서 좀 쉬어가세! 아직 마을 사람이 안자고 있을 테니…….”

“그러지! ……마을이 조용해지면 찾아가자고. 인시(寅時)가 좋겠구먼…….”

정마을은 오늘도 별다른 일이 없었다. 사공 박씨는 방에 일찍 들어앉아 정섭이와 마주앉아 얘기를 주고받고 있었다.

“얘, 정섭아, 네 생각에는 언제쯤 사람이 올 것 같니?”

“아저씨, 제가 그런 걸 어떻게 알아요? 그렇지만 촌장님이 그렇게 말씀하셨으니 언제고 오긴 오겠지요.”

“그래? ……네가 보기엔 촌장님께선 어떤 분 같으시니?”

정섭이는 촌장을 이제껏 한 번 잠깐 봤을 뿐이다.

“아저씨, 제 생각에는 촌장님은 허튼말 하실 분이 아닌 것 같아요…… 꼭 신령님 같아요!”

“뭐? ……신령님 같다니? 너 신령님이란 것을 본 적 있니?”

“하하…….”

정섭이는 웃었다.

“아저씨는…… 신령님을 어떻게 봤겠어요? 옛날에 누구한테 들은 얘기가 있는데 그 얘기 속에 나오는 신령님의 태도가 꼭 지금의 촌장님 같단 말이에요.”

“너, 그런 걸 어떻게 아니?”

"알긴 뭘 알아요? 그냥 느낌이 그런 거예요. 아저씨 그만 자요."

"응? ……그래, 자자."

박씨는 무엇인가 촌장에 대해 새로운 것을 알게 된 것 같았다. 그리고 정섭이는 참으로 신통한 아이처럼 느껴졌다. 세월이 갈수록 똑똑한 모습이 드러나고, 그 귀여움은 한이 없었다. 박씨는 정섭이와 함께 사는 것이 행복하게 느껴졌다. 정섭이는 지금 거지의 티에서 완전히 벗어나 있었다. 붙임성이 있고 부지런하여 마을 사람들에게 항상 칭찬을 받는다.

박씨는 마음속으로 정섭이에게 더욱 잘해주며 훌륭히 키워야겠다고 스스로 다짐했다. 정섭이는 옆에서 잠이 든 것 같았다. 요즘에 와서는 정섭이도 제법 잠을 잘 잔다. 그만큼 마음이 안정된 탓이리라. 박씨는 오늘 밤은 왠지 잠이 잘 오질 않았다. 자리에 누워서 이것저것 생각해 보다가 며칠 전 일을 떠올려보았다. 촌장을 만난 일이다.

아주 캄캄한 밤중에 일어나 우물가에서 목욕한 후 촌장을 찾아갔다. 인시(寅時)에 오라고 했기 때문에 그전에 일어나 준비를 하고 강노인에게 물어봐서 알게 된 인시라는 시간에 정확히 촌장 집을 찾았다.

"촌장님!"

하고 조용히 불렀다. 촌장은 이내 밖으로 나왔다. 박씨가 황급히 고개 숙여 인사를 하자 촌장은,

"앉게!"

하면서 부드러운 표정을 지었다. 촌장과 박씨는 마루에 앉았다. 이런 일은 생전 처음이었다. 박씨는 호흡을 가다듬고 정신을 집중했다. 이럴 때일수록 조심해야 하는 법이다. 촌장은 침착하지 못한 것을 제일 싫어하는 것 같았다. 촌장의 다음 말이 들려왔다.

"무얼 알고 싶다고 했나?"

"예, 저…… 어떻게 일어난 일을 미리 아실 수 있습니까?"

"음, 그건 공부를 많이 해야지! 박군은 아직 어리니 쉽게 얘기해 주지!"

'뭐……? 어리다고……? 그러나 말대꾸를 하면 안 된다.'

박씨는 하고 싶은 말을 꾹 참았다. 촌장의 말은 이어졌다.

"미래의 일을 아는 방법은 여러 가지가 있지. 박군은 주역(周易)이란 것을 들어봤나?"

"예……? 주역이요……? 아뇨, 전 공부를 못 해 봐서……."

"알았네! 주역이란 자연의 현상(現象) 속에 들어있는 의미를 탐구하는 학문이지…… 이 공부를 통해서 만물(萬物)의 뜻과 하늘의 명(命)을 알 수 있는 것이네. 그래, 박군은 공부가 하고 싶은가?"

놀랄만한 질문이지만 박씨는 지체 없이 대답했다.

"예, 소원이 그겁니다만……."

더 말을 하려는데 촌장이 '음 —'하고 제지하고는 다시 이었다.

"앞으로 열심히 해보게…… 오늘은 주역의 괘상(卦象)을 몇 가지 얘기해 주지……."

박씨는 무슨 소리인지도 모르고 답변할 말도 없어서 잠잠히 있을 뿐인데 촌장은 그 심정을 잘 알고 있는 듯했다.

"며칠 전 정섭이란 거지 아이가 이 마을에 들어왔었지…… 거지란 바람(風:☴)인데 이 마을은 밀지(密地)이므로 우레(雷:☳)이다. 우레 위에 바람이 부는 것은 익(益:☴☳)이라 한다. 이 상(象)은 만나는 것이고, 밖에서 안으로 힘을 공급하는 것이고, 사건이 발생하는 것이다. 그런 까닭으로 이 마을에 앞으로 사람이 모인다고 하는 것이네! 그리고 박군 자네는 산(山:☶)이고, 정섭이는 나무(木)인데, 이것은 점(漸:䷴)이라 하거니와, 자네는 이로 인해 이제부터 산에 나무가 생겨 자라듯이, 자네 인생은 새로운 역사가 시작되게 되는 것이네……."

촌장은 여기까지 얘기하고는 잠시 멈추었다가 물었다.

"알아듣겠나?"

"예? 저……."

박씨는 어쩔 줄 몰라 머뭇거리는데, 촌장이 먼저 말했다.

"앞으로 알 날이 있을 걸세, 오늘은 이만 가게!"

박씨는 인사를 하고 내려왔다. 박씨는 그날 이후 촌장이 한 말들을 생각해 봤으나 도무지 그 뜻을 알 길이 없었다. 익(益)이니 점(漸)이니 하는 말은 강노인에게 물어봤으나 잘 모른다고 했다.

'거지는 바람이고, 강촌 마을은 우레라? 그리고 나는 산이라고……?'

박씨는 오늘 한 가지 느낀 점은 있었다. 정섭이가 어느덧 자신의 마음속에는 절대적인 위치에 자리 잡고 있고, 또한 정섭이로 인해 박씨 자신은 앞날의 인생에 대해 본격적으로 생각하게 된 점이었다. 박씨는 무엇인가 알 듯 말 듯한 마음을 가지고 잠으로 떨어졌다.

강촌 마을의 밤은 깊어 마을 사람들은 모두 잠으로 떨어져갔다.

마을 위에 떠있는 하늘의 별들은 이 마을 사람들의 평화를 지켜주는 꽃과도 같았다.

끝없는 공간에 퍼져서 그 섭리의 빛을 뿌리는 별들은 억 년의 신비를 머금고 있었다. 주변의 산들도 서로 어떤 대화라도 나누는 듯 그 모습을 묵묵하게 드러내 놓고 있다.

촌장의 집에는 불이 켜져 있지 않으나 이것으로 촌장이 잠을 자는지 어떤지는 알 수 없다. 촌장은 일 년 내내 거의 불을 켜지 않고 지내고 있다.

인시가 되자 능인·좌설 두 노인은 촌장의 집 앞에 조용히 몸을 나타냈다. 좌설이 불렀다.

"스승님."

말없이 촌장이 나타났다. 좌설은 즉시 무릎을 꿇고 두 손을 모아 쥐고는 인사를 올렸다.

"스승님, 그간 존체 별래 무양하셨습니까?" 이어 능인도 같은 자세로 인사를 올렸다.

"능인, 인사 올립니다……."

"능인도 왔는가? 그래, 자네 스승께서는 잘 계신가?"

"예, 저의 스승님께서는 저를 보내 풍곡(風谷) 스승님의 분부를 받으라 하셨습니다."

풍곡은 촌장의 별호(別號)인 것 같았다.

"음, 그런가?"

촌장은 고개를 끄덕이고는 이내 좌설을 돌아보며,

"좌설, 너는 어째 공부는 안 하고 이렇게 밖으로 돌아다니는가……?"

"예? ……아니 스승님! ……제가 스승님을 뵈온 지 십 년이나 지났는데 그런 말씀을 하십니까? 더구나 오늘은 스승님께서 이 세상에 오신지 백 년 되는 날이 아니옵니까……?"

좌설은 어처구니가 없다는 듯이 자기 스승에게 투정을 했다.

"그래? ……벌써 그렇게 됐나? 허허허."

촌장은 웃었다. 만약 이 마을 사람들이 이 모습을 봤다면 깜짝 놀라 기절을 했을지도 모른다. 촌장은 이십 년간 이 마을에 있으면서도 한 번도 웃음을 보인 적이 없었다. 그런데 촌장이든 풍곡이든 사람인 까닭에 제자를 보니 즐거운가 보다.

"아무튼, 잘 왔네. 그런데…… 이곳은 좀 시끄러우니 우리 저쪽 위로 가볼까?" 촌장이 가리킨 곳은 집의 뒤쪽에 있는 산 쪽이었다. 지금 시간은 마을 사람들이 모두 잠들어 있어 시끄러울 리는 없지만 이들 셋은 모두 사람을 지극히 피하는 성미라서 장소를 옮기기로 했다. 촌장은 먼저 산 쪽으로 발을 옮기면서 능인을 돌아보며 말했다.

"얘야, 저기 부엌에 가보면 큰 물통이 있으니 그걸 가지고 따라오게…… 그릇도 몇 개 하고……."

세 사람은 산으로 향했다. 이들이 걷는 것을 보면 도대체 걷는 건지 뛰는 건지 아니면 날아가는 건지 알 길이 없다.

산의 위쪽으로 올라갈수록 시야가 넓어졌다. 멀리 강의 하류가 보이고 산과 들의 사이에는 숲과 평원, 그리고 강의 상류인 개울들이 여러 개 보인다. 이들이 도달한 곳은 산의 중턱이었다. 강촌 마을은 저 아래에 손바닥만 하게 보인다. 시간은 많이 지나지 않았다. 촌장이 말했다.

"이곳에 앉지……."

이들은 숨도 가쁘지 않은지 숨소리는 여전히 고요했다.

"스승님, 백세의 생신을 축하드리옵니다. 그런데 준비가 없어서……."

좌설은 몹시 죄송스러운 표정을 지으면서 무릎을 꿇었다.

"음! 괜찮네. 준비는 내가 벌써 했지…… 자 자! 편히들 앉고, ……능인 그걸 한 잔씩 따르게!"

능인도 몹시 송구스러워하면서 급히 통을 열고 큰 그릇에 술을 가득 따랐다.

"풍곡 스승님의 만수무강을 비옵니다."

"하하…… 고맙네. 오늘은 참 성대하군! 손님이 많단 말이야, 십여 년 만에 사람과 마주앉아 술을 마셔보는군! ……자네들도 한 잔씩 하게……."

촌장이 기분이 좋아지는 것을 보자, 능인도 좌설도 안심이 되어서 서로가 술을 따랐다. 오늘 여기에 모인 이들 셋은 술에 관한 한 어느 누구에게도 빠지지 않는 신선들이다. 강노인이 박씨를 통해서 갖다 준 술통은 제법 큰 것인데, 이들 셋은 순식간에 반통을 비웠다. 하지만 술을 먹은 기색은 없고 멀쩡하니 술통을 바라보며 아쉬워하는 것 같았다.

다시 한동안 말없이 술만 마시던 중에 좌설이 정적을 깨었다.

"스승님, 도대체 이 마을에서 뭘 하시는 겁니까? ……촌장이란 또 뭐고…… 이제 그만 진동(眞洞)으로 돌아가시지요?"

진동이란 좌설이 수도하는 곳으로, 치악산에 있는데, 원래 촌장의 거소가 있는 곳이었다. 촌장은 그러니까 어느 날 제자 몇을 모아놓고는,

"얘들아, 나는 중대한 일이 있어서 잠시 진동을 비워야 하겠으니 공부 열심히들 하고 있거라! 그리고 좌설, 이것은 내가 가 있는 곳을 적은 것이니 잘 간직해라……."

이렇게 이르고는 풍곡은 정마을로 찾아든 것이다. 그 사이 세월은 이십년이 흘렀고, 풍곡은 돌아올 생각은 안 하고 있는지 앞날을 알 길이 없었다. 십여 년 쯤 참다못한 좌설이 정마을에 찾아와서 돌아가자고 했으나 '이제 곧 일이 끝난다' 하면서 되돌려 보냈던 것이다. 도대체 이제 '곧'이 몇 년이란 말인가?

그리고 정마을에 무엇 때문에 그리 오랫동안 머물러 있는 것일까?

"좌설, 이곳 정마을의 일은 거의 끝나가네…… 머지않아 정마을은 없어지게 되지! ……물속에 잠기게 되는 거야…… 나는 저 위쪽 산의 정상에 거처를 준비해 놓았으니, 거기서 얼마간 더 있을 걸세. 그때는 자주 찾아와도 되고 와서는 오랫동안 있어도 되네. 자! 이만 자리를 끝낼까? 술도 없고……."

촌장은 이제 할 말은 다했다는 듯이 망연하게 앉아서 미동도 않는데, 그 고요함이 마치 주변의 어떠한 소란함도 빨아들여 없애는 것 같았다. 그 적막함이란 억 년을 침묵 속에 지낸 산보다도 무거웠다. 죽은 사람도 이처럼 고요할 수는 없었다. 좌설은 생각했다.

'이제 오늘 면담은 끝이 난 것이고, 스승이 한 말을 차분히 다시 한번 음미해 봐야 할 것이다…….'

스승님의 음성이 다시 들려왔다. 아무런 감정도 담겨 있지 않고 고요한 바람소리와도 같은 음성이었다.

"너희들은 오늘 여기서 지내고, 좌설은 내일 일찍 떠나야 하네! 내일 이후부터 이곳은 점점 위험해질 것이니 절대로 좌설이 있어서는 안 되네! ……그리고 능인 자네는 따로 일이 있으니 이곳에서 몇 달 쉬게! 저 산 정상에 내가 마련한 거처가 있으니 오늘 좌설과 함께 가보게!"

촌장은 일어났다. 좌설과 능인은 무릎을 꿇어 큰절을 했다.

"스승님, 그럼 존체 보존하십시오. 제자는 내일 진동으로 떠나겠습니다."

촌장은 물통을 들고 정마을로 천천히 걸어 내려갔다. 좌설과 능인은 그 뒤를 한참 바라보더니 고개를 갸우뚱하고는 이내 산의 위쪽으로 달려갔다.

우물가의 종(鐘)

정마을에는 아침이 찾아왔다. 사공 박씨는 오늘 늦잠을 잤는데, 정섭이가 깨우지 않았으면 더 잤을 것이다.

"아저씨, 일어나세요!"

박씨가 눈을 뜨니 정섭이는 벌써 옷을 다 입은 채 기다리고 있었다. 박씨는 서둘러 차려입고는 강가로 향했다. 안개는 걷혀 있었고 새소리는 더 요란하게 들려왔다. 박씨는 늦잠을 잤지만 왠지 오늘 아침은 마음이 아주 차분해졌다. 지난밤 여러 가지 생각을 하다 잤는데, 잠자는 사이 무의식 속에서 그것이 정리된 듯하였다.

'사람이란 일은 참 많이 하는데 공부는 하지 않고 지낸다. 그것은 공부가 당장 사는 데 필요하지 않아서겠지…… 그러나 공부란 많이 할수록 아는 것이 많아지고…… 사는 것의 뜻이 달라지는 것이다. 그렇지! 촌장님께서 나보고 열심히 하라고 하셨으니까 열심히 해야지…….'

박씨는 기분이 좋았다. 생각하며 걷다보니 마음속에는 많은 것이 정리되어 갔고, 어느덧 나루터에 도착했다. 나루터에 도착하자 강과 저쪽 편에 사람이 동시에 보였다.

"어! 사람이군……."

저쪽 편에서는 손을 흔들고 있었다. 박씨는 예의 신속하게 배를 저어 건너갔다. 그쪽 편에 도착해서는 또 한 번 놀랐다.

"어! 이게 누구야? 철형이 아냐? 응?"

"예, 형님 저예요. 그간 잘 지내셨어요?"

철형이는 밝게 웃으며 손을 내밀었다. 둘이는 굳게 악수를 하면서 서로를 끌어안았다.

"그래, 서울에 가더니 신수가 훤해졌구나. 시골티도 아주 벗었고…… 하하하…… 건너갈까?"

박씨는 당연한 걸 묻는다.

"그러지요! 그런데 저 아이는 누구예요?"

정섭이는 명랑하게 인사를 했다.

"안녕하세요? 전 정섭이에요."

이어 박씨가 소개를 했다.

"음, 이 마을 식구가 됐지. 나와 함께 살고 있어. 정섭아, 이 아저씨는 전에 이 마을에 살았던 아저씨란다."

정섭이와 김철형이는 서로 바라보며 익히 아는 사이처럼 밝게 웃었다.

"형님, 노를 이리 주세요. 오랜만에 노를 저어볼게요. 그간 노 젓는 법을 잊어먹은 거나 아닌지……."

"그래그래, 하하하……."

박씨는 노를 김철형이에게 주면서 몹시도 즐거워했다.

박씨와 김철형이는 전부터 아주 친한 사이였다. 함께 정마을에 있었을 때는 단짝이었고, 산에도 함께 다니며 친형제처럼 다정히 지냈다. 김철형이의 특기는 낚시이다. 언제든지 고기 잡는 일에 대해서는 타의 추종을 불허했다. 게다가 물고기 요리도 기가 막히게 잘한다. 무엇보다도 박씨하고는 촌장에 대해 의견을 같이하고 항상 인생에 대해 논하곤 했다. 박씨는 요즘에 와서는 살맛이 좀 나는 것 같았다. 정섭이가 찾아들었다. 이것은 박씨에게 중요한 사건이었다. 그리고 촌장과의 대화가 원만해졌다. 그런데 촌장의 말에 의하면 정마을에 사람이 많이 찾아든다는 것인데, 그 첫 사람으로 자기가 좋아하는 김철형이가 나타난 것이었다. 얼마나 흐뭇한 일인가?

김철형이가 젓는 배는 이윽고 저편에 도달했다. 김철형이는 익숙하게 배를 고정시키고는 앞장서서 정마을로 향해 갔다. 이른 아침이라서 숲은 시원한 공기로 가득 차 있고 사람의 목소리는 마치 새소리처럼 아름답게 들려온다.

"철형이…… 그래 서울 생활이 재미있는가? 별 고통은 없고?"

"예, 지금은 좋아졌어요. 익숙해지기도 했고요. 항상 마음속에서 정마을은 안 떠나지만요…… 형님은 어땠어요? 별 변화는 없고요?"

"하하하, 글쎄! 전보다 뭔가 달라지는 것 같아 덜 심심하지. 정섭이도 있고, 촌장님하고도 사이가 가까워진 것 같아."

"예? 촌장님하고 사이가 가까워졌다니요? 그건 대단한 일인데요."

"그럼 그렇고말고! 그리고 촌장님은 금년에는 이 마을에 손님이 많이 찾아온다고 했지! 그 첫 손님이 바로 철형이, 자네라니까. 하하하……."

"그래요? 그것 참! 촌장님은 역시…… 그런데 형님, 저 실은 일이 있어서 왔어요. 정마을에 그냥 오고 싶기도 했지만……."

"일? 무슨 일인데?"

박씨는 갑자기 조용해지며 궁금한 표정으로 김철형이를 돌아보았다.

"저, ……형님, 인규 학생 말이에요. 그 인규에게 친구가 한 명 있는데요."

김철형이는 건영이의 일을 자세히 설명했다. 얘기를 다 듣고 난 박씨는 자못 흥미를 나타내며 말했다.

"잘했네, 내일이나 도착한다고? 아마 촌장님이시라면 무슨 수가 계시겠지. 만일 촌장님에게 방법이 없다면 하늘의 뜻이니 별수 없을 거야…… 그렇지만 촌장님께서 치료하실 수가 있을 테지……."

"형님, 제 생각도 그렇긴 한데 촌장님께서 돌봐주실까요? 어떻게 촌장님한테 얘기하지요?" 김철형이는 오직 촌장님한테 말하는 방법만이 문제였다.

"아무튼 말이야, 철형이, 촌장님한테는 미리 말해 봐야 소용없고, 내일 건영이가 도착한 다음 의논해 보지. 어쩌면 오늘 도착할지도 모르겠지만…… 오늘은 좀 쉬면서 나중에 생각해보자고……."

이런 얘기를 하는 동안 세 사람은 정마을에 도착했다. 박씨는 집에 도착하자 아침밥을 지어먹고는 잠시 쉬다가 김철형이와 함께 남씨 집을 찾았다. 남씨 집안은 형인 남국현과 그 동생인 남국인, 그리고 남국인의 처와 딸인 남숙영, 이렇게 네 식구인데, 남국인은 박씨와 동년배로서 성질이 괴팍하기로 정마을에서는 정평이 나있다. 그 형인 남국현과는 너무나 대조적이었다. 남국인의 처와 딸은 특히나 착한 사람들인데 남국인은 부인과 딸에 대해 몹시 난폭하게 대한다. 오늘 박씨가 이곳을 찾은 것은 남씨 형인 남국현을 찾은 것이지만 모두가 한 집안 식구이니 그 동생을 피할 수가 없었다. 동생인 남국인이 박씨를 먼저 발견하고는 말을 건넸다.

"박형, 아침엔 웬일이야? 어! 이건 누구야? 철형이 아니야?"
"예. 형님, 안녕하셨어요?"
김철형은 밝게 인사했다.
"아니, 이 사람. 서울 가더니 멋쟁이가 됐구먼…… 그래 잘 지냈나?"
이렇게 말하고는 집 안을 돌아보며 말했다.
"형님, 나와 보세요. 철형이가 왔어요."
이내 남국현이가 나왔다.
"아니, 철형이 아니야?"
남국현은 반갑게 맞이하며 악수를 청했다.
"자, 여기 좀 앉지 그래…… 서울 생활은 어떤가? 나 같은 사람이야 생전 서울이란 곳을 못 가봤는데……."
"예. 염려 덕분에 잘 지내고 있습니다. 큰 형님도 여전하시지요?"
남씨 형제와 박씨, 그리고 김철형은 마루에 앉아 한동안 얘기를 나누었다. 서로 그간의 안부를 묻고 답하는 가운데, 얘기는 건영이 일로 자연스레 흘러갔다. 촌장 얘기를 한참 하는 중에 남국인이 끼어들어 대화의 흐름을 끊었다.
"다 필요 없는 짓이야. 아니, 서울에 큰 병원 놔두고 이런 델 뭐 하러 찾아와? 촌장은 미친 늙은이야…… 철형이 너도 정신 나갔지! 너 그러다가 오히려 건영이가 오가면서 죽기라도 하면 네가 책임이다…… 한심들 하지……!"
이 말에 형인 남국현이 동생을 나무랐다.
"야, 너 무슨 말을 그렇게 하니? 너의 처나 숙영이도 전에 죽을 뻔했을 때 촌장님이 구해 준 적이 있잖니?"
"……그게 아니에요. 형님, 그건 나을 때가 돼서 나은 것이지. 더구나 숙영이 아플 땐 약도 안 먹이고 팔다리 한 번 만져준 것뿐인데…… 다 우연이에요."

"뭐라고? 너 참 의리도 없구나! 도대체가 넌……."

"아, 형님들, 이젠 그만 하세요."

김철형이가 보다 못해 말을 막았다.

"큰형님, 그보다도 저와 함께 강에 낚시 안 가시겠어요? 어차피 저는 강가에 가서 기다려야 할 테니까요."

"낚시? 그래, 그러자."

남국현은 이 마을에서 오래 전부터 혼자 살아오고 있기 때문에 외로운 사람이다. 물론 동생인 남국인이 있지만 형제는 그리 친한 편이 아니었다. 더구나 남국인은 성격이 괴팍해서 걸핏하면 마을 사람하고 다투기나 하기 때문에 형인 남국현은 곤란할 때가 많았다.

남국인은 딸인 숙영이에게는 그리 심한 편은 아니지만 자기 처하고는 무슨 원수인지 허구한 날 싸움을 하고 지낸다. 그리고 한 번 싸우면 심하게 때리기까지 해서 기절시킨 적도 한두 번이 아니었다. 그나마 남국현은 이런 동생이라도 있어 박씨 보다는 덜 외로운 편이었지만, 최근에 정섭이가 이 마을에 온 이후부터는 이 마을에서 제일 외로운 사람이 되었다. 남국현은 낚시 도구를 챙겨 철형이와 함께 강으로 가려고 집을 나섰다. 이때 남국인이 따라나서며 말했다.

"박형, 나 강 좀 건네줘. 밖에 좀 나갔다 와야겠어."

남씨 동생은 이 마을에서 가장 바깥출입이 잦다. 가끔은 농산물을 팔기 위해서, 혹은 물건을 구입하기 위해 밖에 나가지만, 대개는 그 이유가 분명치 않다. 한 번 나가면 며칠씩 있다가 돌아오곤 하는데, 그 부인에 의하면 멀리 읍내에 나가 술집에 나돌고 도박판까지 어울린다고 한다. 깊은 산중에 사는 남씨 집이라서 워낙 가진 것이 없지만 어쩌다 돈이 생기면 어디론가 나갔다가는 빈손으로 돌아오기가 예사이다.

언젠가 한번은 도시에 일자리를 구한다며 나가서 몇 달 만에 돌아온 적도 있었는데, 바깥 세상에 힘들었는지 한동안 정마을이 좋다고 하면서 밖에 나갈 생각은 안 했었다. 그러나 한 계절에도 몇 차례씩 밖에 일없이 나다니는 버릇은 그 후에 다시 계속되고 있었다.

남씨 형제와 박씨, 김철형이 강가에 도착하자 김철형이는 낚싯대를 챙기고 박씨는 남국인을 강 건너까지 데려다주었다.

이내 낚시는 시작되었다. 소양강의 맑은 물에는 여러 종류의 물고기들이 있었다. 이를테면 쏘가리나 메기·붕어·버들치 등이 잡히는데, 김철형이가 마을을 떠난 후부터는 낚시하는 일이 거의 없었다. 오늘 이들은 오랜만에 낚시를 드리우고 강바람을 즐기고 있는 것이다. 물고기는 이상하게도 김철형이의 낚싯대에만 잘 물린다. 낚시는 박씨가 제일 서툴다. 그러나 오늘 제일 즐거운 사람은 박씨일 것이다. 박씨는 그저 낚시를 드리우고는 저 아래쪽에서 연신 고기를 거둬 올리는 김철형을 보고 있는 것이다. 박씨는 흘러가는 강물을 바라보며 생각에 잠긴다.

'산다는 것은 참 오묘하구나! 서울 갔던 사람이 다시 와서는 만날 수 있다니…… 사람이란 서로 만나고 헤어지고…… 철형이는 서울 가서 돈도 벌고 여러 사람들을 보면서 살아왔겠지. 나는……? 나도 언젠가는 정마을을 떠나야 하는가? 정섭이와 나의 관계는 장차 어떻게 되는가? ……그런데 나는…… 도시에 나가 돈을 버는 것보다는 촌장처럼 많이 아는 사람이 되고 싶다. 촌장이란 사람은 도대체 어떤 사람일까?'

이때 박씨의 마음속에는 퍼뜩 떠오르는 한 가지 생각이 있었다. 정섭이가 한 말이었다.

"촌장님은 신령님 같으셔요!"

'신령? 그래, 촌장님은 신령님 같으시다. 신령님이란 무엇인가? 깊은 산중에 살면서 도술을 부릴 줄 안다? 도술이란 무엇일까? ……촌장님은 도술을 알고 계실까? 촌장님이 말씀하신 주역이란 학문은 도대체 어떤 학문인가?'

이렇게 상념이 끝없이 꼬리를 물고 일어나는데 뒤에서 인기척이 나서 돌아보니, 정섭이와 숙영이가 점심을 가지고 나왔다. 점심은 밀가루떡과 과일이었다. 남국현과 김철형이도 낚시를 걷었다.

"어! 얘는 숙영이 아니야? 많이 컸구나. 이젠 어른이 다 됐구나."

"안녕하세요! 철형이 아저씨는 서울 가더니 깨끗해졌군요."

"응? 깨끗해졌다고? 그럼 내가 언제 깨끗하지 못했나?"

"그럼요! 항상 머리를 흐트러뜨리고 다니더니 이제는……."

"하하하…… 녀석 똑똑하기는…… 그런데 숙영이 넌 많이 예뻐졌구나?"

이 말에는 숙영이도 조금 부끄러움을 탔다.

"자, 식사나 하세요. 큰아버지, 식사하세요."

"음, 그래. 수고했다."

형 남씨는 숙영이를 한 번 다정히 바라보고는 밀가루떡을 집어 들었다. 형 남씨는 항상 숙영이를 많이 생각한다.

'이 아이를 이런 산골에 놔둘 것이 아니라 도시에서 길러야 할 텐데.'

가끔 숙영이 아버지인 동생 남씨와 이 문제를 얘기하곤 했다. 그러나 그때마다 그 아버지는 '글쎄요!'하면서 답변을 흐렸다. 형 남씨는 오늘 강변에서 숙영이를 보고 새삼 느끼는 것이 많았다.

'이 아이가 이젠 다 컸구나. 참 예쁘기도 하고, 어떻게 무슨 방법이 없을까?'

강가의 일행은 모두 다섯 명이었다. 모두 한가롭고 평화로운 마음으로 점심을 먹었다. 흐르는 강물은 이들에게 손을 흔들며 내려가는 것 같았다. 시간은 오시(午時)가 지나 있었다. 식사를 다 마치자 박씨가 정섭이를 돌아보며 말했다.

"너희들은 먼저 올라가거라. 아저씨는 여기서 손님을 기다리고 있으마. 오늘 저녁에는 맛있는 고깃국을 끓여주지. 하하하……."

고깃국은 다름 아닌 민물고기탕을 말하는 것이다. 이 동네에는 닭이나 돼지 등 가축이 좀 있기는 하지만 좀처럼 고기 맛을 보기 어렵다. 일 년에 몇 차례 명절날에나 먹어볼 수 있는 것이었다. 숙영이는 정섭이를 데리고 정마을로 올라갔다. 숲길을 따라 한참 걷다가 정섭이가 말을 걸었다.

"누나, 누나는 서울에 못 가봤지?"

"응? ……그래. 몇 년 전에 춘천에는 한 번 가봤지만……."

"누나는 서울에 가보고 싶지 않아?"

"아니. 나는 이곳이 좋아. 그렇지만 사람은 가끔 넓은 세상을 보고 살아야 하는 것이 아닐까?"

"……음, 그래. 그건 그렇기는 하지만…… 그럴 때가 있겠지."

"누나, 만약 서울에 가게 될 때가 있으면 나도 누나랑 같이 가고 싶어."

"그래? 그럴 때가 있으면 그러지 뭐."

이런 말을 주고받으며 걷다가 숙영이는 한 가지 생각을 떠올리며 물었다.

"정섭아, 너 아저씨가 좋으니?"

"그럼요. 아저씨는 세상에서 제일 마음씨가 좋은 사람 같아요. ……난 그런 아버지가 있었으면 좋겠어요."

"그래? 그렇겠지! 정섭아, 네가 마음속으로 그렇게 생각하면 아버지나 마찬가지야. 항상 말 잘 듣고 예쁘게 굴면 아저씨도 너를 그렇게 생각할 거야. 아저씬 너를 아주 좋아하고 예뻐한단다."

정섭이는 그런 것쯤은 다 알고 있다는 듯이 고개를 끄덕이며 밝은 표정을 짓고 있었다.

"그런데, 누나!"

정섭이가 숙영이의 말을 막으면서 말했다.

"누난 무슨 공부를 해? 나는 이제 겨우 글을 배우는 중인데."

"응. 나는 강씨 할아버지가 가르치는 공부를 하고 책을 읽고 있지…… 나는 책을 많이 읽고 있단다. 전에 서울에 간 인규 오빠가 준 책도 다 읽어보았는데…… 이젠 책이 없어…… 마을에 있는 책은 다 읽었지."

"와아, 누난 공부 참 많이 하는구나. 난 언제나 책을 읽을 수 있지?"

"응. 너도 이제 곧 책을 읽을 수 있단다."

두 사람은 정마을에 들어섰다.

"정섭아, 너는 좀 쉬다가 이따가 집으로 오너라. 난 강씨 할아버지에게 갈 시간이다."

"누나, 난 쉬지 않아도 돼. 밭에나 나가봐야지."

두 사람은 헤어졌다. 시간은 많이 흘러갔다. 저녁때가 거의 되었다. 강가에서 낚시를 하던 사람들도 고기를 한 광주리 잡고는 낚싯대를 걷어 챙겼다.

"오늘 못 오나 보지?"

박씨가 얘기하자 이내 김철형이가 말을 받는다.

"글쎄요, 어쩌면 밤에나 이곳에 도착할지도 모르니 제가 이곳에 있을게요. 형님들은 올라가 쉬시지요."

"그래, 너는 여기 좀 있거라. 내가 집에 올라가서 저녁을 준비해 오지. 아예 물고기를 끓일 수 있도록 준비도 갖춰 오고. 밤늦게까지 앉아 있으려면 술도 있어야겠지?"

남국현과 박씨는 일어나 정마을로 올라갔다. 김철형은 물가에 앉아 기다리기로 했다.

"올 때가 됐는데? ……꽤 늦는군, 웬일일까?"

건영의 일행은 오늘 아침 일찍 소양강 숲에 들어서지 못했다. 새벽에 건영이가 심한 발작 증상을 일으키는 바람에 인근 병원에서 응급조치를 하고 쉬다가 오후 늦게야 숲으로 들어선 것이었다. 원래 정마을까지 가려면 오늘 아침 일찍 숲에 들어섰어야만 했다. 그래야 저녁무렵 나루터에 당도해서 마지막 배편과 연결된다. 이것을 놓치면 영락없이 다음날 아침까지 강변에서 지새 워야 하는 것이다. 인규는 정마을에 살았었기 때문에 이것을 잘 알았다. 그래서 선배 되는 김철형이를 먼저 출발시켰기 때문에 밤늦게까지 기다릴 것을 알고는 늦은 시간이지만 서둘러 숲으로 들어섰다. 빨리 서두르면 밤늦게 나루터에 도착할 것이다. 건영이 일행이 숲길로 한참 걸어가자, 저쪽에서 남국인이 나타났다. 인규가 금방 알아보고 다가서며 인사를 했다.

"안녕하세요? 저 인규예요."

"음. 인규로구나! 오랜만이다. 이번에 온다는 얘기는 들었다. 지금 박씨 아저씨가 철형이와 함께 나루터에서 기다리고 있단다."

남씨는 인규에게는 유난히 친절했다. 오늘도 실은, 숲에서 인규를 기다린 거나 마찬가지인데 그럴만한 이유가 있었다. 사연은 이러했다. 학생 인규가 정마을에 처음 들어왔을 때부터 남씨는 인규에게 관심을 가졌다. 다른 이유 때문이 아니고 인규가 외지에서 온 돈 많은 아이이기 때문인데, 남씨는 종종 인규에게 돈을 얻어 썼다. 평소 인규에게 정마을에서의 편의를 제공해주기도 하고, 인규가 물품이 필요할 때는 남씨가 밖에 나가서 사다주기도 했기 때문에 그것을 빌미로 돈 거래를 했던 것이다. 말이 돈 거래지 일단 남씨 손에 돈이 건너가면 어떤 경우에도 그 돈은 되돌아오는 법이 없었다. 그러나 인규는 이런 일에 크게 개의치 않았다. 원래 성품이 무던한데다가 가끔은 남씨의 신세를 질 때가 있고, 외지인으로서는 친절한 남씨가 편리할 때가 많았기 때문이다. 남씨는 인규를 친절히 맞이하고는 한쪽으로 불렀다.

"나 좀 보지, 저…… 말이야 인규, 나 지금 급한 일로 읍내에 가는데……."

여기까지 얘기 했을 때 인규는 벌써 무슨 뜻인 줄 알고 주머니로 손이 갔다. 남씨가 '돈 좀 가진 것 있나?' 하고 물은 것과 인규가 돈을 꺼낸 것은 동시였다. 인규는 돈을 미안한 자세로 남씨에게 건네주었고, 남씨는 뻔뻔한 자세로 그것을 받아 챘다. 남씨는 술집이나 도박판으로 향해 가고 인규는 가던 길을 재촉했다.

인규 일행이 나루터에 도착했을 때는 이미 주변은 캄캄하였지만 강가 쪽은 강물이 밝기 때문에 아직 저쪽 편을 볼 수가 있었다. 저쪽 편에서는 이미 배를 출발시키고 있었다. 배는 잠시 후 이편에 도착했는데, 내리는 사람은 김철형이었다. 인규가 먼저 건영이 어머니를 돌아보며 인사 소개를 했다.

"저의 선배 되는 철형이 형님이에요."

건영이 어머니는 황급하게 고개를 숙이고 답례했다.

"아이고, 이거 폐를 끼쳐 죄송해요. 아들 녀석 때문에 그만 실례를 무릅쓰고……."

"아닙니다. 어서 배에 오르시죠!"

김철형은 싹싹하니 인사를 받고는 일행을 배에 태웠다. 이렇게 해서 최건영은 일생의 운명을 좌우하는 강을 건너게 된 것이다. 배가 저편에 닿자 박씨가 맞이했다.

"학생, 잘 왔네."

이어 인규가 박씨에게 인사하는 사이에 건영이 어머니는 송구스러워하면서 박씨에게 고개를 숙인다. 박씨는 간단히 인사를 하고는 급히 앞질러 갔다.

"철형이, 내가 먼저 가서 촌장님한테 얘기하고 있을 테니, 뒤좇아 오라고."

"예, 형님, 어서 가세요. 저희는 일단 형님 집으로 가 있을게요."

박씨가 먼저 떠나간 길을 따라서 건영이 일행도 출발했다. 건영이는 의식이 불명 상태이라서 앞뒤에서 들것을 받쳐 들고, 김철형과 인규가 앞서 걸어갔다. 그 뒤를 따라가는 어머니는 가슴이 두근거리기 시작했다. 드디어 운명의 땅에 도착했는데, 촌장이 과연 아들을 보살펴줄 것인가? 그리고 치료는 할 수 있을까? 건영이 어머니는 속으로 천지신명께 아들의 쾌유를 빌었다.

먼저 출발한 박씨는 단숨에 촌장 집 근방까지 온 다음에 일단 호흡을 가다듬었다. 지금부터는 조심해야 하는 것이다. 만에 하나 촌장이 '난 모르겠네!'하고 들어가 버리거나 뒤돌아 앉으면 그만인 것이다. 박씨는 잠시 생각해 보았다.

'촌장님께서 어떻게 나오실까? ……아마 촌장님은 치료를 해 주시겠지! 먼 곳에서 죽을병을 가지고 왔는데…… 촌장님이 신령님 같은 사람이시라면 당연히 사람을 구해 주시겠지! 신령님이란 아주 선한 존재이니까.'

이렇게 생각하고는 다소 용기를 가지고는 부딪쳐 갔다. 목소리는 최대한으로 줄여 불렀다.

"촌장님!"

그러자 촌장은 기다렸다는 듯이 순식간에 밖으로 나왔다. 고개 숙여 인사부터 한 박씨는 지체 없이 용건을 말했다.

"저, 서울에서 환자가 왔는데요…… 곧 죽을 것 같습니다."

'곧 죽을 것 같다'는 이 말이 얼떨결에 나왔는데 효과가 있는 것 같았다.

"음. 그런가? 우물가로 데려가게……."

촌장도 왠지 서두르는 느낌이었다. 박씨는 '이젠 됐구나'하고 급히 되돌아 내려왔다. 마침 마을 쪽에 건영이 일행이 도착하고 있었다. 일행은 우물가로 안내되었고 박씨는 등을 켜서 주변을 밝혀놓았다.

촌장은 금방 내려왔다. 손에는 대나무로 만든 상자 같은 것이 들려져 있었는데, 필경 의료 상자일 것이다. 촌장의 표정은 어두운 것 같았다. 건영이의 어머니가 인사를 하려는 것을 박씨가 급히 말렸다. 촌장은 번거로운 것을 싫어하고 무슨 일이든지 즉시 본론으로 들어간다. 촌장이 절차를 따지는 것은 박씨로부터의 인사뿐이다. 박씨가 촌장으로부터 들은 것 중에 가장 명심하고 실천하는 것이 있다면 조용히 부르는 것과 고개 숙여 인사를 하는 것이다. 박씨는 항상 촌장을 찾을 때는 조용히 '촌장님'하고 부르고는 촌장이 나오는 동안 준비를 해두었다가 촌장이 보이면 급하게 고개 숙여 인사를 하는 습관을 몸에 배도록 해 놓았다.

그러나 촌장은 박씨 외에는 사람 만나기를 몹시 싫어하는 것이었다. 몇 번은 그런 실수를 해 본 박씨는 이제 촌장의 성질을 잘 알아서 실수가 없다. 촌장이 아주 가끔 여러 사람 앞에 나타날 때는 그 눈이 사람을 마주 보는 적이 없었고 주변이 아무리 시끄러워도 미동도 않는다.

우물가에는 이미 여러 사람이 모여 숨을 죽이고 촌장을 바라보고 있는데, 촌장은 뉘여 져 있는 건영이에게로 곧장 다가왔다. 그러고는 대나무 통에서 침을 꺼냈다. 촌장은 이내 건영이 얼굴을 노려보듯 잠시 쳐다보더니 침을 들어 번개같이 온 몸에 찔러갔다. 실로 눈 깜짝할 사이에 수십 개의 침이 전신에 박혔다. 이제 촌장은 건영이의 머리 쪽으로 옮겨서는 정좌하고 눈을 감았다. 촌장은 죽은 듯이 고요했다. 싸늘한 긴장감이 주변을 감싸 안았고, 촌장은 침묵을 계속했다. 이것을 보는 사람들은 너무 숨을 죽이고 있는 탓에 이마에 땀방울이 맺혔다. 촌장은 작은데 지금 앉아 있는 모습은 아주 크게 보였다. 그 부동한 모습은 태산보다도 고요했다. 순간순간이 길게 느껴졌다.

이윽고 촌장은 눈을 뜨고 일어나서는, 번개 같은 손놀림으로 침을 회수했다. 이제 오늘 치료는 끝난 것이다. 촌장은 일어났다. 박씨가 눈치를 살피고 서 있는데, 촌장의 말소리가 들렸다.

"사신(死神)은 이미 쫓아냈네…… 이제부터가 문제이네만 깨어나면 이걸 먹이고 내일 오시(午時)에 데려오게."

박씨는 촌장이 주는 약을 받고는 고개를 숙여 인사를 했다. 촌장은 천천히 걸어 산 쪽의 집으로 돌아갔다. 주변의 사람들은 길게 숨을 몰아쉬고는 건영이의 모습을 쳐다보며 그 주위를 감싸고 있었다. 잠시 시간이 흐른 후 건영이는 몸을 뒤척이더니 눈을 떴다. 그러고는 주변을 보는 듯했다. 건영이 어머니는 크게 소리 내어 울면서 건영이의 손을 잡았다.

"건영아, 이제 살았구나."

어머니는 계속 울었다. 건영이는 상황을 금방 이해했는지 어머니의 손을 잡아주었다. 박씨는 즉시 촌장이 준 약을 먹였다. 주변에 사람들이 둘러앉았다. 정마을 사람도 하나둘 모여 들었다. 먼저 남씨 형이 나타나고 임씨 부부, 그리고 강노인이 모습을 나타냈다. 박씨는 강노인에게 상황을 설명했다. 건영이의 어머니는 너무나 놀랍고 감격해서 마을 사람이라면 누구에게나 고개를 숙여 인사를 했다. 건영이도 일어나 앉았다. 임씨가 먼저 말을 꺼냈다.

"여러분들, 먼 곳에서 와서 고생이 많습니다. 우선 여기 앉아서 잠시 기다렸다가 요기부터 하시고 잠자리를 정하지요. 이곳 정마을에 정말 잘 오셨습니다. 하하……."

임씨는 무조건 좋은가 보았다. 임씨 부인과 남씨 부인은 부엌이 가까운 박씨 집으로 가서 요기할 것을 준비했다. 하늘의 별은 총총했고, 여느 때보다 더 밝은 빛을 정마을에 뿌려주는 것 같았다.

정마을에 처음 들어온 건영이와 건영이 어머니, 그리고 건영이를 들고 온 인부 두 사람은 밤하늘을 바라보면서 정마을의 정취와 마을 사람들의 순박한 인정에 크게 감명을 받았다. 이들은 돗자리에 앉아서 별을 바라보면서 먹는 정마을의 상용식(밀가루떡)도 두고두고 잊지 못할 것이다. 정마을 사람과 외지에서 온 건영이 일행들은 서로 어울려, 촌장에 대해 운명과 인생에 대해 얘기했고, 정마을의 아름다움에 대해 얘기했다.

밤이 깊자 외지에서 온 사람들은 임씨의 안내로 각자의 잠자리로 찾아들었다. 정마을에 있는 사람이 모두 잠든 지금, 마을은 한없이 고요한데, 촌장은 깊은 생각에 젖어 있었다.

'참으로 이상하군! ……누가 이 아이(건영)를 죽이려 하는가? ……이 아이는 누구인가? ……이 아이가 나를 도울 수 있을까? 내가 이 아이를 구한 것은 잘한 것일까? 천명(天命)을 어기면서까지…… 무엇이 잘못되었을까?'

촌장은 선선천(先先天)의 원기(原氣)를 움직여 아이의 괘상을 잡아보았다. 첫 번째 잡히는 것은 택산함(澤山咸:☱☶)이었다. 이것은 남녀 간의 감응이었다. 사랑이었다. 다시 그 흐름을 분리하여 괘상을 잡아보았다. 이번에는 천택리(天澤履)였다.

'이것은 하늘의 섭리가 하강하는 것이다. ……큰 스승을 만나는 것이다…… 기묘하군!'

촌장은 멀고먼 세계와 그 앞날을 생각해 보았다. 끝없는 인연의 선이 교차했다.

'아, 아…… 참으로 묘하고도 묘하다.'

촌장은 모든 것을 이해했다.

'어렵다. 모든 것이 잘될 수 있을까? 끝이 없군……!'

촌장은 이제 생각하기를 그쳤다. 마음을 황정(黃庭)에 집중하고 끝없는 고요의 세계로 들어갔다. 이 순간 우주의 모든 것이 정지되었다. 시간은 바깥 세계에서만 흐르고 있었다. 바깥 세계에서 하나의 소음이 고요의 세계를 강타했다.

"촌장님!"

하고 부르는 소리에 촌장은 극명(極冥)의 바다에서 현실의 항구로 돌아왔다. 눈을 뜨고 면벽에서 일어나 문 밖으로 나왔다. 밖에 나오자 박씨와 최건영이 고개를 깊이 숙여 인사를 올렸다. 오시가 된 것이다. 촌장은 건영이를 살펴보았다. 어제 떠난 사신(死神)은 되돌아오지 않았다. 이제 최건영은 죽음의 바다를 건넜고, 촌장은 천명을 어겼다. 고요한 바람 같은 촌장의 음성이 들렸다.

"얘야, 너를 죽이려 든 먼 곳의 귀신은 떠나갔다. 얘야, 너는 당분간 이 정마을을 떠나서는 안 된다. 이 마을 밖에는 너의 무서운 적이 있으니 당분간은 극히 위험하다. 이것은 모두 정신세계의 일이므로 당분간 조심해야 한다. 그리고 너는 신약(神藥)을 복용했으므로 날로 몸이 회복되어 전보다 좋아질 것이다. 그리고 박군은 이 아이를 잘 보살펴야 할 것이야……. 이제 그만 내려가게."

촌장은 방으로 들어갔다. 박씨와 건영이는 홀가분한 마음이 되어 내려왔다. 건영이로부터 사정을 전해들은 건영이의 어머니는 '사례를 하러 다시 오겠다'며 정마을을 떠나 서울로 향했다.

건영이 어머니가 떠나간 이틀 후, 김철형도 서울로 떠나갔다, 가을에 다시 오겠다며. 사람들은 철형이가 정마을을 떠나는 것을 아쉬워했다. 김철형이가 떠나기 전에 박씨는 서울에 가면 《주역(周易)》이란 책과 한문을 공부할 수 있는 옥편을 구해 달라고 부탁했다. 이것은 강노인에게 물어서 알게 된 것인데, 《주역》이란 《사서삼경(四書三經)》에 속해 있어서 서울에 이 책이 있을 것이라 했다. 박인규는 건영이 어머니가 떠나갈 때 따라나서지 않았다. 건영이가 정마을에 있게 되었기 때문에 자기도 함께 있고 싶기도 했지만, 당분간은 건영이의 회복을 돕고 싶기도 했기 때문이었다.

건영이의 회복은 빨랐다. 하루하루가 달라지고 며칠 안 가서 완전히 회복되었는데, 오히려 전보다 건강해진 것 같았다. 건영이가 달라진 것은 몸뿐이 아니었다. 마음씨도 더욱 착해진 것 같고, 오만한 마음이 사라진 것 같았다. 아마 죽음의 문턱까지 다다랐던 것이 심경에 어떤 커다란 변화를 갖다 준 것 같았다.

정마을은 다시 전처럼 평범한 나날이 계속됐다. 평화롭고 한가한 이 세계는 속된 시끄러움이 없는 진정 낙원인 셈이다. 예부터 인간은 낙원을 그리워하면서 낙원의 모습을 수없이 상상해 왔다. 낙원에는 번거로움이 없고 한가하고 아름다운 자연 환경이 있고, 사람이 없거나 적으며 걱정이 없고 의식이 풍족하다. 또한 병이 없고, 기후가 좋으며, 부족함이 없는 등등 낙원의 조건은 한없이 많을 것이다.

정마을은 이 중에서 많은 것을 갖추고 있었다. 이곳에 있는 사람은 스스로의 운명과 개성에 따라 평화롭거나 행복하거나 심심하거나 여러 가지 차별이 있을 것이다. 이렇게 생각하면 낙원이란 마음이 어느 곳에도 구속받지 않고 자유로울 수 있는 세계인지도 모른다. 그러나 마음이 자유로울 수 있는 조건이란 인간 세계에서는 좀처럼 존재할 수가 없다.

정마을은 오늘도 변화가 없다. 아니 적어도 인간의 마음에 와 닿는 급한 변화는 없는 것이다. 그러나 인간이 볼 수 없는 변화는 얼마든지 있다. 무엇보다도 첫째는 인간의 마음의 변화가 있을 것이고, 계절도 쉬지 않고 변화해 가는 것이다. 지금 정마을은 계절이 가을로 향해 가고 있기 때문에 더욱 평화롭고 아름답게 변해가고 있었다.

건영이 어머니가 떠나간 지도 이십 일이나 지났다. 그 사이 건영이는 정마을의 생활에 익숙해져 있었다. 오늘은 인규와 함께 '큰산' 쪽에 가보기로 했다. 큰산은 범위를 넓혀서 보면 강의 상류 쪽으로 몇 마장 정도 올라가서 있는데, 중턱에 올라가면, 한쪽에는 소양강 상류에서 하류까지 멀리 한 눈에 보이고, 강 건너 넓은 숲도 손바닥처럼 볼 수 있다. 다른 한쪽은 끝없이 계속된 산과 좁은 계곡이 보인다. 따라서 정마을은 이 장대한 자연의 조화 속에 잘 보이지도 않는 작은 점에 불과하다. 대체로 인간은 산의 정상 쪽으로 올라가면 갈수록 시야가 넓어지기 때문에 마음도 넓어지고, 자신의 위치에 대한 고집이나 순간에 대한 집착 등이 사라진다. 인간의 위치란 낮은 곳으로 갈수록 분명해지는 것이다. 그러므로 인간의 위치가 분명한 곳일수록 낮은 곳이 아니겠는가? 건영이는 이런 곳에 처음 와보았다. 멀리 주변을 한없이 살펴보다가 몹시도 행복한 마음이 되어 인규에게 말을 걸었다.

"인규야, 너 때문에 내가 살았어. 넌 내 생명의 은인이야."

"뭐? 왜 그런 말을 하니? 내가 한 일이 뭐가 있다고……."

"아니야. 네가 아니었으면 난 벌써 죽었을 거야. 은혜는 평생 잊지 않을게."

"야, 그만둬라. 쑥스럽게 무슨 소리야?"

인규는 속으로 놀랐다. 건영이가 살게 된 운명의 역사 속에 자기가 기여한 것이 물론 있지만, 건영이란 사람은 원래 남에게 '고맙다' '미안하다'라는 소리 같은 것은 안 하는 사람이었다. 건영이가 촌장을 만나서 살아나게 된 것은 분명 기적이었지만, 건영이의 성격이 완전히 변한 것은 그 못지않은 기적인 것이다.

인규는 기뻤다. 원래부터 무작정 건영이를 좋아했지만, 지금처럼 마음이 세밀하게 통한 적은 없었던 것이다. 생각해 보면 운명이란 참 묘하긴 묘하다. 건영이가 다시 말했다.

"내 병은 이제 완전히 나았는데…… 촌장님의 말씀에 의하면 내 정신 속에 귀신이 붙었다나 봐."

"귀신이라고? 뭐 그런 게 있을라고?"

"아냐. 겪어보지 않은 사람은 모르지. 난 정신 속에서 끝없이 싸웠다. 무엇인가 찾아와서는 나를 자꾸만 끌어내는 것 같았다. ……처음엔 꿈인 줄만 알았는데 매일 계속 되기에 꿈이 아니라 현실인 줄 알았지. 그래서 나는 귀신인지 뭔지에게 이기려고 무진 애를 썼어. 피가 마를 정도였어. 끝없는 공포…… 그런데 내가 우물가에서 치료를 받을 때 귀신이 떨어져나갔지. ……촌장님께서 그 귀신을 크게 꾸짖고는 공격하시는 것 같았어. 귀신은 금방 떨어져나갔지. 나는 그것을 모두 봤단 말이야. ……촌장님은 귀신보다 무서운 사람인가 봐."

인규는 도무지 무슨 소리인지 알 수가 없었다. 어떻게 생각해 보면 그도 그럴 것이라 느껴졌다. 건영이의 말은 이어졌다.

"그래서 나는 나중에 촌장님한테 사례도 해야겠지만 무엇보다도 그 귀신에 대해서 물어보려고 해. 그리고 내 운명에 대해서도…… 촌장님께서는 나보고 무서운 적이 있다고 하면서, 당분간 마을을 떠나지 말라고 했지. 나는 아무튼 정마을에 오래 있을 생각이야."

"그래. 그래야겠지…… 그런데 말이야, 너에게 그러한 적이 있다면 지금 여기 이 장소는 괜찮을까? 정마을에서 멀리 나왔는데……."

"글쎄, 나도 모르겠어!"

이렇게 말을 하면서 왠지 무서운 느낌이 들었다.

"건영아, 아무래도 일찍 내려가는 게 좋을 것 같다. 기분이 좀 이상해지잖아."

"……그래그래, 뭐 대낮인데 어떨려고. 귀신은 낮을 싫어한다잖아?"

"아니야, 그래도 정마을을 멀리 떠나온 것은 안 좋을 것 같아."

두 사람은 서둘러 내려오기 시작했다. 넓고 넓은 자연의 조화를 느끼면서 평화의 마을인 정마을로 내려가는 것이었다. 정마을은 하나의 점에서 시작해서 점점 커지더니, 현실의 세계로 나타났다. 바로 앞에 강노인의 집이 보였다. 저 아래에서 누가 올라오고 있었다. 가까이 다가와서 보니 숙영이었다. 숙영이가 먼저 인사를 했다.

"인규 오빠 아니세요? 어딜 다녀오세요?"

"……응 숙영이로구나. 우린 저기 큰산엘 다녀오는 중이야. 참, 이 오빠 모르지? 인사해라, 내 친구지!"

"예. 이분이군요. 얘긴 들었어요, 안녕하세요? 저는 숙영이에요."

"아, 예. 저…… 최건영입니다."

건영이는 몹시도 당황하는 것 같았다. 당황하기보다는 충격을 받은 것 같았다. 최건영은 숙영이의 모습을 보는 순간 가슴이 뭉클하면서 두근거리기 시작했다. 잠시 동안 온 몸이 굳어지는 것 같았다. 숙영이의 아름답고 빛나는 자태에 넋이 빠져 있는 건영이는 속으로 생각했다.

'선녀로구나, ……사람이 이렇게 아름다울 수가 있을까?'

이 순간부터 최건영이는 숙영이를 사랑하기 시작했다. 건영이는 얼굴이 달아오르고 숨을 쉴 수가 없었다. 건영이는 잠시도 숙영이의 얼굴에서 눈을 뗄 수가 없었다. 건영이의 눈에는 숙영이를 사모하는 마음이 가득 차서 이슬이 맺히는 듯하였다. 짧은 순간이었지만, 건영이에게는 긴 세월의 역사가 만들어진 것이었다.
"어! 얘가 왜 이래? 건영아!"
뭔가 부자연스러운 것을 느낀 인규가 불러서 정신을 차리게 했다. 숙영이도 무엇을 느꼈는지 약간 부끄러워하면서,
"인규 오빠, 나중에 봐요."
하면서 강노인의 집으로 급히 들어갔다. 그 뒤를 건영이는 한참 동안이나 바라보았다. 인규는 뭐가 뭔지 잘 몰랐지만 이상하게 느껴졌다.
"야, 건영아. 너 왜 그러니?"
"응…… 저 말이야, 인규야, 내 말 좀 들어봐. 이건 심각한 얘기야."
이렇게 말하면서 건영이는 숨을 몰아쉬었다.
"아니, 뭔데 그래?"
"음. 인규야. 네가 내 목숨을 구했지? 그런데 다시 한 번 나를 좀 살려줘! 나 말이야, 갑자기 저 여자를 보는 순간 온 몸이 굳어지는 것 같았어. 난 저 여자를 사랑해. 저 여자를 좀 만나게 해 줘…… 응? 제발 부탁이야."
건영이는 숙영이가 사라진 강노인의 집을 바라보면서 인규의 손을 잡았다. 손은 떨리고 있었다.
"뭐, 뭐라고? 너 미쳤구나. 도대체 무슨 소릴 하는 거야?"
"응. 뭐라고 말해도 좋아. 난 진심이야. 나는 저 여자를 사랑한다고. 숙영이라고 했나? 그래. 숙영이지!"
인규는 갑자기 무엇에 머리를 부딪친 것 같았다. 이 무슨 뚱딴지인가? 사람을 보자마자 사랑한다니? 도대체가 그럴 수가 있는 것인가? 인규는 정신이 나가있는 듯한 건영이를 끌다시피 해서 집으로 돌아왔다. 시간은 흘러 저녁때가 되었다. 박씨는 나루터에 도착했다. 강

가에 도착하자 저쪽을 바라보고는 크게 놀랐다. 벌써부터 사람이 와서 기다리고 있는데 많은 인원이었다. 열 명이나 가까이 되는 사람이 이쪽을 바라보고는 손을 흔들고 있었다.

박씨는 급히 배를 띄웠다. 강가에 모인 사람들은 건영이의 어머니와 아버지와 그 일행이었다. 인원은 모두 아홉 명이나 되었다. 어머니와 아버지 외에 사람들은 짐을 나르는 사람들인데, 그 옆에는 많은 물품이 산더미처럼 쌓여 있었다. 여러 날 전 건영이 어머니가 서울에 도착하여 건영이의 소생을 그 아버지에게 알리자, 아버지는 크게 놀라는 한편, 직접 찾아뵙고 사례를 올려야겠다고 하여 지금에야 찾아온 것이었다.

건영이 어머니가 정마을에서 떠나올 때 박씨로부터 이곳 사정과 필요한 물품들을 자세히 물어봤기 때문에 적절한 물건들을 여러 날에 걸쳐 준비한 연후에 이렇게 날아온 것이었다. 박씨가 배를 대자 건영이 어머니는 이내 인사를 하고 남편을 소개했다.

"안녕하셨어요? 여기는 건영이 아버지예요."

이어 박씨를 소개했다.

"이분은 촌장님을 모시고 있는 분이에요."

"아, 예. 수고가 많으십니다."

건영이 아버지가 악수를 청하자 박씨는 반갑게 맞이해 주었다. 이들은 강을 건너기 시작했다. 먼저 짐을 싣고는 세 차례에 걸쳐 사람까지 모두 강을 건넜다. 다시 짐은 정마을로 운반되었다. 인부들 중 서울에서 온 두 명 외에는 즉시 돌아가겠다고 하여 박씨는 다시 한 번 강을 건너야 되었다. 오늘 박씨는 정말 실컷 노를 저었다. 박씨가 기분이 좋아진 것은 두말할 나위도 없었다.

촌장이 해준 말을 떠올려 보았다.

'풍뢰익(風雷益)이라…… 외부에서 무엇인가 모여드는 것이다. 사람이나 물건?'

박씨가 인부들을 건네주고 정마을에 다시 도착했을 때는 손님들은 이미 그 아들인 건영이와 만나고 있었다. 병은 완전히 나았고, 전보다 더욱 강해진 것을 본 그 부모들은 너무 기뻐 어쩔 줄을 몰랐다. 하나뿐인 아들이 다 죽었다 살았으니 어느 부모인들 그렇지 않겠는가? 건영이 아버지가 인규를 돌아보며 말했다.

"인규야, 네가 건영이를 구했구나!"

"아버님, 그런 말씀 좀 하지 마세요. 제가 뭘 했다고 그러세요. 모든 일은 다 촌장님이 하신 거예요."

"아냐. 네가 아니었으면 그런 생각이나 해 봤겠니?"

"아버님, 그냥 운명이라 생각하세요. 건영이가 살 운수니까 그런 귀한 분을 만나게 된 것이지요."

"음, 그래. 그런데 촌장님을 찾아뵙고 꼭 인사를 올리고 싶은데……."

이 말에 박씨가 말했다.

"촌장님은 외부인을 잘 만나지 않으십니다. 더군다나 인사치레 같은 것을 제일 싫어하시지요."

"그래요? 그래도 제 자식 생명의 은인인데 어떻게 직접 만나 뵙고 사례라도 드려야 도리 아닙니까?"

이때 건영이 어머니가 나섰다.

"여보, 공연히 번거롭게 구시다가 그 어른 기분만 상하게 하실 수가 있어요. 그러니 그 문제는 이분을 통해서 하시면 될 거예요."

이렇게 말하면서 박씨를 쳐다보았다. 박씨는 이내 고개를 끄덕이고는,

"예. 제가 찾아왔다고 알려 드리고 촌장님 생각을 알아오지요. 그리고 사례 물건도 가지고 왔다고 전하지요."

"아, 예, 그렇게 해 주시겠습니까? 그런데 사례 물건은 약소한 건데 그분한테 실례가 되지 않을까요? 나중에 기회가 있으면 제대로 사례를 하고 싶은데요?"

건영이 아버지는 아주 겸손한 사람이었다. 박씨는 '됐다'고 하고는 촌장 집으로 올라갔다. 박씨가 나가는 것을 보자 아버지는 그 부인을 돌아보며 말했다.

"촌장이란 어른은 신선 같은 분인가 보오?"

건영이가 대신 대답했다.

"예, 아버지. 그분은 신선이 틀림없어요. 저는 그것을 잘 알아요. 그분이 제 병도 치료해 주셨지만 정신에 붙은 귀신도 쫓아냈어요."

"그래? 귀신이라고?"

아버지는 반신반의(半信半疑)하면서 고개를 끄덕였다.

"넌 여기서 오래 있겠다고?"

"예. 그래야 될 것 같아요. 전 이곳이 너무나 좋아요."

이 말을 하면서 건영이는 숙영이의 모습을 떠올렸다. 건영이의 인생은 이제 바뀐 것이다. 만일 정마을을 떠난다는 것이 위험하지 않고 병도 없다 하더라도 건영이는 정마을을 떠나지 않을 것이다. 설령 정마을에 있는 것이 오히려 목숨이 위태롭다 하여도 건영이는 정마을을 떠나지 못할 것이다. 사랑이란 인생의 그 무엇보다도 우선 하는 것일까? 아니 목숨보다도 우선하는 것일까? 건영이의 부모는 자식의 이러한 마음을 알 길이 없었다. 그저 건강 회복과 안전에 관한 필요조치로 정마을에 머물게 된 것으로만 알고 있었다.

박씨는 촌장의 방 앞에 서서 조용히 불렀다. 촌장이 나오자 박씨는,
"건영이 부모님이 왔어요. 고맙다는 인사를 드리고 싶다고 하는데요."
"인사는 받은 걸로 하겠네."
박씨는 촌장이 당연히 이렇게 나올 것을 알고 있었기에, 더는 얘기하지 않고 사례로 가지고 온 물건이 많다고 했다. 많은 양의 쌀과 옷감, 생필품 등…….
"음. 그래? 잘했군. 마을 사람들에게 나누어주도록 하게. 그리고 박군, 그 아이와 그 부모를 위해 잔치라도 베풀어 주게."
"예? 잔치 말씀입니까? 예. 그렇게 하겠습니다."
박씨는 기뻤다. 촌장이 이렇게 말하는 것은 십 년에 한 번 있을까 말까 한 친절이었다. 박씨는 속으로 생각했다.
'그렇지…… 내일은 성대하게 잔치를 해야겠다. 우물가에 가서 종을 울려야겠다.'
종은 우물가에 매달려 있는 쇠로 된 작은 통을 말하는데, 망치로 치면 제법 소리가 커서 온 마을에 다 들린다. 이 종은 마을에 잔치가 있을 때에 울리는 것이다. 잔치 하루 전에 종을 열 번 치고는 준비를 해서 다음날 잔치를 벌이는 것이다. 박씨는 여러 가지 생각으로 가슴이 벅찼다.
'금년에는 참 많은 일들이 일어나는구나.'
촌장이 다시 말했다.

촌장의 실종

"박군, 나는 잠시 어딜 좀 다녀와야겠네. 오늘 떠나면 일마간 시일이 걸리겠지……."

"예? 떠나시겠다고요?"

이건 청천벽력이었다. 박씨의 목소리가 자신도 모르게 커졌다.

"금방 돌아오시는 거죠?"

박씨의 목소리는 다급했다. 만일 이 마을에 촌장이 없다면 박씨도 오랫동안 이 마을에 머물 수는 없을 것이다. 박씨는 촌장과 그리 친한 사이는 아니었지만, 이 정마을에서 촌장의 존재는 왠지 모르게 안정의 뒷받침이 되는 것같이 느껴졌다. 그리고 촌장의 어떠한 신비한 힘이 박씨를 이곳에 있게 하는 이유, 그 자체인 것만 같았다.

박씨는 지금 새삼 그것을 깨달았다. 지난 십여 년 동안 박씨가 이곳에 눌러앉은 이래로 촌장은 이 마을을 떠나 본 적이 없었다. 박씨는 불안했다. 혹시 이 노인네가 아주 떠나는 것이 아닐까? 또는 나이가 아주 많은 노인이니 어디 가서 죽기라도 할 것인가?

촌장은 박씨의 생각을 꿰뚫어 알고 있는 듯 말했다.

"박군, 염려 말게. 모르긴 하지만 그리 오래 걸리진 않을 걸세. 이만 가보게. ……배는 필요 없네."

촌장은 방으로 들어갔다. 박씨의 뇌리 속에는 촌장의 '모르긴 하지만'이라는 말이 깊게 와 박히었다. 모든 것을 잘 알고 있는 듯한 촌장이 '모르긴 하지만'이라고 한 것은 도무지 믿어지지 않았다.

'그러나 촌장님이 염려 말라고 했으니 곧 돌아오시겠지. 배가 필요 없다니까, 어쩌면 산중으로 약초를 캐러 가시는지도 모른다.'

박씨는 발길을 돌려 내려오면서 마음을 긍정적으로 바꿨다. 건영이의 방으로 돌아온 박씨는 그의 부모에게 촌장의 뜻을 전하고는 임씨의 집으로 갔다. 잔치를 준비하기 위해서는 누구보다도 우선 임씨 부인을 만나야 하기 때문이다. 건영이의 부모는 촌장이 박씨에게 잔치를 베풀어주라고 지시한 것은, 자신들의 사례를 받아들인 것으로 생각하고 크게 안도하며 기뻐했다. 한밤중이 되자 우물가에서 종소리가 열 번 울려 퍼지고 마을의 모든 사람에게 내일의 행사에 대해 알렸다.

다음날 아침이 되자 박씨는 나루터에 다녀온 후 촌장의 집에 올라가 보았으나 역시 촌장은 떠나고 없었다. 박씨는 몹시도 허전했다. 정마을에는 지금 예전보다 많은 사람이 머물고 있었지만, 왠지 외로운 기분을 떨쳐버릴 수가 없었다. 박씨는 새삼 이 정마을이 세상으로부터 멀리 떨어져 있는 곳이라는 생각을 했다. 또한 사람에게 있어서 고독이란 주변에 사람의 많고 적음에 의해 생기는 것이 아니라, 어떤 사람이 있느냐 없느냐에 달려 있음을 깨달았다. 박씨는 지금 고독감에 빠져 있는 것이었다.

그런데 이와는 대조적으로 건영이란 사람은 오늘 아침 어떤 기대로 마음이 들떠 있었다. 그에게는 지금 고독이 있을 턱이 없다. 그에게는 이 작은 마을에 자기가 죽도록 사랑하게 된 숙영이가 있는 것이다. 앞으로 몇 시간 후면 마을에 잔치가 시작되고 그러면 숙영이 모습도 보이게 될 것이다. 함께 자리하면서 가까이에서 볼 수 있으니 건영이는 가슴이 설레고 행복해지기까지 했다.

건영이는 오늘 잔치 때 어머니가 새로 산 새 옷을 입을 예정이다. 원래 그는 잘생기고 귀하게 보이는 타입이다. 단지 오만한 성격과 경솔한 습관으로 인해 다소 천박스럽게 보였었지만 지금의 그에게는 옛 모습을 전혀 찾아볼 수가 없었다. 건영이는 다시 태어난 것이었다.

정오가 가까워 오자 마을 사람들은 하나둘 우물가로 모여들었다. 임씨 부인과 남씨 부인은 벌써부터 음식을 준비하고 있었다. 정섭이는 우물가에서 물을 퍼 올리고, 음식을 다듬고 씻는 일은 숙영이가 거들고 있었다. 잔치를 돕는 듯 날씨조차도 가을을 느낄 수가 있어서 덥지 않았다. 박씨는 건영이 부모를 안내해 자리에 앉혔다.

이때 정섭이가 퍼 올리고 있던 두레박줄이 끊어져 통이 우물 속으로 떨어졌다.

"어! 줄이 끊어졌네……."

박씨가 이내 갈고리가 달린 줄을 우물에 넣어 이리저리 휘젓자 두레박이 걸려 올라왔다. 그런데 갈고리에 다른 물건도 하나 걸려들었다.

"응? 이건 뭐야?"

걸려 나온 물건은 은줄로 된 목걸이였는데, 끝에는 메달이 하나 달려 있었다.

"어? 이것 봐라. 목걸이인데…… 뭐 이런 게 다 나오지?"

이 목걸이는 아마 전에 이 마을에 살았던 사람이 빠뜨린 것이리라.

박씨가 이 마을에 사는 동안은 누군가 목걸이를 잃어버렸다는 얘기를 듣지 못했으므로 상당히 오래 전부터 우물 속에 있었던 것이 분명하였다.

'강씨 할아버지한테 물어봐야지.'

박씨는 일단 간직해 두기로 했다.

두레박줄은 어느새 건영이가 다가와 고쳐놓고는 물을 퍼 올리고 있었다. 숙영이는 별 생각 없이 하던 일에 열중했다. 건영이는 물을 몇 번 퍼 올려 주고는 숙영이의 바로 옆 가까이에서 일하는 모습을 뚫어져라 쳐다보았다.

"어머……!"

숙영이도 시선을 의식했는지 일손을 멈추고는 그를 보면서 말했다.

"오빠, 뭘 그렇게 보세요?"

숙영이는 다정한 표정을 지었다.

"아, 예. 그저……."

건영이는 얼굴을 붉히며 금방 우물가에서 떠나 자리로 갔다. 가슴이 두근거렸다. 그러나 '오빠'하고 불러준 것과 그녀의 다정한 표정을 보게 된 것이 너무 기뻤다. 한두 가지씩 음식이 차려지고, 이윽고 강노인이 술통을 가지고 나타나자, 마을 사람들은 모두 모였다. 이 마을에서 잔치에 참석하지 않은 사람은 촌장과 강씨 부인, 그리고 숙영이 아버지뿐이었다.

임씨가 먼저 말문을 열었다.

"오늘 같은 날 촌장님께서는 방에 앉아 무얼 하시는 거야?"

하고 박씨를 쳐다보았다. 박씨는 아직 촌장이 어디론가 떠나갔다는 말을 하지 않았다. 왠지 말하고 싶지 않았던 것이다.

"응. 그분이야 원래 그러신 분이니까…… 자, 그것보다 오늘 이 자리는 건영이의 회복을 축하하는 그런 잔치이기도 한데, 무슨 말부터 할까?"

박씨는 임씨를 쳐다보았다. 임씨는 즉시 말을 넘겨받으며 얼굴에 웃음을 가득 실었다.

"그러니까 우선 건영이 아버님께서 한 말씀 해 주시지요?"

"예."

건영이 아버지는 서슴지 않고 인사말을 했다.

"마을 분들이 저희를 이렇게 환대해 주시니 그 고마움을 이루 다 말할 수 없습니다. 이 정마을은 분명 천상의 땅입니다. 제가 이곳에 올 수 있게 된 것은 자식 문제를 떠나서라도 하늘이 내린 복이라 생각합니다. 저는 영원히 정마을을 사랑할 것입니다. 감사합니다."

건영이 아버지의 인사말이 끝나자, 임씨가 술을 따르려고 했다.

"건영이 아버님, 그럼 술을 한 잔 받으시지요?"

"아, 아닙니다. 이 자리에 저보다 어른이 계신데 어떻게 먼저 받겠습니까? 제가 먼저 어르신한테 한 잔 따라 올리겠습니다."

하고는 강노인에게 술을 따랐다. 강노인이 사양할 사이도 없이 술을 한 잔 받게 되자, 즉시 자기도 건영이 아버지에게 술을 따르고는 답례를 했다.

"고맙습니다. 이곳 정마을은 워낙 외지라서 불편한 곳인데 멀리 서울에서 귀하신 분들이 이렇게 찾아주신 것은 정마을의 기쁨이고 영광입니다. 언제라도 잊지 않고 찾아주신다면 최선을 다해 모시겠습니다. 아무쪼록 오늘 많이 드시고 즐거운 마음이 되시길 빌겠습니다."

이렇게 인사말이 오가자 건영이가 나섰다.

"제가 마을 분들에게 한 잔씩 따라 올리겠습니다."

하고는 먼저 남국현에게 술을 따랐다. 이어 박씨, 임씨, 서울에서 온 인부 두 사람에게 술을 따르고 나자 강노인이 한 마디 했다.

"오늘은 즐거운 날이니 여자분들도 한 잔씩 들도록 하시지."

그러자 임씨가 좋다고 끼어들었다.

"그럼, 그럼, 그래야지."

건영이는 임씨 부인과 남씨 부인에게 한 잔씩 따른 다음, 자기 어머니에게도 잔을 권했다.

"어머니도 한 잔 하실래요?"

"음. 그래, 한 잔 주려무나."

이렇게 술을 다 따르고 나니 남은 사람은 건영이·인규·숙영이·정섭이 뿐이었다. 강노인이 건영이와 인규를 보며 웃었다.

"자네들도 한 잔씩 하게."

"예."

건영이는 씩씩하게 대답하고는 친구인 인규에게 따른 다음 이번엔 잔을 숙영이에게도 주었다.

"어머, 전 아직 술을 안 마셔보았어요."

하고 얼굴을 붉히자 강노인이 이 광경을 보고 한 마디 거들어 주었다.

"음. 숙영아, 너도 한 잔 맛을 봐라. 술도 음식이니 여자도 술 한잔 정도는 마실 줄 알아야 한다."

이 말에 건영이는 더 기다릴 것도 없이 들고 있는 잔에 술을 따르고는 그 잔을 숙영이한테 내밀었다. 숙영이도,

"오빠, 고마워요."

하고는 술잔을 받았다. 건영이는 그 모습을 자연스럽게 잠깐 바라보

고는 자기 자리에 와서는 자신의 잔에 술을 따랐다. 임씨가 말했다.

"자, 다 같이 건배를 하시지요."

이때 정섭이가 큰 소리로 다급하게 말했다.

"아저씨. 저는요? 저도 한 잔 마실래요. 누나도 마시는데."

"응? 그래 허허……."

강노인은 웃으며 정섭이에게 손수 한 잔 따라주었다. 이들은 다 같이 건배를 했다. 이어 여러 가지 대화를 주고받으며 음식과 술을 들었다. 이 정경은 진정 낙원의 한 장면이었다. 하늘은 높고 구름은 한가롭다. 새소리·물소리는 바로 천상의 음악이었다. 이들에게는 오늘 아무런 근심도 없다. 천진한 마음 그대로, 먹고 마시며 떠들며 좋아했다. 잔치가 한창 무르익자, 건영이는 강노인 쪽으로 자리를 옮겼다. 그 옆에는 숙영이와 정섭이가 앉아 있었다.

"선생님, 제가 한 잔 따라 올리겠습니다."

"음. 그래? 그냥 할아버지라고 부르렴. 내가 무슨 선생님이겠느냐? 허허허……."

건영이는 정중하게 술을 따르고는,

"할아버지, 저는 이 마을에 있으면서 앞으로 많은 걸 배울까 합니다. 저에게 많은 가르침을 주십시오."

"허허. 이 사람 참 착한 사람이구먼. 그런데 내가 최군한테 무슨 가르칠 것이 있겠나? 나는 구식이야. 그보다 최군은 서울에서 대학을 다녔으니 아는 것이 많겠지. 앞으로 숙영이를 많이 지도해 주게."

이 말에 건영이는 깜짝 놀랐다. 우연히 숙영이 얘기를 꺼낸 것인지, 아니면 숙영이를 대하는 자기의 행동이 왠지 부자연스럽기 때문에 자신의 마음을 눈치 챘는지……. 오늘 이 자리에서 건영이는 자신의 마음이 드러나지 않도록 각별히 조심했다. 그러나 가끔가끔 숙영이를 쳐다볼 때, 그 모습을 본 사람이 있다면 눈치 챌 수도 있을 것이었다.

'설마?'

건영이는 가슴이 설레었다. 그는 숙영이란 이름만 들어도 감전이 된 듯 깜짝 놀라곤 했는데, 바로 옆에 숙영이가 있기 때문에 더욱 자신을 감추기 어려웠다. 그는 애써 태연한 척 하면서 정중히 말했다.

"할아버지께서 저를 칭찬해 주시니 너무 기쁩니다. 아무쪼록 지금 말씀 명심하겠습니다."

숙영이가 이 말을 들었는지 모르겠지만 그가 말하는 도중 시중을 들기 위해 일어나 다른 쪽으로 갔다. 건영이는 술을 너무 많이 마셨다. 그 어머니가,

"얘야, 너 그렇게 많이 마셔도 되니? 아직 다 회복된 것은 아닐 텐데." 하고 걱정을 했다.

"괜찮아요, 어머니. 전 이제 튼튼해요. 이 정도 술은 아무리 마셔도 괜찮아요."

사실 건영이는 남달리 정신력이 뛰어났기 때문에 술은 엄청나게 마시는 편이다. 더구나 오늘은 특별한 날이 아닌가? 죽음의 문턱에서 살아나오고, 낙원에서 사랑하는 여인과 술을 드니 이보다 더 좋은 날이 또 있을까?

오늘은 마을 사람 모두에게 즐거운 날이었다. 박씨도 가끔 촌장 생각 때문에 순간적으로 외로움을 느낄 때가 있었지만 대체로 즐거운 편이었다. 박씨는 평소보다 술과 음식을 많이 먹었으며 말도 많이 했다. 임씨도 오늘 즐거운 것은 말할 것도 없다. 이 사람은 어쩐지 고통을 느끼는 기관이 없는 사람 같았다. 떠들고 박수 치고 노래까지 한

다. 오늘 이 자리에서 가장 조용한 사람은 남국현과 숙영이 어머니였다. 숙영이 어머니는 어린 나이에 시집와서는 한 번도 남편 남국인과 뜻이 맞아본 적이 없었다. 남국인은 젊어서부터 나쁜 버릇이 있었다. 6·25 전쟁 중에는 나이가 좀 든 상태에서 국군에 복무했다. 전쟁이 끝나자 누군가를 따라 이 정마을에 들어왔지만 농사를 짓는 것도 아니고 도시에 나가 사는 것도 아니며, 그저 술과 도박으로 인생을 낭비하면서 지냈다.

남씨 부인은 공부를 좀 한 사람이고, 시집오기 전에 집안도 괜찮았는데, 남씨를 만나면서부터 인생은 무의미해졌다. 단지 딸 하나 있는 것을 잘 키우려고 애는 쓰지만 이것도 뜻이 안 맞으니 여간 어렵지 않다. 남씨의 형 국현은 동생 부부와 이 마을에 들어왔다. 그는 어려서 일찍 결혼을 했지만 그 부인이 병으로 죽자 크게 좌절하고는 도시를 등지고 산 속에서 살아가고 있는 것이다. 그 외에 마을 사람들은 모두 행복한 편이었다.

강노인은 멀리 대전에 자식들이 있고, 박씨는 세상이 싫어서라기보다 어떤 소신, 혹은 나름대로의 철학이 있어서 정마을에서 살아가고 있다. 더구나 최근엔 정섭이가 있어서 남국현보다는 덜 외로운 입장이다. 그러나 오늘만은 마을 사람들 어느 누구도 다른 생각은 하지 않는다. 그저 여러 사람이 모여 즐길 수 있는 잔치가 좋은 것이다.

잔치는 저녁이 되어서야 끝이 났다. 마을 사람들이 하나둘 일어나 집으로 돌아가자 박씨는 나루터로 향했다. 한때 불꽃처럼 일어났던 사건이나 흥분 또는 소란함도 이젠 잠이 들고, 정마을은 다시 일상의 생활로 되돌아가려는 것이다. 강에 도착한 박씨는 강물을 바라보며 가을을 느꼈다.

'여름은 이렇게 해서 끝나가는구나. 인생이란 이렇게 변하고 변해서 어디에 도달하는 것일까?'

박씨는 인생의 흐름에 대해 잠깐 생각하다가 피로를 느끼자, 집으로 급히 돌아와 잠에 떨어졌다.

다음날 아침. 나루터에는 떠나는 건영이 부모님을 배웅하기 위해 박씨와 정섭이 외에 건영이와 인규가 나왔다.

"건영아, 몸조심해라. 겨울이 되기 전에 다시 한 번 오마. 그런데 이곳에 얼마나 있을 예정이냐?"

건영이 아버지는 정마을이 마음에 들었는지 아들을 볼 겸 다시 한 번 오겠다는 것이다. 그리고 건영이가 정마을에서 떠날 수 있는 날도 아울러 물었다. 그러나 그것은 건영이도 알 수가 없었다. 지금은 이 마을을 떠나고 싶은 마음이 조금도 없었다. 정마을 밖에는 위험한 적이 있고 정마을 안에는 사랑하는 숙영이가 있지 않은가? 지금 당장은 아무것도 알 길이 없었다. 좀 더 세월이 지나면 운명이 그 모습을 드러낼 것이다. 단지 건영이 아버지는 이 마을에 다시는 못 올지도 모른다. 비록 지금은 다시 오고 싶어 하고, 다시 온다고 말은 하지만…….

"아버지, 어머니! 조심해서 가세요. 저는 얼마 동안 이곳에 있는 것이 좋을 거예요. 아무 염려 마세요."

건영이 어머니는 눈물을 흘리면서 건영이 손을 잡고는 놓을 줄을 몰랐다. 한참만에야 남편이 끌어서 배에 태웠다. 배는 건너올 때와는 아주 다른 기분을 싣고 천천히 강을 가로질러 갔다. 흘러 내려오는 강물이 배에 와서 닿는 것은 끊임없이 이어져 일어나는 운명의 단편인 것 같았다. 저 위쪽에는 새로운 운명이 줄지어 기다리고 있는 것이다. 강을 건너오자 건영이 아버지는 박씨에게 악수를 청하면서 작별 인사를 했다.

"그간 신세를 많이 졌습니다. 언제 서울에 한번 오시는 게 어떻겠습니까?"

"예. 언제 그럴 기회가 있다면 한번 찾아뵈올 수 있겠지요. 감사합니다. 부디 안녕히 가십시오."

박씨도 아쉬워하며 다정이 인사를 나누었다. 건영이 아버지 일행은 강의 하류 쪽을 향해 출발했다. 박씨는 그들이 보이지 않을 때까지 한참 동안 서 있다가 다시 강을 건너 정마을로 돌아왔다. 정마을은 새로운 시간의 세계로 또다시 운행을 계속했다.

세월은 여름엔 늦게 흐르고 가을엔 빨리 흐르는 것 같았다. 단풍이 들고 열매가 맺고 어느덧 낙엽이 떨어지기 시작했다. 정마을은 더욱더 한적한 세계로 변해가고 있었다. 박씨는 습관처럼 매일 강가에 나왔지만 요즘엔 거기에 한 가지 일을 더했다. 매일 촌장의 집에 들러 확인하는 것이다. 촌장이 마을을 떠난 지 두 달이 지났건만 아직 돌아오지 않았다. 박씨는 그 것을 마을 사람들에게 알리지 않으려고 최대한 노력했다. 촌장이 마을에 없다는 것을 마을 사람들이 알게 된다면 꼭 무슨 일이 일어날 것만 같은 느낌이 들었기 때문이었다. 그러나 박씨의 그 노력에도 불구하고 며칠 전 마을 사람들은 촌장의 부재를 알고야 말았다.

그 사실을 안 마을 사람들은 매우 큰 충격에 빠졌다. 여러 사람이 촌장 집 앞에 모여 웅성거렸고, 좀처럼 밖에 나오지 않던 강씨 부인도 나와서는 크게 걱정을 했다.

정마을의 정적은 가을과 함께 더욱더 깊어만 가고 어떤 두려움도

감도는 것 같았다. 평소 촌장을 싫어하고 경시했던 숙영이 아버지인 남국인마저도 촌장이 돌아왔는지 하고 매일 궁금해 했다.

마을 사람들은 모두 촌장이란 존재가 정마을에 주는 의미를 새삼 깨닫게 되었다. 촌장은 정마을의 수호신이었던 셈이었다.

마을 사람들은 두려움과 고독을 느끼면 느낄수록 이 사실을 더욱 더 확신하게 되었다. 수호신이 없는 마을 사람들은 부모가 없는 어린 아이처럼 나약하고 미지의 세계에 노출되어 있는 것이었다. 촌장이 없는 고통과 허전함을 가장 절실하게 느끼는 사람은 당연히 박씨일 것이다. 박씨는 매일 촌장 집 앞에 서서 생각했다.

'오늘도 역시…… 도대체 어디로 떠나신 것일까? 정마을을 영원히 떠나신 것인가?'

박씨는 여러 가지 불길한 생각을 했지만 언제나 마지막에는 반드시 촌장은 돌아올 것이라고 스스로에게 다짐을 하곤 내려온다. 그렇게 하지 않고는 견딜 수가 없기 때문이다.

연진인(㴉眞人)의 천명재판(天命裁判)

촌장은 마을에 잔치가 있기 하루 전 그 집의 뒤쪽으로 연결되어 있는 산을 향해 떠났다. 촌장이 이 마을을 떠난 것은 본의가 아니었다. 피할 수 없는 부름, 아니 명령에 의해 마을을 떠나 남쪽 지리산으로 향했다. 촌장은 멀리 지리산으로 떠나기 전에 잠시 산의 정상에 있는 어떤 토굴에 들러 능인을 만나 몇 가지 일을 지시하고는 그 길로 지리산의 천소(天所)로 향했다. 촌장이 지리산의 천소에 도착하자 입구에서 선인(仙人) 고휴(古休)가 맞이했다.

"풍곡(風谷), 오랜만이구려. 지척 간에 있으면서도 서로 이토록 볼 수가 없더니만, 그래 그간 평안했소?"

"고휴, 당신도 여전하구려. 허허허……."

"자, 어서 들어오시오. 연진인(㴉眞人)께서는 아직 당도하지 않으셨소."

고휴는 자리를 권했다. 풍곡이 자리에 앉자 고휴는 적이 근심스러운 표정을 지으며 말했다.

"대체 어쩌다 일이 이렇게 된 것이오? 내가 알아서는 안 될 특별한 일이라도 있소?"

풍곡과 고휴는 서로 그리 가깝지도 멀지도 않은 사이로서 선계에서는 배분(輩分)이 같았다. 풍곡은 잠시 생각에 잠겼다가 쓴웃음을 지으며 얘기했다.

"모든 것이 다 내 불찰이오. 허허 부덕한 소치이지……."

"아니, 대체 무슨 소리요? 답답하구려."

"……실은 내가 사람을 하나 구했소."

"사람을 구했다고? 그거야 무슨 잘못된 일이 아니지 않소?"

고휴는 몹시 답답해했다.

"그런데 그 사람이 죽을 사람이었던 것이오."

"뭐요? 그럼 천명을 어겼단 말이오? 대체 무엇 때문에 인간의 일에 참견한 것이오, 당신답지 않구려…… 도대체 왜 그렇게 한 것이오?"

"음. 그것은 내가 경솔했기 때문이오. 처음엔 잡귀가 억지로 사람을 죽이는 것으로만 알았는데……."

풍곡은 잠시 또 생각에 잠기고는 말을 이었다.

"잡귀를 쫓아내고 보니 그것을 알게 되었소."

"그럼, 실수를 한 것이구려?"

"아니오, 실수가 아니었소. 잡귀를 쫓아내고 바로 그 아이가 죽을 운명인 줄 알았지만, 인정에 끌려 그만 신약(神藥)을 먹인 것이오."

"저런, 그런 일을 하다니, 아니 천명이 한 번 어긋나면 인간 세계에 많은 혼란이 오는 법인데, 누구보다 그것을 잘 아는 풍곡이 그런 일을 하다니 도무지 믿어지지가 않소. 더군다나 냉정하기로는 천하에 누구도 따를 자가 없는 당신이…… 도대체 이치에 맞지가 않소 그려. 좀 속 시원히 얘기해 보시오."

고휴가 재촉하자, 풍곡은 마지못해 대답했다.

"실은 그 당시 나는 좀 혼란한 상태에 있어서 어떻게 해야 좋을지 판단이 서질 않았소. 나는 누구를 기다렸는데…… 잡귀를 쫓아내고는 당황했소. 물론 즉시 평정을 되찾았지만, 며칠 전부터 있었던 혼란이 또다시 일어난 것이오. 그래서 그만……."

"아니, 도대체 누구를 기다렸다는 것이오?"

"……음. 그것은 말할 수 없는 것이오. 미안하오, 고휴!"

"말할 수 없다고? 내가 들을 자격이 없다는 것이구려."

"아니오. 고휴, 오해는 마시오. 그런 것이 아니고…… 그런데 후에 다시 생각해 보니 나의 행동이 옳았다는 것을 알게 되었소."

"뭐요?"

고휴는 깜짝 놀랐다.

"천명을 어기고도 그것이 옳았다니 풍곡은 지금 제정신이오?"

"고휴, 미안하오. 내겐 말 못할 사정이 있소. 당신을 무시한 것은 아니오."

"도대체 영문을 모르겠구려."

고휴는 약간 불쾌한 듯 보였다. 그러나 이때 멀리서 기척이 있음을 그들은 감지했다.

"연진인이 오셨나 보오. 빨리 나가봅시다."

두 사람은 급히 밖으로 나갔다. 잠시 후 백발의 노인이 나타났다. 흰 눈썹에 흰 수염이 길게 늘어져 있고, 얼굴엔 광채가 서려 있으며 눈은 감았는지 떴는지 알 길이 없는, 조금 마른 듯한 몸으로 허리는 곧고 왼손에는 괴상하게 생긴 지팡이를 잡고 있었다. 풍곡과 고휴는 이 노인을 보자마자 무릎을 꿇었다.

"삼가 진인을 뵈옵니다."

"음. 풍곡과 고휴인가? 일어나게."

연진인의 명이 떨어지자 두 사람은 고맙다는 인사를 하며 일어났다.

"감사하옵니다."

인사가 끝나자 고휴는 재빨리 연진인을 안내하여 상좌에 앉혔다. 이어 고휴도 자리에 앉았는데, 풍곡만은 앉지 못하고 서서 분부를 기다렸다. 연진인은 부드럽게 웃으며 손짓했다.

"이 사람아, 우선 앉게. 심문은 숨 좀 돌리고 하겠네. 허허허."

풍곡은 재차 감사하다고 하고는 자리에 앉았다.

"여보게들……."

인자한 연진인의 음성이 음악처럼 고요히 들려왔다.

"원래 이번 재판은 나의 소관이 아니었는데, 마침 내가 이 근방에 올 일이 있어서 내게 맡겨진 것이네. 고휴, 우선 차라도 한잔 내오게. 내가 공무로 왔으니 술을 요구하지는 않겠네."

연진인의 말이 떨어지자, 고휴는 즉시 일어나 차를 준비했다. 차는 임다(臨茶)로서 선계에서도 상품인 것이다. 연진인은 기분이 좋은지 차에 대해 치하를 했다.

"음. 좋은 차군, 이곳은 참 좋은 곳이구먼."

이 말에 고휴는 황급히 답례했다.

"대접이 소홀한 것을 용서해 주시옵소서. 제가 워낙 게을러서 그만……."

"아니네. 이곳은 물맛도 좋고 다 괜찮네. 그래, 자네들 공부는 어떻게 하는가?"

고휴가 대답했다.

"예. 저는 이기(離氣)를 쌓고 있사옵니다."

"음. 그런가? 풍곡 자네는?"

"예. 저는 태기(兌氣)를 쌓고 있사옵니다."

"허허…… 잘들 하고 있구먼. 자네들은 역시 훌륭하네. 내 전부터 그렇게 생각하고 있었지."

"황송하옵니다. 저희 같은 것을 칭찬해 주시니……."

"허허…… 좋아, 좋아."

연진인은 고개를 몇 번 끄덕이고는 풍곡을 쳐다보며,

"그럼, 일을 시작해 볼까?"하고 말하자 풍곡은 즉시 일어나서 오른 손으로 왼쪽 손등을 잡고 경건한 자세로 대죄(待罪)했다.

"음, 풍곡 자네는 죽을 사람을 살려놓았다며?"

"예."

"누군가?"

"최건영이란 아이옵니다."

"몇 살 난 아이인가?"

"스물세 살 난 아이옵니다."

"어디서 그 아이를 만났나?"

"정마을이란 곳이옵니다."

"전에 그 아이를 본 적이나 이야기를 들은 적이 있는가?"

"없사옵니다."

"그럼, 처음 본 아이란 말인가?"

"예."

"그 아이를 왜 살렸나?"

풍곡은 한참 만에 대답했다.

"저의 죄가 크옵니다. 벌을 주시옵소서."

"어허, 그 무슨 말버릇인가? 묻는 말에 대답이나 하게."

"예. 죄송하옵니다. 실은 누군가 그 아이를 죽이려 하기에 살려주었던 것이옵니다."

"무엇? 누가 죽이려 했다고?"

"예."

"누군가?"

"저도 잘 모르겠사옵니다."

"그럴 리가 있나? 대체 어떻게 죽이려 했나?"

"혼령(魂靈)을 강제로 출인(出引) 시키려 하였사옵니다."

"무엇이라고? 혼령 출인을?"

"……"

"음. 그것은 내가 나중에 다시 조사해 보지."

잠시 생각하던 연진인은 심문을 계속했다.

"죽을 사람을 살린 것이 아니라, 죽임을 당하려는 사람을 구했단 말이지?"

"예. 그러나 그런 것뿐만은 아니었습니다."

"그게 무슨 소린가?" "잡귀를 쫓아내고 나서 죽을 사람인 줄 알았사옵니다."

"그 전엔 몰랐었고?"

"예."

"그 후엔 알고도 살려놓았나?"

"예."

"어떻게?"

"신약(神藥)을 먹였사옵니다."
"왜, 그렇게 했나?"
"인정에 끌리기도 하고 어지럽기도 해서……. 내친김에 저질렀사옵니다."
이렇게 말하면서 풍곡은 연진인에 대해 송구스러운 마음을 금할 길이 없었다. 거짓을 말하지는 않았지만 마음속의 것을 다 얘기하지 않은 것이 마음에 걸렸다.
'훗날 다시 용서를 빌어야지. ……어떻게 해야 할지 지금으로선 알 수가 없군.'
연진인은 잠시 생각하고는 고개를 끄덕였다.
"실수였군. 그렇지 않나?"
"아니옵니다. 실수가 아니옵니다."
"어허. 또 말대꾸를…… 자네는 풀잎을 먹여서 환자를 구한 것이 아닌가? 몰랐기 때문에?"
"그런 것이 아니옵니다. 실은……."
"음. 더 이상은 말하지 말게."
연진인은 왠지 이 부분을 자세히 캐지 않고 넘어가려고 했다. 심문은 다시 계속됐다.
"그 후에 잡귀에 대해서 알아봤나?"
"알아보지 못했사옵니다."
풍곡은 짐작되는 것이 있었지만 그 말은 입 밖에 내놓지 않았다. 경솔하게 발언하여 일을 크게 벌여놓는다면 이로울 것이 없었기 때문이었다. 그러나 다시 송구스러운 마음이 고개를 들었다.
'내가 연진인을 속이는 것일까?'

풍곡은 괴롭고 어지러웠다.

"그 건영이란 아이는 어떻게 정마을에 오게 되었나? 그 아이의 친구는?"

"예. 건영이 친구는 인규라는 아이이온데, 그 마을에 살고 있었사옵니다."

"음. 묻지 않은 사람의 이름은 대지 말게. 그 인규라는 아이의 이름은 내가 들을 만한가?"

"아니옵니다. 죄송하옵니다. 그 아이에게는 그만한 복(福)이 없사옵니다."

"그만하게. 그 아이는 어떻게 그 마을에 있게 됐나?"

"누가 소개해서 들어왔사옵니다."

"누군가?"

"철형이란 아이옵니다."

"음, 철형이란 아이는 어떻게 자네에게 그 환자를 데려왔나?"

"예, 철형이란 아이는 평소 저를 잘 알고 있었사옵니다. 저는 가끔 인간을 치료해 주었사옵니다."

"분수를 넘지는 않았나?"

"예."

"건영이 친구라는 아이는 자네를 알고 있었는가?"

"아니옵니다. 철형이란 아이가 알려주었사옵니다."

"자네는 처음부터 이 일을 알고 있었나?"

"모르고 있었사옵니다."

"그럼, 우연히 철형이란 아이를 통해 건영이 친구가 데려왔다, 이 말이지?"

"예."
"그 친구는 건영이가 아픈 것을 언제 알았나?"
"정마을을 떠나 자기 집에 가서야 알았사옵니다."
"정마을을 떠날 때는 몰랐고?"
"예."
"음. 잘 알았네. 자네가 일부러 환자를 불러들인 것은 아니구먼."
풍곡은 숨을 죽이고 판결을 기다렸다. 이윽고 판결이 떨어졌다. 아주 관대한 처분이었다.
"죄인, 풍곡은 듣거라! 너는 부지불식(不知不識)간에 천명을 어겼고, 이유 없이 인간에게 신약을 사용했다. 그 죄를 알겠는가?"
"예, 죄송하옵니다."
"음, 앞으로 운명의 벌을 받게 될 것이네. 우선은 근신에 처하겠네. 고휴는 듣거라."
"예."
고휴는 두 손을 맞잡고 대답했다.
"이곳 밀동(密洞)에 풍곡을 백 일간 가두고 먹을 것과 물을 주지 말게. 즉시 시행하라."
"예, 분부를 받들겠사옵니다."
고휴는 풍곡을 바라보며 떠나자는 표정을 지었다.
이에 풍곡은 연진인을 향해 무릎을 꿇고 두 손을 맞잡으며 작별을 고했다.
"관대한 처분에 감사드리옵니다. 죄인은 떠나겠사옵니다."
고휴를 앞세우고 풍곡은 물러갔다. 두 사람이 물러가자 연진인은 단정히 앉아 현기(玄氣)를 운행했다. 그러고는 몇 가지 일을 헤아려

보았다.

'풍곡은 나에게 감추는 것이 있군. 왜? 무얼까? 그리고 왜 건영이란 아이를 살려준 것일까? 음. 이것은 그 잡귀를 잡아 심문해 보면 알겠지. 한쪽은 죽이려 들고, 또 다른 한쪽은 살리려 하다니…… 참, 괴이한 일이로군.'

연진인은 잠시 현정(玄定)에 들었다. 그러자 고휴가 들어와 두 손을 맞잡고 무릎을 꿇었다.

"고휴는 분부를 기다리옵니다."

"음. 고휴는 내달 망일(望日) 자시(子時)까지 대선관(大仙官) 소지(疏止)를 압송해 오게. 나는 이만 쉬러 가겠네."

연진인은 바람처럼 사라졌다. 그 뒤를 공손히 바라보던 고휴는 생각했다.

'이거 큰일 났군! 대선관을 압송해 오라니? 한바탕 선계(仙界)가 소란하겠군.'

인간 세계의 조그마한 마을의 한 사건이 드디어 천계에 파란을 일으키기 시작했다.

대호(大虎)의 출현

이로부터 세월은 쉼 없이 흘러 두 달이나 지나갔다. 그러나 정마을은 천계의 이러한 소동에 전혀 책임을 느끼지 못한 채 오늘도 하루의 해가 조용히 저물고 있었다. 박씨는 나루터와 촌장 집에 다녀와서는 마루에 앉아 가을 하늘을 망연히 바라보며 생각에 잠겼다.

'이제 완연한 가을인데…… 하늘은 참 맑고 멀기도 하군. 복잡했던 여름은 가고 가을이 왔는데 무슨 일이 또 있을까? 촌장은 도대체 어떻게 된 것일까?'

박씨의 마음은 허전하고 막막하였다.

'만일 촌장이 영원히 돌아오지 않는다면? 나는 언제까지나 정마을에 있어야 하는가?'

별의별 생각을 다해 보아도 답은 여전히 떠오르지 않았다. 길게 한숨이 나왔다.

'강노인에게나 가볼까?'

박씨는 이런 생각을 하면서 일어나려는데 뒤에서 누군가 부르는 소리가 들렸다.

"박씨!"

돌아보니 임씨였다. 그는 언제나 부인하고 함께 다니는 사람인데 웬일인지 혼자였다.

"박씨, 우리 집 개 못 봤어?"

"아니, 못 보았는데…… 어디 있겠지 뭐."

박씨는 그것이 무슨 문제냐고 생각하면서 아무렇게나 대답했다. 임씨는 더욱더 심각해졌다.

"이런 적이 없었는데…… 이상하단 말이야. 어디로 갔을까. 도망갈 리는 없을 테고……."

'지금 개 한 마리가 문제인가? 촌장이 사라진 마당에…….'

박씨는 이렇게 생각하고 아예 대꾸하기가 싫어 말없이 강노인 집으로 올라갔다. 임씨는 오직 개에게만 관심이 있는 듯 다른 쪽으로 찾으러 갔다. 박씨는 강노인 집에 가서 한참 얘기한 후 일어나 나오려는데 임씨가 또 나타났다. 그런데 이번에는 보통 얼굴빛이 아니었다. 몹시 당황한 얼굴로 숨을 헐떡이며,

"선생님! 좀 이상한 일이 생겼어요."

"응? 뭐라고? 그게 무슨 소리야?"

"저 우리 집 개가 없어져서 찾아다니다 보니……."

박씨는 한심하다는 생각이 들어 약간은 귀찮은 표정으로 임씨를 쳐다보았다. 그러나 그의 다음 말은 그게 아니었다.

"개의 발자국을 저 위에서 찾았어요. 그런데 개 발자국이 뚝 끊기더니 그 옆에 이상한 발자국이 있었어요. 아주 큰 짐승의 발자국 같았어요."

"응? 큰 짐승이라고? 그래, 같이 가보세."

강노인과 박씨는 임씨를 따라 산 쪽으로 난 길로 단숨에 도착했다.

"여기요. 이것 보세요."

강노인이 임씨가 가리킨 곳을 보니 개가 뒹군 듯한 흔적이 있고, 산 위로는 큰 짐승의 발자국이 나 있는데 소나 말의 발자국은 아니었다. 정마을에 소나 말은 원래 없었다. 강노인은 그 큰 발자국을 조금 더 따라가 보았다. 발자국은 한 줄로 나 있었는데 숲으로 들어가서는 끊겨 있었다. 세 사람은 불길한 생각에 잠시 소름이 끼쳤다.

"아니, 이것은 호랑이 발자국 같은데……."

호랑이! 청천벽력이었다. 지난 수십 년간 호랑이가 나타났다는 소문은 들은 적이 없었다. 강노인은 두근거리며 먼 옛날부터의 일을 차근차근히 생각해 보았다.

"아무래도 호랑이 같은데, 그렇다면 야단이군! 여보게들, 빨리 내려가세."

세 사람은 공포에 휩싸여 급히 박씨네 집으로 내려왔다. 요리조리 궁리를 했지만 별 뾰족한 수가 있는 것은 아니었다.

"만일 호랑이라면 어떡하지? 호랑이는 한 번 나타난 곳에는 또 다시 나타난다는데……."

강노인은 파랗게 질려 있었다.

"아니 뭐 또 나타나겠어요? 아직 호랑이인지 확실치도 않은데……."

박씨는 이렇게 말했지만 속으로는 두려움을 떨쳐버릴 수가 없었다. 큰 발자국이 한 줄로 나 있는 것을 보면 분명 호랑이였다. 호랑이 말고 무엇이란 말인가? 날은 약간 어두워져 있었다.

강노인은 잠시 생각에 잠겼다가 긴장된 목소리로 말했다.

"아무래도 안 되겠어. 어두워지기 시작하니까 나다니지 말게. 내일 아침에 의논하기로 하고 마을 사람들에게 빨리 알리게, 나다니지 말라고…… 문단속 철저히 하고."

"예. 그렇게 하는 것이 좋겠군요."

임씨는 인규와 건영이가 있는 곳에 알리기로 하고, 박씨는 남씨 집에 가서 알리기로 했다. 남씨네 집에는 지금 정섭이도 가 있었다. 박씨는 급히 남씨 집에 뛰어 들어갔다. 문간에서 남국현이 맞이했다.

"박군이군. 웬일이야? 뛰어왔나 본데?"

"저, 형님! 마을에 호랑이가 나타난 것 같아요."

"뭐? 호랑이?"

남씨는 가슴이 철렁했다.

"제가 직접 본 것은 아니고요, 발자국을 봤어요. 개를 물어 갔어요."

"개를 물어갔다고? 정말 호랑이인가?"

"글쎄 잘은 모르지만, 거의 확실한 것 같아요. 강노인이 내일 의논하자고 했어요."

"그래. 그러면 나다니지 않는 게 좋겠군. 무엇인지 확인이 될 때까지는…… 자네도 정섭이 데리고 일찍 가게."

이때 남씨 동생과 정섭이가 나왔다.

"무슨 일이야?"

동생 남씨가 태평하게 물었다. 박씨는 대꾸하지 않고 정섭이를 데리고 급히 나왔다. 남국인은 형한테 물었다.

"형님, 무슨 일이에요?"

"음. 마을에 호랑이가 나타났다네!"

"예? 호랑이요?"

"아니, 직접 본 것은 아닌데 발자국을 봤나 봐."

이 말을 듣자 남국인은 크게 웃어 젖혔다.

"하하하…… 아니, 난 또 뭐라고. 발자국 보고 그렇게 부산을 떨어요? 하하하……."

"웃을 일이 아니야."

형은 동생을 못마땅하다는 듯이 쳐다보며 말했다.

"형님. 발자국만 보고 호랑이인지 아닌지 어떻게 알아요? 괜히 박씨가 겁이 많아서 그렇지!"

"확실한가봐, 개도 물어갔대."

"그걸 봤대요?"

"아니, 보진 않았지만……."

"그럼 아니에요. 그리고 호랑이면 또 어때요, 잡아버리면 되잖아요."

"뭐라고? 호랑이를 어떻게 잡니? 네가 잡을래?"

이 말에 동생은 목소리가 작아졌다.

"아니겠지요. 뭐……."

"아무튼 오늘은 나다니지 말고 문단속이나 잘해!"

남국현은 싸리문을 당겨 묶었다.

밤이 되었다. 밤하늘의 별은 왠지 차가워 보였고 가끔 바람이 불어 스산한 느낌을 주었다. 보통 때 같으면 우물가에라도 모여 한담을 나눌 수도 있는데, 오늘은 누구도 밖에 나오지 않고 방 안에서 보냈다.

박씨는 근심을 하다가 늦은 시간에야 잠이 들었다. 아침에 일어나서도 나루터에 가는 것이 왠지 꺼림칙해서 나가지 않았다. 촌장 집에만 잠시 다녀오고는 강노인 집으로 갔다. 강노인도 밤에 잠을 잘 못 잤는지 눈이 부스스했다. 밤새 별일은 없었나 보다.

그런데 잠시 후 남씨의 형이 나타나자 사건이 벌어진 것을 알았다.

사람이 다친 것은 아닌데 밤새 돼지가 두 마리 없어진 것이었다. 남씨의 돼지우리는 집하고 조금 떨어져 있었는데, 우리의 한쪽이 부서져 있고 근방에 핏자국이 군데군데 흘러 있는 데다 확실한 발자국이나 있었다.

이제 호랑이가 나타난 것은 움직일 수 없는 사실이 되었다. 돼지는 네 마리 중 두 마리가 없어졌는데, 남씨의 형이 발자국을 면밀히 조사해서 얻은 결론은 호랑이는 두 마리인 것으로 나타났다.

마을은 긴장이 감돌고 마을 사람들의 눈은 두려움 때문에 그 빛을 잃었다. 마을의 공기는 공포의 열기로 가득 찼다. 사람들은 숨을 자주 몰아쉬었다. 강노인 집에서 마을 회의가 열렸는데, 특별한 대책이 나온 것은 아니었다. 우선 밤에는 밖으로 나오지 말고, 문은 빗장을 대어 튼튼하게 만든 다음 방 안에서 튼튼히 잠글 수 있도록 한다든가, 유사시 사용할 수 있도록 횃불 뭉치를 많이 만들어 놓는 것 등이 의견으로 나왔다.

횃불은 방 안에 두고 언제든지 불을 붙일 수 있도록 해 두자는 것이었다. 호랑이가 불을 무서워한다는 것에서 착안한 생각인데, 이것은 훌륭한 수단이 될 수도 있었다. 다음엔 창을 만들어 두자는 의견이었는데, 별로 쓸모가 있을 것 같지 않았다. 번개같이 움직이는 호랑이가 인간의 창에 찔릴 리도 없겠지만 만에 하나, 호랑이에게 창이 닿는다 해도 어설프게 만든 창이 얼마나 효력을 발휘할지는 미지수였다.

또 다른 의견은 당분간 사태의 진행을 두고 보자는 것이었다. 호랑이가 마을의 가축을 다 먹고 나서는 떠날 것이라는 낙관론이었다. 예부터 호랑이는 영물이라서 인간을 공격하지 않으리라는 강씨 부인의 견해였다. 어쩌면 그럴 듯한 생각일지도 모른다.

그 외에 함정을 판다든가, 그물을 만든다든가 하는 의견도 나왔지만 유용성은 인정되지 않았다. 우선 문이라는 문은 모조리 점검되었고, 특히 방문에는 사방에 못을 치고 밤에는 망 같은 것을 치고 이중으로 문을 방어했다. 방 안에는 기름통과 횃불 뭉치를 많이 준비해 두었다. 가축들을 위해서는 따로 방어 대책을 세우지 않기로 했다. 오히려 가축들은 호랑이에게 바쳐지는 제물과 같은 것이었다. 제발 제물을 받고 호랑이가 물러가기만 바랄 뿐이었다. 강노인은 탄식했다.

"도대체 이 무슨 일이란 말인가? 마을에 촌장님이 사라지자 이번엔 곧바로 호랑이가 나타나다니……."

산신령 능인

만일 호랑이가 퇴치되지 않는다면 정마을은 자연히 소멸되는 것이다. 수십 년간이나 낙원으로 꽃피웠던 정마을이 잠깐 사이에 산산이 무너지는 것이다. 지금 정마을 사람들은 며칠 후에 펼쳐질 운명이 너무나 궁금하였다. 그것은 정마을에 어떤 일이 일어날 것인가라는 의문보다는 정마을 자체의 존재 여부에 대한 궁금증이었다.

박씨는 생각했다.

'이럴 때 촌장님이 계셨으면 어떤 신통한 대책을 세워주셨겠지…… 그러나 촌장님이 떠나자 마을도 망하는구나. 이렇게 정마을은 없어지는 것인가?'

마을의 또 어떤 사람은 호랑이가 이 마을을 떠나지 않으면 인간이 떠날 수밖에 없다고 생각했다. 이것은 동생 남씨의 생각인데 아마 이 생각이 가장 타당한 것이리라.

이윽고 밤이 되고 다시 아침이 밝았다. 호랑이는 나타나지 않았다. 마을 사람들은 애써 마음을 놓으려 했다. 그러나 다시 밤이 되고 아침이 오자, 그 기대는 산산이 무너졌다. 남아 있는 돼지 두 마리마저 없어졌던 것이다. 이제 남은 것이라고는 닭밖에 없는데 호랑이가 닭을 좋아할지가 문제였다.

호랑이는 다시 이틀 만에 나타났다. 이번에는 강노인 집에 나타나, 밤새 '으르렁'거리다 사라졌다. 호랑이라는 것이 직접 확인된 것은 이것이 처음이었다. 발자국에서 소리로…… 아직 누구도 호랑이 모습을 보지는 못했다. 이제부터 인간은 영물이기 때문에 호랑이가 공격하지 않으리라는 강씨 부인의 견해가 옳은지 판명될 시기가 다가온 것이다.

그 후 호랑이는 닷새나 나타나지 않았다. 이제 호랑이가 떠난 듯 생각되었다. 마을 사람들은 안도의 한숨을 쉬고, 이젠 완전히 떠나갔구나 생각했다.

박씨도 열흘 만에 강가에 나가보았다. 마을 사람들의 목소리도 이젠 커졌고 가끔은 웃는 모습도 보였다. 그러나 그들의 생각은 크게 빗나갔다. 박씨가 호랑이 때문에 열흘간 쉬다가 이틀째 나루터를 다녀온 날이었다.

아침을 먹은 뒤 정섭이는 숙영이 집에 공부하러 가고 박씨는 강노인 집에 있었다. 그곳에는 임씨 부부와 건영이, 인규도 있었는데, 화제는 이제 호랑이가 완전히 떠나갔다는 것이고, 강씨 부인에 의해 그 이유가 논리적으로 주장되어서 모두가 그렇게 믿기로 합의를 보는 참이었다.

저쪽에서 정섭이가 소리를 지르면서 뛰어오고 있었다.

"아저씨, 큰일 났어요! 호랑이에요."

"뭐? 호랑이?"

"예. 저쪽에서 봤어요."

마을 사람들은 깜짝 놀라 모두 방 안에서 뛰쳐나와 정섭이의 말을 듣고 있었다. 한숨을 돌리고 난 정섭이는,

"공부를 마치고 내려오는데 호랑이 두 마리가 어슬렁거리는 것을 봤어요. 그 호랑이들을 한참 보고 있었는데, 글쎄 숙영이 누나네 싸리문 앞에 서 있었어요. 지금도 있을 거예요."

정섭이의 말에 마을 사람들은 전율하기 시작했다.

"대낮에 호랑이가 나타나다니…… 이거 야단났군. 일단은 움직이지 말고 모두 여기 있어야겠네."

강노인은 잠시 말을 멈추었다가 다시 말했다.

"그런데 남씨는 호랑이를 봤을까?"

"아마, 봤을 거예요. 제가 나올 때 점심을 든다고 했으니까 밖에 나와 있지는 않을 거예요."

정섭이가 조리 있게 설명했다.

"그래. 그럼 다행이군. 혹시 밖으로 나오다가 호랑이를 발견하면 다시 안으로 들어가면 될 테지. 그런데 호랑이를 못 보고 밖에 나오면 어쩌지?"

"그건 운에 맡겨야죠."

임씨가 맥 풀린 음성으로 얘기했다. 모두들 얼굴만 바라볼 뿐 방법이 없었다. 박씨가 자신 없는 투로 말했다.

"우리가 가봐야 할까?"

임씨는 고개를 저으며 말한다.

"가서 어쩌려고? 괜히 우리까지 위험하게……. 아직 집 안에 있는 사람은 운에 맡겨야지 어떻게 해?"

이 말에 강노인은 고개를 끄덕였다.

"임씨 말이 맞아. 이젠 어쩔 수 없어. 우리가 알려주러 갔다가는 밖에서 호랑이를 만나게 될 거야. 우리라도 여기에 있어야지 돌아다니면 피해만 커질 뿐이지."

마을 사람들은 고개를 끄덕이고는 잠시 아무 말도 못 하고 있었다. 이때 침묵을 깨고 건영이가 나섰다.

"할아버지, 제가 가볼게요."

"뭐? 안 돼. 공연히 희생만 당하게 될 거야."

"아니에요. 제가 조심해서 멀리서 보고 올게요. 호랑이가 보이면 되돌아올게요."

"음, 글쎄."

강노인은 계속 망설였는데 건영이는 벌써 준비를 하고 있었다. 횃불 하나에 불을 붙이고 여분으로 하나를 더 가지고는 말릴 사이도 없이 뛰어 내려갔다. 이제 마을 사람들도 어쩔 수가 없었다. 모두 횃불을 들고 뒤쫓아 가거나 가만히 앉아서 좋은 소식을 기다릴 수밖에 없었다. 건영이는 불이 꺼질까봐 속도를 늦춘 대신 빠른 걸음으로 숙영이 집 쪽으로 걸어갔다. 눈은 멀리를 향하여 바라보면서 한순간이라도 먼저 호랑이를 발견하려고 애를 썼다.

'숙영이한테 아무 일도 없어야 할 텐데…….'

만일 숙영이가 죽으면 자신도 이 세상에서 혼자 살 수 없으리라 생각했다. 건영이는 천지신명께 빌었다.

'제발 숙영이에게 아무 일도 없기를…… 호랑이가 저 멀리 사라졌기를…….'

그러나 일은 이미 벌어지고 있었다. 호랑이는 남씨네 집 싸리문 안으로 이미 들어가 있었다. 다행히 남씨 부인이 호랑이를 먼저 발견했다. 부엌에 물을 뜨려고 문을 열고 나서는데 바로 앞에 호랑이가 있는 것이 아닌가?

"악—!"

남씨 부인은 놀라 비명을 지르면서 방 쪽으로 넘어졌다.

"호랑이가…… 호랑이가."

남씨의 형은 재빨리 문을 닫았다. 그는 호랑이 두 마리가 문밖에 버티고 서 있는 것을 보았다.

"이거 야단났군."

문을 잠그고 망을 씌워 덧문을 단단히 묶었다. 그러고는 방에서 방으로 연결되어 있는 문을 열고 마루로 통하는 문을 단단히 묶고는 창을 두 자루 꺼내들고 다시 동생 방으로 건너왔다. 밥상은 치워 한쪽으로 밀어놓았다. 아직 점심 식사를 끝낸 것이 아니었지만 이런 상황에 밥이 넘어가겠는가? 남씨 형제는 창을 하나씩 잡아들고 문 쪽을 향해 예의 주시했다. 숙영이와 그 어머니는 그들의 뒤쪽에서 부들부들 떨고 있었다.

방 한쪽에서 부엌으로 난 작은 창문 같은 것이 있는데, 이것은 작아서 사람이 출입하거나 호랑이가 들어올 수 없으나 힘껏 잡아당겨 두었다. 호랑이의 울부짖음은 천지를 진동하는 것 같았다.

"어 — 흥! 으왕!"

두 마리 호랑이의 울부짖음에 집안사람들은 머리가 빠개지도록 저려왔다. 시간은 순간순간이 영원처럼 길게 느껴졌다. 그러나 이들에겐 숨 돌릴 겨를조차 없었다. 호랑이는 마루에 성큼성큼 올라섰다. 두 마리가 동시에 울부짖었다. 바로 가까이에서였다.

"와 — 아 — 앙!"

숙영이 어머니는 그 순간 놀라서 기절했다. 호랑이는 몇 번 울부짖더니 공격을 시작했다. 공격은 간단했다. 앞발로 문을 한 번 할퀴어 치니 문은 박살이 났다. 이젠 밖이 훤히 내다보이고 장엄한 호랑이의 모습이 드러났다. 방 안을 노려보는 호랑이의 눈은 크기가 주먹만 했다. 그 눈에서는 살기가 태양빛처럼 쏟아져 나왔다.

남씨 형제는 전신이 땀으로 흠뻑 젖었다. 호랑이는 다시 앞발을 들어 가볍게 문의 마지막 부분을 꽉 메우고 서 있었다. 한 마리는 뒤에 가려져서 보이지 않았다. 호랑이는 한 발을 방에 들이밀었다. 방이 좁아서, 아니 호랑이가 너무 커서 천천히 들어올 수밖에 없었다. 머리만 방에 들이민 호랑이는 다시 한 번 울부짖었다.

"와 — 앙!"

천지가 개벽하는 소리도 이보다 크지는 않을 것이다. 남씨 형제와 그 딸은 아직 정신을 못 차리고 있었다. 이윽고 호랑이가 움직였다. 이와 동시에 남씨 형이 호랑이를 향해 창을 찔렀다. 죽을힘을 다한 필살의 공격이었다. 그러나 호랑이는 고개만 슬쩍 비켜서 피하고는 한 발로 툭 쳤다. 남씨 형은 나가떨어졌다. 죽었는지 어쨌는지 깨어나질 못했다. 호랑이는 다시 한 번 울부짖었다.

"와 — 앙!"

마치 혼을 뽑아내려는 의도인 것 같았다. 그러나 남씨 동생은 아직 혼이 뽑히지 않았고 오히려 창을 제법 예리하게 다루었다. 힘과 자세가 형보다는 훌륭했다. 호랑이도 움찔했다. 창은 호랑이 몸을 약간 스쳤다. 다음 순간, 호랑이의 예리한 발이 남씨 동생의 얼굴을 때렸다. 순간 얼굴에는 피가 튀었다. 남씨 동생은 그 자리에서 즉사했다. 호랑이는 그래도 분이 안 풀렸는지 죽은 시체를 물어들었다. 그러고는 방 안을 둘러보았다. 방 안에는 작은 먹이 하나만 벽에 기대어 있는데 아직 숨을 할딱이고 있었다. 호랑이는 잠시 생각하는 듯하더니 시체를 문 채 되돌아 나갔다.

아마, 하나 남은 먹이는 뒤에 있는 자기 동료에게 남겨둔 것이리라. 남씨를 입에 문 호랑이는 싸리문을 나서서 산 쪽으로 성큼성큼 걸어 올라갔다. 나머지 한 마리는 마루와 마당 사이를 오르락내리락하면서 지루하게 기다렸다. 자기 차례가 왔기 때문에 우선 한 번 울부짖었다.

"으 — 헝!"

그러고는 마루에 가볍게 올라섰다. 이때 숙영이는 정신을 단단히 차리고 침착하게 상황을 판단했다. 마루에는 호랑이가 있고 방과 부엌 사이에는 작은 문이 있었다. 이런 생각이 떠오름과 동시에 숙영이는 있는 힘을 다해 문을 밀었다. 문은 쉽게 열렸다. 숙영이는 그 문으로 머리를 들이밀어 겨우 빠져서 부엌으로 굴러 떨어졌다.

이때 호랑이가 방에 들어왔다. 호랑이는 숙영이가 부엌으로 난 구멍으로 빠져나가는 것을 보았다. 방 안에는 먹이가 둘, 즉 남씨의 형과 숙영이 어머니가 그대로 있지만, 호랑이는 본디 살아 있는 먹이 쪽에 흥미를 더 느끼는 법이다. 호랑이는 구멍을 들여다보았다. 그러나 그 구멍은 너무 작아서 얼굴의 반밖에 들어가지 못했다. 숙영이는 신속하게 일어나 부엌문을 열고 나섰다. 호랑이는 방을 즉시 나왔다. 호랑이가 방을 나오자, 마침 숙영이가 부엌에서 몇 발자국 나와 마주쳤다. 호랑이는 즐거운 듯 울부짖었다.

"어 — 흥!"

이젠 급할 것이 없다. 먹이가 부엌으로 되돌아가려 하면 그 전에 잡을 수 있는 거리였다. 먹이는 슬슬 뒷걸음쳐 벽에 기대섰다. 호랑이는 침을 꿀꺽 삼키고는 슬슬 움직이려 했다. 이때 싸리문 안으로 건영이가 들어섰다. 호랑이는 그래도 숙영이 쪽으로 걸어갔다. 건영이가 보니, 일촉즉발의 위기였다. 건영이는 벼락같이 소리쳤다.

"야! 이놈아—!"

이 소리는 영혼과 몸이 협조하여 낼 수 있는 가장 큰 소리였다. 필사적인 애원과 호랑이에 대한 분노와 한 영웅의 위대한 기백이 들어있었다. 호랑이도 놀랐는지 움찔하며 길을 비켜주었다.

건영이는 번개같이 숙영이에게 다가와 등 뒤에 숙영이를 감추고는 즉시 호랑이 쪽을 노려보았다. 호랑이가 바라보니 자기가 가장 싫어하는 불을 양손에 쥐었는데 눈은 작지만 빛나고 얼굴은 기백과 분노로 활활 타고 있는 것 같았다. 그러나 호랑이가 어떤 동물인가? 동물의 왕이 아니던가?

호랑이가 잠시 혼란에 빠졌지만 즉시 평정을 회복하고는 냉정한 왕의 자세로 돌아왔다. 저까짓 불은 가볍게 퇴치시킬 수 있고 먹이는 하나가 더 생겼다. 호랑이는 더욱 기쁜 듯이 소리를 질렀다.

"으 — 와앙 —!"

건영이는 놀라지 않았다. 놀라기는커녕 예의 상황을 점검하고 주변을 재빨리 살펴보았다. 이미 건영이의 영혼과 몸은 완벽한 호흡을 맞추고 있었다. 건영이 자신도 자신의 이러한 힘을 이해할 수가 없었다. 바로 옆이 장독대이고 그 옆에 광이 있었다. 건영이는 슬슬 옆으로 움직였다. 횃불 두 개를 한 손에 몰아 쥐고 한 손으로 숙영이를 밀어 광의 문 앞까지 왔다. 광문은 당겨서 여는 문이었다. 그런데 문은 건영이가 다가가는 쪽에서 열리는 것이 아니라, 지나쳐서 역방향으로 열리는 문이었다. 그러나 두 발짝 차이일 뿐 그리 큰 문제는 아니었다.

호랑이는 저 징그러운 불이 몸에 붙지 않도록 신속하게 퇴치할 방법을 잠시 생각한 다음 행동을 개시했다. 광문이 열렸다. 호랑이가 먼저 두 사람의 몸 가까이 다가섰다. 그러자 건영이는 다시 횃불을 두 손에 나눠 쥐고는 호랑이 얼굴을 향해 찔러댔다. 호랑이는 멈칫했다. 역시 불이란 게 무엇인지 싫고 무섭기까지 했다. 저 불든 손을 탁 쳐버리면 어떻게 되는 건가? 그러면 저 불이 나에게 붙을까? 호랑이는 신중을 기하기 위하여 이렇게 생각했다.

이때 한 발짝 앞서 가 있던 숙영이가 광문을 열었다. 숙영이는 광으로 들어갔다. 문은 그냥 열려 있었다. 건영이가 문으로 들어가려면 좌측으로 크게 한 발짝 움직인 후에 다시 우측으로 움직여 들어가야만 했다. 그러나 그 순간 호랑이가 광 안으로 들어오거나 건영이를 공격할 수가 있다. 건영이는 찰나 동안 이런 계산을 다 해냈다.

건영이는 최후의 선택을 했다. 숙영이가 광으로 들어가자마자 등으로 문을 밀어 닫았다. 광 안쪽에서는 문을 잠글 수 없게 되었고 바깥쪽에 가로지르는 장치가 있었다. 호랑이가 공격 자세를 취하자 건영이는 한쪽 불을 돌려서 현란하게 하는 한편 한쪽 불을 호랑이 얼굴 방향으로 쑥 내밀었다. 그 바람에 호랑이는 멈칫했다. 이 순간 건영이는 한 손으로 빗장을 걸고 자물통을 눌렀다. '철컥'하며 문이 잠겼다. 일단은 쉽게 열지 못한다. 방문보다 튼튼한 문이니 어쩌면 호랑이가 문을 부숴버릴 수 없을지도 모른다.

횃불 하나는 다 타들어갔다. 짤막해진 나무토막을 호랑이에게 던진 뒤 나머지 하나인 횃불로 호랑이를 향했다. 건영이는 이제 죽어도 좋다. 사랑하는 사람을 살린 것이었다. 설사 그녀를 살릴 수 없다 하더라도 자기는 모든 힘을 다해 그녀를 보호했다. 그리고 사랑했다. 이젠 당당히 죽어야 하는 것이었다. 건영이는 온 몸이 땀에 젖어 물 속에 담가놓은 사람 같다. 불은 점점 타 없어지고 힘은 빠졌다.

이젠 호랑이의 공격을 막을 힘이 남아있지 않았다. 호랑이도 그것을 이미 알고 있었다. 호랑이는 이젠 확실한 공격을 개시했다.

"획 —!"

바람처럼 죽음이 건영이의 몸을 강타했다. 그러나 이 순간 기적이 일어났다. 호랑이의 몸은 광문에 가볍게 부딪혔다. 먹이가 빠져나가고 없었다. 이런 일은 호랑이 평생에 있을 수가 없는 것이었다. 세상에 호랑이의 공격보다 빠른 것이 있을 수 있겠는가? 호랑이는 허깨비를 공격한 것인가? 그러나 그런 것은 아니었다.

고개를 돌려 먹이가 있는 쪽을 바라보니 먹이가 하나 더 나타났다. 노인이었다. 노인은 위기의 순간 건영이를 낚아채서 옆으로 밀쳐놓았다. 호랑이 쪽으로 봐서는 오늘 일이 잘 풀리지 않는다. 도대체 있을 수가 없는 일이 오늘 일어난 것이다. 이번에 나타난 먹이는 실은 먹이가 아니었다. 호랑이는 직감으로 그것을 느꼈다. 위험한 인물인 것이다. 평화스러운 체하면서 서 있는 저 늙은 먹이의 내면에는 함정이 들어앉아 있는 것이다. 서투르게 달려들다간 오히려 자신이 다칠 수도 있다.

호랑이는 노인을 노려보았다. 노인의 자세는 부드러운 듯한데 빈틈을 발견할 수가 없었다. 호랑이는 맞부딪쳐 승부를 걸까 하다가 체념을 했다. 호랑이는 완벽한 동물이었다. 용감하고도 위험을 재빠르게 감지하는 동물이었다.

'오늘은 기분이 안 좋아. 모험을 할 필요는 없다. 다시 와서 승부를

내자.'

호랑이는 고개를 돌려 싸리문을 나섰다. 허탈한 마음이 엄습했다. 그러나 어쩌랴? 호랑이는 동료가 사라진 산 쪽으로 성큼성큼 걸어가더니 이윽고 바람을 일으켰다. 호랑이는 물러갔다. 잠시 고요가 남씨 집을 감싸 안았다. 노인의 자비로운 음성이 들려왔다.

"큰일 날 뻔했군. 아가야, 다친 곳은 없니?"

건영이는 무릎을 꿇었다. 그러고는 흐느껴 울었다. 가슴이 복받쳐 왔다. 그러나 참고 겨우 말을 했다.

"목숨을 구해 주셔서 감사합니다."

"음……."

노인은 고개를 끄덕이고는 건영이의 얼굴을 찬찬히 살펴보았다.

"음…… 과연."

노인의 얼굴엔 안도의 기쁨이 서려 있었다. 건영이는 잠시 정신이 수습되자 광 쪽으로 갔다. 그러고는 노인을 바라보며 얘기했다.

"이 속에 사람이 있어요!"

"음, 그래?"

건영이는 노인에게 말해 놓고는 자물통을 부술 연장을 찾았다. 그러자 노인이 광의 문을 얼핏 보더니 자물통을 손으로 잡아당겼다. 자물통은 맥없이 뽑혀 나왔다. 건영이는 급히 빗장을 뽑고 광문을 열고 들어갔다. 숙영이는 쓰러져 있었다. 건영이는 놀라서 황급히 숙영이를 안아 일으켜 보았는데, 숨을 쉬고 있었다. 기절했을 뿐이었다. 건영이는 숙영이를 안아들고는 마루 쪽으로 갔다. 방에는 두 사람이 더 있었다. 건영이는 숙영이를 뉘어놓고는 방으로 들어가 숙영이 어머니를 안고 나왔다. 그리고 이어 남씨도 안고 나왔다. 이들은

기절해 있었는데, 남씨 형은 중태였다. 노인이 보고는,

"음. 위험하군."

이렇게 말하면서 등의 어떤 곳을 손가락으로 찔렀다. 그러자 남씨가 신음했다. 노인은 품에서 작은 환약을 하나 꺼내들고는 남씨의 입을 벌려 환약을 집어넣었다. 이어 숙영이와 그 어머니에게도 등을 한 번씩 찌르니 두 사람이 다 깨어났다. 그 어머니는 아직 정신이 몽롱하였으나, 숙영이는 주변을 살펴 상황을 파악했다.

"어머, 어떻게 된 일이지요?"

하면서 건영이와 노인을 번갈아 쳐다보았다.

"오빠, 이분은 누구세요?"

"음. 저, 이분은…… 우리를 구해주신 분이야."

"예. 그래요?"

숙영이가 인사를 하려는데 노인이 웃으며 제지했다.

"아가야, 괜찮다. 아가의 목숨을 구한 사람은 내가 아니야. 바로 이 사람이지."

노인은 건영이를 가리켰다. 숙영이는 그 사실을 떠올렸다. 그러고는 건영이를 다정스럽게 바라보며 말했다.

"고마워요. 오빠, 다친 곳은 없으세요?"

"응. 저, 나는 이 어르신께서 구해주셔서 다친 데가 없어."

건영이는 이렇게 말하는 순간 한없이 행복했다. 자기도 살아있고 숙영이도 살아있다. 숙영이가 자기를 바라보는 다정한 눈빛은 가슴에 파고들었다. 잠시 시간이 흐르자 숙영이 어머니도 깨어나고 남씨도 깨어났다. 노인은 싸리문으로 나가려 했다. 그러자 건영이는 노인을 붙들고 다시 절을 했다.

"저, 어르신은 누구신가요? 신령님이신가요?"

건영이는 뭐라고 부를 수가 없어서 망설였는데, 호랑이를 쫓아버린 순간을 떠올리며 신령님이 아닐까 하고 생각한 것이었다.

"음? 허허…… 나는 그런 사람이 아니네. 나는 능인이라고 하네. 그냥 할아버지라고 부르게. 내, 다시 오마."

"예? 다시 오신다고요?"

건영이는 어쩔 줄을 몰랐다.

"제발, 다시 와 주십시오. 다시 오시는 거죠?"

건영이는 애원조로 말했다.

"허허, 아가야! 나는 오지 말라고 해도 올 사람이야, 걱정 말고 마을 사람들을 모두 이곳에 모아놓아라! 나는 호랑이를 좀 찾아보고 올 테니……."

"예? 예! 그렇게 하겠습니다. 다녀오십시오."

능인은 호랑이가 사라진 방향으로 올라갔다. 건영이는 남씨에게 그간 상황을 설명한 다음, 마을 사람들이 있는 강노인 집으로 달려갔다. 능인은 산 쪽을 대충 살펴보고 남씨 집이 보이는 숲 속에 앉아 한숨을 돌렸다. 능인은 스스로에게 얘기했다.

'멀리 가볼 수는 없겠군, ……다시 오겠지! ……하마터면 큰일 날 뻔하지 않았나? 풍곡 스승님께서 건영이란 아이를 잘 보호하라고 했는데, 자칫 한 발만 늦었어도 죽일 뻔했잖은가?'

능인은 두 달 전 풍곡이 건영이를 보호하라고 지시를 하고 떠나갔을 때 별로 크게 생각하지는 않았다. 이 평화로운 정마을에 무슨 위험이 있을까 하고……. 그런데 호랑이가 나타날 줄이야! 능인은 생각해 보니 끔찍했다. 찰나만 늦었어도 건영이는 죽고 자신은 풍곡의 지시를 어기게 될 뻔 한 것이다.

'아예, 호랑이를 잡아 죽여 버려야지……. 이놈들이 있으면 잠시도 마음을 놓을 수가 없겠군……. 그런데 산으로 찾아다니면 그새 내려와서 건영이를 해칠 수도 있다. 그러니 마을 가까이서 기다리다가 가차 없이 죽여 버려야지……. 그건 그렇고 건영이란 아이는 정말 대단하군! 장차 어떤 인물이 되는 걸까? 내 평생 저런 인간은 처음 보는군……. 그래서 풍곡 스승님이 보호하라는 것이겠지! 그리고 숙영이란 아이도 예사 인물이 아니란 말이야……. 그런데 그 아이의 얼굴에는 가혹한 운명의 그림자가 서려 있더군.'

한참 동안 생각에 잠겨 있던 능인은 현실로 돌아왔다.

'음, 호랑이부터 잡아놓고 보자.'

마을 사람들은 건영이의 말을 듣고 남씨 집에 다 모였다. 강씨 부인도 오늘은 집을 나와 남씨 집에 와 있었다. 강노인이 물었다.

"호랑이가 감히 덤벼들지를 못하더라는 거지?"

"예, 저를 번개처럼 잡아채고는 호랑이를 쳐다보자 호랑이는 슬그머니 도망갔어요!"

"음, 사람이 아니구나."

"제가 신령님이냐고 물었더니 아니래요."

"뭐? 신령님이 아니라고?"

"예, 이름이 능인인가 뭔가 했어요!"

"신령님이 뭐 자기가 신령이라고 하겠니? ……그리고 신령님도 이름이 있겠지……."

"그러고 보니, 능인 신령님이라고 하면 되겠군요?"

"글쎄…… 그런데 남씨! 몸은 좀 어때?"

"예, 많이 나아진 것 같아요. 약간 구역질이 나는 것 같기도 하고요……."

"그분이 약까지 먹이고 돌봐줬으니 괜찮겠지! 그런데 동생이 안됐네……."

동생이 죽었다는 이야기를 듣자 남씨는 얼마 동안 넋을 잃고 처연해 있다가 잠시 마음의 평정을 회복한 듯,

"운명이라 생각해야지요, 뭐……."

하고는 남씨는 길게 한숨을 쉬었다.

'평화로운 마을에 갑자기 호랑이가 나타나 동생을 물어가다니…… 운명이란 참 묘한 것이다. 한 방에 네 사람이나 있었는데 하필 동생 한 사람만 그런 변을 당하다니, 그나마 그 신령님이 나타나지 않았으면 마을 사람이 다 죽었을 거야. 우리가 살아있는 것을 하늘에 감사해야지.'

이제 시간은 저녁때가 되었다. 임씨 부인이 저녁거리를 만들어 내와서 모두들 마루에 앉아 대충 식사를 마쳤다. 숙영이와 그 어머니는 충격 때문에 음식을 먹지 못했다. 많이 울지는 않았다. 가을이라 해는 금방 진다. 벌써 사방이 컴컴해지기 시작했다. 마을 사람들은 별반 공포를 느끼지 않았다. 마을에 신령님이 구하러 나선 이상 그리 위험할 것 같지는 않았다. 그러나 마루에 앉아 있으면 안 될 것 같아 모두 방으로 들어갔다.

방이 두 개니 한쪽 방에는 임씨 부인·강씨 부인·숙영이, 그리고 정섭이가 들어가 있고, 나머지 방에는 강노인·남씨·임씨·박씨·건영이·인규가 들어갔다. 여기 모인 사람이 마을 사람 모두인 것이다. 마을 주민의 수는 몇 시간 전보다 한 사람이 줄어들어 지금은 열한 명

이 되었다. 촌장이 있었으면 열두 명이 되겠지만 지금은 촌장의 생사조차 알 길이 없다. 임씨가 불길한 생각이 들어 말했다.

"할아버지, 혹시 촌장님도 호랑이한테 당한 것이 아닐까요?"

"무슨 소리야? 촌장님이 호랑이한테 당할 분이신가? 오히려 촌장님이 계셨으면 남씨도 안 죽었고 호랑이도 잡았을 거야. 건영이 네 생각은 어떠니?"

박씨는 옆에 있는 건영에게 동조를 구했다.

"예, 제 생각에도 그래요!"

건영이는 자신 있게 대답했다.

"촌장님은 귀신도 잡는데 호랑이쯤이야 못 잡겠어요? ……그런데 촌장님은 어딜 가셨을까?"

이때 밖에서 기척이 났다. 혹시 호랑이인가 하여 먼저 문을 조금 열어보고는 한 노인이 들어오는 게 보이자 임씨가 소리쳤다.

상음신공(商音神功)

"신령님이 오셨다!"

이 말에 모두들 마루에 우르르 몰려 나왔다. 강노인이 먼저 나서서 무릎을 꿇고 공손이 인사를 했다.

"신령님, 마을을 구해 주셔서 감사드립니다."

그러자 능인이 일으켜 세우며 인자한 음성으로 말했다.

"허허, 무슨 말씀을 하십니까? 나는 신령이 아니고 능인이라는 사람입니다. 풍곡 스승님의 지시를 받고 마을을 지키는 중입니다. 자, 자, 앉으시지요……."

능인은 속 시원히 얘기해 주었다. 이미 사람 눈에 뜨인데다가 앞으로도 이렇게 해 주는 것이 건영이를 보호하기 쉽다고 판단했기 때문이다. 강노인은 무슨 소린 줄 잘 몰랐다.

"예? 풍곡이라고 말씀하셨습니까? 그분이 누구십니까?"

"풍곡 스승님을 모르십니까? 아, 촌장님이라고 해야 알겠군요. 그분은 이 마을 촌장님이시지요."

"예? 촌장님이라고요?"

이 말에는 마을 사람 모두가 귀가 번쩍 띄었다.

"허허, 예 촌장님, 바로 그분께서 저에게 마을을 지키라고 지시하셨습니다."

"아! 그렇구나!"

정섭이가 소리쳤다.

"촌장님은 신령님이니까 또 다른 신령님한테 부탁하신 거야, 그렇지요? 신령님……."

능인은 껄껄 웃었다. 마을 사람들은 정섭이의 말이 맞다고 생각하고는 능인의 얼굴에서 눈을 떼지 못하고 있었다. 이들은 신령님의 얼굴을 잠시라도 더 보고 싶어서 결사적인 듯했다. 박씨는 마음속으로 쾌재를 불렀다.

'촌장님이 그런 지시를 내린 것이라면 마을이 안전할 뿐 아니라 촌장님도 살아 계시다는 셈이 되니 머지않아 나타나실 것이다. 그러면 그렇지…….'

박씨가 속으로 이렇게 생각하며 좋아하고 있을 때 강씨 부인도 비슷한 생각을 하고 있었다.

'맞아, 역시 그분은 신령님이셨어! 내 눈은 틀림없다니까, 앞으로는 더 정성스럽게 술도 담가드리고 다른 것도 해드려야 될 텐데…….'

이때 능인 신령이 말을 시작했다.

"여러분, 제 말을 들으시오! 자세히 들어서 착오가 없어야 합니다."

능인이 이렇게 말하자, 마을 사람들은 모두 하던 말을 멈추고 생각도 멈추며 숨소리도 들리지 않도록 조심하고 긴장했다. 누구의 말인가? 신령님이 어떤 신비한 말씀을 내리는 것이다.

"모두들 솜을 준비하시고 수건이나 천 같은 것을 준비하셔야 합니다."

'솜과 수건이라고? 이 무슨 소린가?'

이런 것은 피를 흘렸을 때 필요한 것인데 아무래도 신령님의 비결 같지가 않았다. 신령님의 다음 말은 더욱더 이해를 할 수가 없었다.

"솜으로 귀를 막고 그 위를 천 같은 것으로 감싸서 손으로 단단히 막아야 합니다."

'아마, 호랑이 소리를 안 들리게 하려는가 보다! 그러나 이런 것이 무슨 소용일까?'

"자, 빨리 준비를 하시고 연습을 한 두 번씩 해 보도록 하시오! 소리가 조금이라도 들리면 아주 위험합니다. 죽거나 귀머거리가 되지요……."

신령님다운 주문이 드디어 나온 것 같다. 모두들 부산스럽게 준비를 하고 연습을 해 보았다. 귀를 틀어막고 손뼉을 치며, 또 마루를 두드려 보고 소리도 질러보았다. 그러나 완벽하게 소리를 차단하는 것이 그리 쉬운 일은 아니었다.

이때 임씨가 좋은 생각을 하나 해냈다. 귀를 막고 천으로 감싸고 손으로 막고 이불을 뒤집어쓰자는 것이었다. 이것은 확실히 좋은 방법이었다. 모두들 방으로 들어가 연습을 해 보았다. 시간은 쉬지 않고 흘러가고 있었다.

능인은 밖을 살펴보기 위하여 싸리문을 나서면서 속으로 생각하였다.

'……일격에 두 마리를 다 죽여야 한다. 만일 한 마리라도 도망을 가게 되면 일이 번거롭게 된다. 그러기 위해서는 두 마리를 한 곳에 모아야지…… 역시 이 집으로 끌어들여야겠다. 마을 사람들이 위험하긴 하지만……'

능인은 가장 독한 방법을 쓰기로 작정했다. 밤은 깊어갔다. 지난날 같으면 지금 이 시간에 마을 사람들은 일찍 잠들었거나 우물가에 둘러앉았을 것이다.

'호랑이 한 마리가 먼저 나타나도 곤란하다. 뒤따라오던 놈이 놀라서 도망가면 낭패 아닌가?'

마을 사람들도 지금은 긴장이 풀어져 있기 때문에 약간 졸음이 오기도 했다. 그러나 신령님의 별다른 지시가 있을 때까지는 견뎌야 하는 것이다.

'……그런데 아까 멀리 도망갔던 호랑이가 나를 두려워해서 멀리서 관망을 하고 가까이 오지 않으면 어쩌지? 아무래도 가까이 올 때까지 몸을 감추어야겠군…….'

마을 사람들은 잡담을 하면서 호랑이를 기다리는데 어제와는 몹시 다르다. 어제는 공포 속에서 안 나타나기를 바랐고, 오늘은 안도감 속에서 한시라도 빨리 나타나기를 바라고 있다. 이 정마을이란 곳은 실로 신통한 땅인 것이다. 신령님들이 나타나고 기적이 일어나고, 신기한 사건들이 일어나고…….

능인의 예리한 감각이 발동했다. 저 멀리 한 줄기 바람이 일어났다. 분명 두 마리이다. 머지않아 이 집에 도착할 것이다. 능인은 싸리문 안으로 들어와 정신을 집중했다. 호랑이가 오고 있는 것이 보였다. 마을 사람에게 지시를 했다. 마을 사람들은 신령님의 지시가 떨어지자 미리 연습했던 대로 신속하게 솜으로 귀를 틀어막았다. 그러고는 천으로 귀를 통째로 덮고는 엎드려서 머리만을 이불이나 담요 속에 들이밀어 넣고 귀를 손으로 눌러 막았다. 숨쉬기가 불편하여 숨을 몰아쉬었다. 자세는 몹시도 기이하고 우습기도 했지만 지금은 그런 것을 따질 때가 아니다.

호랑이는 성큼 싸리문 안으로 들어왔다. 능인을 보고도 놀라지 않았다. 단단히 벼르고 온 것이 틀림없었다. 한 차례 울부짖음이 있었다.

"와 — 흥"

마을 사람들은 아마 이 울부짖음을 듣지 못했으리라……. 능인은 마루 앞에 서서 정신을 가다듬고 호연(浩然)의 기운을 운행하기 시작했다. 황정(黃庭)의 저 깊은 곳에서 진기(眞氣)가 끓어올라 서서히 상승했다. 기운은 일단 단중(亶中)에 집결됐다. 다시 기운은 폐와 인후와 귀와 코로 확산됐다. 이어 현기(玄氣)가 운행되고 극강의 강기가 중단전(中丹田)에 모여들었다. 선선천(先先天)의 기운은 이제 몸에 가득 찼다. 겉으로 보기에 능인은 온화해 보였다. 이를 보는 호랑이의 눈은 살기가 등등했다.

드디어 한 마리의 호랑이가 비약했다. 필살의 일격인 것이다. 지상의 어떠한 동물도 이 공격은 피해내지 못할 것이다. 이와 동시에 능인의 일갈(一喝)이 가을밤의 정적을 갈랐다.

"야 — 아 — 압 —."

이 순간 시간의 흐름도 정지했다. 뛰어오른 호랑이는 미처 땅에 떨어지기 전에 공중에서 즉사하여 하나의 바윗덩이처럼 '쿵-'하며 떨어졌다. 구경하던 다른 호랑이 한 마리도 전신에 힘이 빠지며 옆으로 무너져 내렸다. 내장이 파열되고 코와 입으로는 피가 흘러나왔다. 가까운 숲 나무 위에서 잠을 자던 새들이 푸드득 떨어졌다. 이들은 잠을 자다가 죽은 것이다. 그 외에 들쥐, 곤충, 기어 다니는 벌레, 기르던 닭 등…… 모두가 즉사했다.

상음신공(商音神功)!

이것은 수천 년 전부터 전설처럼 내려오는 선인들의 비술인 것이었다. 상황은 일순간에 끝이 났다. 능인은 급히 방으로 들어가 손으로 흔들어 상황이 끝난 것을 알려주었다. 마을 사람들은 모두 무사했다. 단지 강노인이 코피를 흘리며, 귀가 한동안 먹먹하고 어지럽다고 했다.

숙영이 어머니는 기절해 있었는데, 능인의 처치로 즉시 깨어났다. 이제 열흘간이나 정마을을 공포 속으로 몰아넣었던 사건은 종결되었다. 암흑은 걷히고 정마을엔 다시 평화가 찾아왔다. 남씨 동생이 죽은 것과 촌장이 없다는 것을 제외하고는 모든 것이 정상으로 되돌아왔다.

능인은 산으로 올라갔다. 마을 사람들은 외롭지 않았다. 가까이 신령님이 어딘가에 있을 것이고, 머지않아 그 신령보다 더 높은 촌장이 나타날 것이다. 마을 사람들은 남씨의 시신은 찾지 못했으나 정성스레 장례를 치러주었다. 계절은 가을이 끝나가고 제법 싸늘한 느낌을 주고 있었다.

박씨의 일상생활은 계속됐다.

'이제 곧 겨울이 오겠구나…….'

이러던 어느 날 저녁 나루터에 나간 박씨는 철영이를 데리고 돌아왔다. 마을 사람들은 또다시 정마을이 천상(天上)의 낙원임을 깨달았다. 낙원이란 세상 어디에도 있을 수 있고 또한 있을 수 없는 것이기도 했다. 세계란 행복과 불행이 한없이 반복하는 것이리라…….

단지 정마을은 지금 낙원인 것이다. 낙원이란 공간과 시간이 낳은 산물인 것이다. 그러나 이것만 가지고는 낙원이 되는 것은 아니다. 인간의 마음 또한 결정적인 낙원의 요소이다. 정마을 사람들은 마음이 어떠한 것인가? 이들은 세월이 갈수록 낙원의 주인이 돼가는 것일까? 인간은 비록 천계(天界)에 있어도 그것의 주인이 되지 못할 때가 있다. 천계에도 우여곡절이 있고 인간의 마음도 여전히 맑고 흐림이 있는 것이다.

선인 고휴

선인 고휴의 마음은 지금 몹시도 흐려져 있었다. 연진인의 명을 받고 남선부(南仙府)에 막 도착한 것이었다. 정마을의 호랑이 사건이 일어나기 훨씬 전이다. 고휴는 연진인의 명을 받은 지 닷새 만에 이곳에 도착했는데, 대선관의 시위도사(侍衛道士)가 반갑게 맞이했다.

"고휴, 참 오랜만이군 그래……. 공부하는 일이 재미있는가?"

"음, ……선운(仙雲) 잘 있었나?"

선운과 고휴는 배분이 같았다.

"고휴, 자네가 크게 발전했다는 소문은 들었네! 그래 이곳엔 무슨 볼일로 왔는가? 자넨 공부하느라 바빠서 놀러 다닐 여가는 없었겠지?"

"허허, 무슨 말을 그렇게 하나. 공부는 무슨 공부? 자네야말로 윗분을 모시니까 공부가 많이 됐겠지……."

두 사람은 어느 정도 친했기 때문에 객담을 하면서 안으로 들어갔다. 자리에 앉자 고휴가 먼저 말을 꺼냈다. 고휴는 나쁜 소식을 가지고 왔기 때문에 난감했다. 이곳에는 친분 있는 선인들이 많았고 특히 대선관하고는 교분이 두터운데, 오랜만에 찾아와서 나쁜 소식을 전하기가 쑥스러운 것이다. 그래서 속으로 기회를 봐서 일을 집행하리라 마음먹고 우선은 조심스레 인사치레부터 했다.

"대선관님께서는 평안하신가?"

"그럼, 무슨 일이 있을 턱이 있나? 여기 좀 있게! 내가 가서 자네가 왔다는 것을 알리겠네! 대선관께서도 반가워할걸세!"

선운은 물러가고 고휴는 생각에 잠겼다. 연진인이 느닷없이 대선관인 소지(疏止)를 압송하라니 얼토당토않은 일이었다.

'알아보실 일이 있으면 그냥 불러서 물어보시면 될 것을 압송하라니? ……아무래도 심상찮은 일이 있는 것 같아. 나도 조심해야지.'

고휴는 이렇게 생각하면서 자신에게 잘못될 일이 있나 곰곰이 따져보았다. 고휴는 아무런 관련이 없다. 그러나 연진인의 명을 수행하는 과정에서 잘못이 발생될 수도 있다.

'조심해야겠군! 연진인을 뵙게 된 것은 복이지만 일은 쉬운 게 아니다…… 세상사가 거저 되는 것은 아니로구나…….'

이때 대선관이 들어왔다.

"고휴가 왔다고? 어디? ……허허."

대선관 소지는 매우 반가워했다. 고휴는 무릎을 꿇었다.

"대선관을 뵈옵니다."

"어허, 이 사람 우리 사이에 무슨 인사가 그리 거창한가? 어서 일어나게!"

고휴는 일어나 앉았다. 말투도 평소처럼 돌아왔다.

"소지 도형께서는 평안하셨습니까?"

"음, 나야 늘 이렇지! 허허, 영 발전이 없단 말이야!"

"별 말씀을 다 하십니다. 큰 공을 쌓고 계시면서……."

"허허, 자넨 좋은 소식이 많더구먼? 워낙 열심히 하는 사람이니……."

소지는 고휴보다 배분이 두 단계 위였다. 두 사람은 서로 다른 스승 밑에서 공부를 했지만 두 스승이 서로 친하기 때문에 자연히 친해진 것이다. 한동안 안부가 오가고 세상만사를 얘기하다가 소지가 물었다.

"자네, 여기 오래 머무를 건가? 당연히 그래야지."

"저……. 글쎄요. 며칠 정도는 괜찮지만."

고휴는 어쩔 줄을 몰라 했다.

"아니, 이 사람아 뭘 우물쭈물하는가? 내가 잡고 안 보낼 생각이네. 자, 여기만 있을 것이 아니라 경치 구경 좀 할까?"

소지는 앞장서 갔다. 고휴가 안내되어 간 곳은 남선부 진동에서 그리 멀지 않은, 작은 연못가였다. 주변의 경관은 이루 말할 수 없이 장엄하고 아름다웠다. 주변 정경과는 대조적으로 연못가는 한가롭고 물은 한없이 맑았다. 신초(神草)가 무성한 물가에는 자그마한 정자도 하나 있었다.

"자, 이곳에 앉지. 자네 이곳에 처음 와보지? 이곳은 말이야, 태상노군(太上老君)께서도 칭찬한 곳이야."

고휴는 놀랐다.

"아니, 태상노군께서 이곳엘 다녀가셨다고요?"

"음. 육십여 년 전에 이 근방에 오셨다가 들르셨지. 그땐 정자가 없었지만……. 이곳이 태상노군께서 앉으셨던 곳이야. 그래서 내가 이 자리에 정자를 짓고 이름을 태상정(太上亭)이라 지었네. 허허허……."

이 말에 고휴는 즉시 일어나 옷깃을 여미고 서쪽 하늘을 바라보며 큰절을 올리고 잠시 무릎을 꿇은 채로 묵상했다. 고휴가 일어나 앉자 소지가 웃으며 말했다.

"이곳은 내가 제일 아끼는 곳이야. 우리 여기서 곡차(穀茶)나 한 잔 할까?"

이내 술자리가 준비되고 고휴도 알고 있는 몇 명의 선인이 함께 자리했다. 인간의 만남, 이것은 천상에서나 속계에서나 최고의 예술인 것이다. 그리고 우주에서 가장 오묘한 섭리의 작용인 것이다. 모든 세계에 아무리 아름다운 꽃이 있어도 인간의 만남처럼 아름다운 것은 없다. 이들은 신성한 장소인 태상정에 앉아 꼬박 삼 일 동안 술을 마시고는 일어났다. 일어나면서 소지가 말했다.

"며칠 쉬고 다른 곳도 구경시켜 주지. 그래, 자네 선녀들하고도 술을 마시나?"

"아! 예, 꺼리지는 않습니다만……."

"허허…… 그렇겠지. 자네 같은 도인이 선녀를 무서워할 리가 없지. 그럼, 며칠 후 다시 보세. 선운이 쉴 곳을 안내할 걸세."

소지는 떠나려 했다. 고휴는 속으로 급히 생각해보고 소지를 불러 세웠다.

"저, 도형께서는 바쁜 일이 계십니까?"

"음? 뭐, 특별히 그런 것은 아니지만……."

"그럼, 내일 아침에 의논을 드리고 싶은 것이 있는데요."

"그래? 그럼 내일 아침에 보지. 허허허……."

소지는 다정히 웃으며 사라졌다. 고휴는 선운의 안내를 받아 숙소에 돌아왔다. 선운이 물러가자 좌대에 앉아 깊은 명상에 들어갔다. 고요가 극한에 이르자 원기가 전신에 감돌았다. 다시 선선천의 기운을 끌어 황정에 감응시키자 호연의 기운이 쌓이기 시작했다.

시간이 얼마나 흘렀는지 한 가닥의 신호가 영혼의 세계를 강타했다. 명상에서 깨어나 보니 소지가 들어와 있었다. 아침이 된 것이다. 소지가 먼저 말을 꺼냈다.

"잘 쉬었나?"

"예. 도형께서도 별일 없으십니까?"

"음. 그래, 의논할 일이란 무엇인가?"

소지는 곧장 용건을 물어왔다. 고휴는 잠시 생각해 보았다.

'어차피 얘기해야 할 것이라면 미리 얘기해서 준비라도 해두는 것이 좋겠지.'

"저, 도형께는 죄송스러운 말씀입니다만……."

"어서 말해보게."

소지도 무엇인가 심상치 않은 일인 줄 짐작했다.

"실은 제가 이곳에 온 것은 연진인의 명을 받들고 온 것입니다."

"뭐? 연진인을 뵈었나?"

"예. 연진인께서는 지금 하계에 와 계십니다. 지리산 저의 처소에 와 계십니다."

"그래? 그것 참. 그래 연진인의 명이란 무엇인가?"

"다름이 아니라 연진인께서는 도형을 면접하시겠답니다."

"그래? 그건 영광스러운 일이군."

"그런데, 그게……."

"여보게 고휴, 속 시원히 얘기해보게. 연진인께서 부르면 기쁜 일이 아닌가? 말 못할 것이 뭐가 있나?"

소지는 불길한 예감이 들었다. 고휴는 얘기하기로 결심했다.

"연진인께서는 저보고 도형을 압송하라고 하셨습니다."

"뭐? 압송?"

소지는 심하게 충격을 받았다. '압송?' 소지는 잠깐 동안 그 이유를 생각해 보았으나 알 길이 없었다.

'그것 참, 도대체 내가 무슨 죄를 지었나?'

일은 벌어진 것이다. 죄가 있건 없건 연진인의 명이 그러하다면 꼼짝할 수가 없다. 소지는 체념했다.

"그래. 지금 가야 하나?"

"아닙니다. 시간은 며칠 있어요. 그러니 그동안 그 이유를 연구해 보시지요."

고휴는 연진인이 지리산에 와서 풍곡을 재판한 내역을 소상히 얘기해주었다. 소지는 그 재판에서 자신의 관련 부분을 생각해 낼 수가 없었다.

"그래? 고맙네. 자넨 여기 좀 있게. 난 좀 가서 알아봐야겠네."

소지는 자신의 처소로 돌아오자 즉시 선운을 불렀다. 소지는 선운이 들어오자 숨 돌릴 사이도 없이 지시를 내렸다.

"자네는 지금 즉시 묵정선부(墨晶仙府)에 좀 다녀오게. 가서 그 어른을 좀 모셔와야겠네."

"예? 묵정선(墨晶仙)을요?"

선운은 이상하게 생각했다. 묵정선은 소지보다 배분이 높으니 용건이 있으면 당연히 소지가 가서 뵈야 할 일이 아닌가?

"여보게 선운, 가서 잘 말씀 드리게. 나는 지금 이곳을 떠날 수가 없는 입장이네. 꼭 모셔오게."

선운은 '무슨 이유가 있겠지!' 하고 생각하며 즉시 떠나갔다. 묵정선부는 그리 멀지 않은 곳에 있었다.

"음. 대선관이 나를 보잔다고?"

"예. 찾아뵈어야 마땅하오나, 선부를 떠날 수 없는 입장이라 하옵니다."

선운이 전하는 말을 듣고 묵정은 잠시 생각해 보았다. 이유를 알 수 있을 것 같았다.

"음. 알았네. 자네 먼저 가보게. 나는 좀 알아볼 것이 있네."

선운은 돌아와 보고했다.

"그래? 그분은 내가 부르는 이유를 알고 있는 것 같았단 말이지? 그거 잘됐군."

대선관 소지는 다소 안심이 되는 것 같았다.

"묵정선은 도력이 깊은 분이니 무슨 대책이 있겠지! 수고했네."

선운이 나가자 소지는 즉시 입정(入定)했다. 다음날 아침이 되자 다시 선운이 와서 묵정선이 왔음을 알렸다. 소지는 정에서 일어나 묵정선을 맞이했다.

"대선(大仙)님을 이렇게 부르게 되어 죄송합니다. 제가 찾아뵙고 가르침을 받아야 할 텐데……."

"내가 무슨 대선인가? 자네야말로 대선관이 아닌가? 부르면 내가 찾아와야지. 하하하……."

"아니, 무슨 말씀을 그리하십니까? 저…… 실은 다급한 사정이 있어서 그만 결례를 무릅쓰게 되었습니다. 부디 용서하십시오."

"음, 알았네. 허허허……"

묵정선은 소탈한 성격으로 높은 학덕의 소유자이기 때문에 선계에서는 널리 존경을 받는 분이었다. 농담으로 간단히 인사를 건넨 묵정선은 먼저 말을 꺼냈다.

"자네, 혹시 연진인의 부르심을 받았나?"

"예? 다 알고 계시는군요. ……실은 고휴가 명을 받고 와있습니다. 연진인께서 저를 압송하라는 분부가 계셨답니다."

이렇게 말한 소지는 묵정선의 얼굴을 쳐다보며 무슨 말이 있기를 기다렸다.

"음. 일이 그렇게까지 됐군. 연진인께서 심문하실 모양인데, 단단히 준비를 하게. 우선 성유(惺幽)를 구금해야 할 걸세!"

"예? 성유를요?"

"음……. 그 자는 죄인이야. 연진인이 찾는 사람은 성유란 말일세."

"아니, 도대체 무슨 일인데요?"

"허허…… 자네, 참 태평하군. 그러니 자네도 벌을 받을 게 뻔하군!"

"대선님, 그러지 마시고 자세히 좀 알려주십시오. 뭘 알아야 대책을 세울 것이 아닙니까?"

"그래, 그렇겠군."

대선 묵정은 알고 있는 바를 얘기했다.

"두 해 전 일일세. 성유는 하계의 인간을 죽이려고 했네. 천명을 어기고 혼령 출인으로 살인을 시도한 것이지."

"예? 성유가 인간세계의 일에 관여했다고요?"

"음, 그렇네. 나도 짐작이네만 틀림없을 걸세. 내가 알아본 바에 의하면 두 해 전에 성유는 평허선공을 만났었네."

"예? 성유가 어떻게 평허선공을 만날 수 있었겠습니까? 그분은 멀고먼 곳에 계시는 분이 아닙니까?"

"아닐세. 그분은 이십 년 전부터 이 세계에 와 있네. 그리고 두 해 전 비밀리에 이 남선부를 다녀갔다네."

"뭐라고요?"

소지는 경악했다.

"아니? 이 남선부에 다녀갔다면 제가 대접이라도 했어야 할 텐데…… 무엇 때문에 그렇게 했지요?"

"음, 그건 나도 모르네. 그런 분들이 하는 일을 낸들 알겠는가마는…… 단지…… 그분이 성유를 만난 것은 나도 알게 되었네."

소지는 이제 더 물어볼 것도 없었다.

'만일 선공께서 이곳을 비밀리에 다녀갔다면 그것은 자기를 불신임하는 것이거나 무슨 사적인 용무가 있어서였을 것이다. 그러나 그분이 성유를 만났다면 성유는 당연히 나에게 보고를 했어야 옳은 일이 아닌가?'

성유는 소지의 휘하 사람으로 남선부에 소속되어 있는 선관이다. 그런데 그가 대선관인 소지에게 그 일을 보고하지 않았으면 그것만으로도 죄가 되거나 사적으로라도 배신행위가 되는 것이다. 소지는 기분이 언짢았다.

'성유의 죄는 크다. 하계에 내려가 인간을 죽이려했다면 그 죄는 용서받을 수 없는 것이다.'

"대선님, 모든 것이 사실입니까?"

"어허, 이 사람아! 그럼, 내가 잘못 알고 말을 한다는 것인가?"

"아, 아닙니다. 그저 신중을 기하기 위해 확인해 보았을 뿐입니다."

소지는 옆에 있는 선운에게 명령했다.

"위선(衛仙)은 즉시 성유를 구금하게. 나와 함께 고휴선부(古休仙府)로 압송할 것이네."

소지는 처연하게 말했다. 자기도 압송당하는 처지이니 이런 식으로 말할 수밖에 없었다. 선운은 복명을 하고 즉시 밖으로 나갔다. 소지는 선운이 나가자 잠시 생각하는 듯하더니 다시 물었다.

"대선님, 저는 앞으로 어떻게 될 것 같습니까?"

소지는 자기가 할 수 있는 일을 다 했으니 이제 벌을 받는 일만 남았는데, 어떤 벌이 떨어질지가 궁금했다. 소지의 물음에 묵정도 잠시 생각하고는 대답했다.

"음, 자네 휘하의 사람이 큰일을 저지른 것이니까, 그 책임은 자네에게 있다고 할 것이네. 아마도…… 대선관에서 파직되고 유배되겠지. 일이 잘못되면 아예 유명부(幽冥府)에 끌려가 선명(仙命)이 끝나 버릴 수도 있겠지. 그러나…… 실수로 인한 것이니 큰 벌이야 내릴 것 같지는 않구먼."

소지는 난감했다. 그러나 이제 천명을 기다릴 수밖에 없었다. 소지는 하계로 떠날 때가 됐음을 알았다.

"대선님, 가르침에 감사합니다. 저는 이만 떠날까 합니다."

"음. 가보게. 별 도움이 못 되어 미안하구먼…… 다시 볼 수 있게 되기를 빌겠네."

묵정은 홀연히 떠나갔다. 소지는 고휴가 있는 곳으로 갔다. 고휴는 막 명상에서 깨어나 소지를 맞이했다.

"도형께서는 좀 알아보셨사옵니까? 무슨 대책이라도?"

"음. 별 신통한 것은 없네. 하지만 그 잡귀를 알아냈네."

"예? 잡귀를요? 그것 잘됐사옵니다! 누구 시온지요?"

"음. 유감스럽지만 남선부의 소속 선관일세! 성유가 일을 저지른 것이지."

"저런, 소속 선관이?"

고휴는 속으로 생각했다.

'소속 선관이 그런 짓을 했다면 소지는 꼼짝없이 당하는 것이다. 그래서 연진인께서 소지를 압송하라 하신 것이로구나. 참 안됐군. 어쩌지?'

"고휴!"

생각에 잠겨있는 고휴를 소지가 불렀다.

"자, 이제 나를 압송해가게. 그리고 성유도 함께 가야겠네. 성유는 선운이 압송할 걸세."

고휴는 별 방법이 없었다. 송구스럽지만 임무를 수행해야만 했다.

"죄송하옵니다. 그럼 떠날 준비를 하겠사옵니다."

떠날 준비란 다른 것이 아니었다. 대선관의 예복을 벗기고 붉은 끈으로 묶은 다음 등에다 죄인을 표시하는 글자를 크게 써 붙이는 것이다. 이리하여 소지는 지리산에 있는 고휴선부로 끌려 내려온 것이다. 선운도 성유를 압송하여 함께 내려왔다.

이들이 지리산에 도착하여 이틀이 지나자 연진인이 정한 시간이 되었다. 선운과 성유는 별실에서 연진인의 지시를 기다리기로 하고, 소지와 고휴만 연진인을 알현했다. 고휴가 먼저 인사를 했다.

"삼가 진인을 뵈옵니다. 고휴는 분부를 받들어 대선관 소지를 압송해 왔사옵니다."

"음."

연진인은 좌대에 앉아서 고개를 천천히 끄덕였다. 이어 소지가 인사를 했다.

"죄인 소지가 연진인께 인사를 드리옵니다."

"음. 자리에 앉게."

연진인의 말이 떨어지자, 고휴는 조심스레 자리에 앉았으나, 소지는 서 있었다. 연진인의 자비스런 음성이 다시 들려왔다.
"소지, 자네는 내가 왜 불렀는지 아는가?"
이 말에 소지는 황급히 대답했다.
"예. 저…… 정확히는 모르겠사오나 제 우둔한 생각으로는 연진인께서는 제가 선부의 일을 제대로 다스리지 못하므로 벌을 내리시려는 것으로 알고 있사옵니다."
"음. 그런가? 그래 무슨 죄를 지었나?"
"예. 저는 부덕 무능하여 모든 일을 소홀히 하였사오나, 특히 최근에는 소속 선부의 감독을 제대로 못 한 죄가 있사옵니다."
"음. 감독을 받지 않고 행동한 자가 있는가?"
"예. 성유가 두 해 전 무단으로 하계에 내려가, 죄를 지은 적이 있사옵니다."
"자넨 그 사실을 언제 알았나?"
"여드레 전에 알았사옵니다."
"그 자는 지금 어디 있는가?"
"예. 제가 위선에게 명하여 이곳에 압송해 왔사옵니다."
"음. 그래? 자넨 기특하군. 좋아, 그럼 자네에게 벌을 내리겠네. 죄를 알겠나?"
"예. 죄송하옵니다."
"죄인 소지는 듣거라. 너는 남선부의 금동(禁洞)에서 천 일간의 근신을 한 후 다시 대선관으로 환원하라. 추후 다시는 죄를 짓지 않도록 조심하라."
소지는 뜻밖의 관대한 처분에 놀랐다. 이 모든 것이 묵정선의 가르침에 힘입은 것이었다. 소지는 복명하고 연진인에게 인사를 했다.

"제게 천복을 내려주신 것에 감사드리옵니다."

소지는 감사의 뜻을 나타내며 머리를 조아렸다.

"음."

연진인은 고개를 끄덕이고는 고휴를 쳐다보았다. 고휴는 그 뜻을 알고 즉시 일어나 소지를 풀어주었다. 그러자 소지는 연진인을 향해 다시 무릎을 꿇으며 하직 인사를 했다.

"그럼, 저는 다른 분부가 안 계시면 떠날까 하옵니다."

연진인이 고개를 끄덕이자 소지는 즉시 일어나 밖으로 나와서는 상계로 향해 사라졌다. 이어 성유가 끌려 들어왔다. 선운은 연진인을 보자 즉시 무릎을 꿇고 인사를 했다.

"삼가 진인을 뵈옵니다."

이어 성유가 인사를 했다.

"죄인 성유가 진인을 뵈옵니다."

"음. 선운은 저리 앉게. 그리고…… 성유는 듣거라."

연진인은 즉시 재판을 시작했다.

"네 죄를 알겠느냐?"

"예."

"왜 그런 짓을 했느냐?"

"예…… 저…… 실은……."

성유는 말을 못하고 우물쭈물했다.

"이놈!"

연진인의 음성이 벼락처럼 떨어졌다. 가슴이 저려왔다. 입에서 말이 저절로 나왔다.

"누군가 시켜서 했사옵니다."

"누군가?"
"평허선공이었사옵니다."
"음. 평허선공이? 좋아, 판결을 내리겠네."
성유는 체념했다. 판결은 뻔한 것이었다.
"성유, 너의 선명(仙命)을 박탈한다. 명부로 가거라! 거기서 일천 년간 지낸 후 인간에 나와 다시 수행하여 공을 쌓도록 해라."
"예. 감사드리옵니다."
성유는 속으로 생각했다. 최악의 판결은 아니었다. 이 정도는 벌써 각오했던 것이고 생각보다 작은 벌이었다. 성유가 인사를 마치자, 연진인은 손을 한 번 저었다. 그러자 성유의 몸에서는 즉시 영혼이 빠져나가고 몸은 그 자리에서 증발했다. 성유의 영혼은 명부에 도착하여, 일천 년간의 금고(禁錮)에 들어갔다. 성유가 떠나가자 연진인은 고휴에게 조용히 말했다.
"고휴! 자네 힘으로는 평허선공을 체포하지 못하겠지?"
"예. 저의 힘으로는 도저히……."
"음. 알겠네. 내가 좀 도와주지."
이렇게 말하고는 연진인은 잠시 명상에 잠기는 것 같았다. 그러더니 잠깐 만에 깨어나서는 지시했다.
"평허는 지금 동화선궁(東花仙宮)에 있네. 자네는 가서 동화궁주에게 평허를 체포하라고 이르고, 그 후 자네가 압송해 오면 되지 않겠나?"
"예. 삼가 명을 받들겠사옵니다."
"지체 없이 떠나게. 백 일간의 여유를 주겠네. 남선부로 압송해 오게."
고휴는 즉시 떠났다. 임무는 어려운 것이었지만 고휴는 천공을 세우게 되는 것이 한없이 기뻤다. 이것은 선인들에게는 가장 큰 행운으로서 홀로 오랜 세월을 공부하는 것보다 얻는 것이 많다. 공(功)과 학(學)이라는 것은 선계나 인계(人界)를 막론하고 가장 소중한 일이다. 단지 인간의 경우는 영원히 득이 되는 공부보다는 당장에 득이 되는 공, 즉 재물을 선호한다. 그러나 선계에서는 공즉학(功卽學)의 관계가 성립하고, 특히 도력이 높은 신선과의 연분(緣分)을 가장 중시한다.

이것은 마치 인간세계에서의 신앙과도 같은 것인데, 조금 다른 것이 있다면 인간은 무작정 신에게 받기만 하려고 의존하지만, 선계에서는 천(天)·신(神)·선(仙)들과 주고받는 관계가 성립되는 것이다.

만일 인간이 스스로는 공부를 하고, 천·신·선에 공을 쌓아나간다면 이것은 향상이 되는 것이며 오로지 향락만 일삼고 밖으로는 재물을 탐한다면 이것은 날로 퇴보하는 것이다.

인간에게는 일생이 영원이기 때문에, 가까이서 발생하는 이익에만 주력하게 되는 것은 당연하다. 그러나 선계에서는 어떠한가? 이들에게는 영원이 일생인 것이다. 멀고먼 앞날과 현제가 하나로 통해져 있는 것이다.

선인 고휴가 연진인의 명을 받들어 수행하는 것은 천신과 큰 연(緣)을 쌓는 것이니 어찌 기쁘지 않을 것인가? 고휴는 상계의 낙원 동화궁으로 향하면서, 자신에게는 커다란 발전의 기회가 왔다고 생각했다.

그런데 이와는 수준이 아주 다르긴 하지만 하계의 정마을에서는 박씨에게 발전의 기회가 찾아왔다. 대개, 발전이란 속인의 세계에서는 재물을 모으게 됐다든지, 지위가 높아지는 것을 뜻하지만, 정마을에 사는 박씨에게는 그 뜻이 다르다. 박씨는 항상 인생이 무엇이며 우주가 무엇인가가 문제였고, 자연의 이치를 많이 깨달아 높은 수준의 인간이 되는 것이 꿈이었다.

주역에의 도전

박씨는 오늘도 철형이가 서울에서 사다준, 《주역(周易)》이란 책을 펼쳐보았다. 이 책은 촌장이 말한 자연의 이치가 들어있다는 것인데, 한문과 그림으로 되어 있었다. 박씨는 도무지 알 길이 없었지만 나름대로 옥편을 찾아보며 매일 책을 열심히 연구해 보았다. 그러나 아무리 열심히 노력해도 조금도 진전이 있는 것 같지가 않았다. 박씨는 생각해 보았다.

'분명 이것은 중요한 자연의 원리가 들어있는 것인데, 무엇부터 해야 하나…… 촌장님이 돌아오면 적어도 물어볼 것이 있어야 할 텐데…… 도대체가 무엇부터 해야 할지를 모르겠군!'

박씨는 한가로이 마루에 앉아 책과 씨름을 하고 있었다. 계절은 늦가을이라서 아침저녁으로는 찬 기운이 감돌았다. 요즈음의 정마을은 평온한 가운데 아주 한가했다. 일감도 별로 없었다. 농사일은 다 끝나고 겨울에 땔 나무도 충분히 준비해놓았다.

'하늘이 참 넓기도 하구나.'

박씨는 구름 한 점 없는 하늘을 바라보며 무료하게 하품을 했다.

손에 책이 쥐어져있으나 들여다보면 볼수록 암담했다. 박씨의 요즈음 일과는 나루터에 나가고, 촌장이 왔나 살펴보고는 책을 연구하는 것인데, 처음이나 수십 차례 들여다본 지금이나 달라진 것은 하나도 없었다. 박씨는 책을 보다 지치면 나무를 하러 갔다. 오늘도 한참 만에 일어나 나무를 하러 갈 참이었다. 박씨가 도구를 챙기는데 저쪽에서 건영이와 인규가 다가와 말을 건넸다.

"아저씨, 바쁘지 않으세요?"

"응. 바쁠 게 뭐가 있겠냐? 웬일이니?"

"예. 저 읍내에 좀 갈 일이 있어요. 강을 좀 건네주세요."

"그래? 그러자꾸나."

박씨는 심심하던 차에 '잘됐다'고 생각하고는 나무하러 가려던 짐을 내려놓았다.

"둘이 다 나가니?"

"아니요. 저는 나갈 수가 없잖아요?"

건영이가 명랑하게 대답했다.

"음, 그렇구나. 인규가 나간다고? 읍내에 무슨 일로?"

박씨는 앞장서서 걸으며 건성으로 물어보았다.

"예. 물건 좀 사러 가요. 아저씨도 뭐 필요한 물건이 있으면 얘기하세요."

"나야 뭐…… 그래! 공책이나 사다주렴. 연필은 많이 있고."

박씨에게 공책이니 연필이니 하는 것은 별로 필요가 없지만 공연히 말해 보는 것이었다. 단지 박씨는 무엇인가 쓰면서 공부하게 되기를 무척 바랐다. 셋은 이내 강변에 도착했다. 박씨는 손에 책을 들고 있었다. 박씨는 산에 올라갈 때도 항상 《주역》 책을 가지고 다녔다.

나무를 하다가 쉴 때는 책을 뒤적이는 것이었다. 건영이는 강을 건널 필요가 없으니 박씨만 배를 건너갔다 올 때까지 박씨를 기다리면 되는 것뿐이었다. 건영이 눈에 박씨의 책이 들어왔다. 박씨는 우연히 나루터까지 책을 들고 오게 된 것이었다.

"아저씨, 그게 뭐예요?"

건영이는 대수롭지 않게 물었다. 강가에 그냥 기다리는 것보다 뭐든 읽을거리가 있으면 좋은 것이다.

"응, 이거?"

박씨는 아주 심각하게 대답했다. 책을 자랑하고 싶은 마음 때문이었다.

"이 책은 말이야, 촌장님이 공부하라고 한 것이야. 이 세상의 모든 원리가 들어 있는 책이지!"

"예?"

박씨는 건영이가 놀라는 것이 흐뭇했다.

"어디 좀 봐요!"

"그래. 이거나 보면서 기다려라."

박씨는 이렇게 말하면서 속으로 생각했다.

'어차피 건영이가 들여다보아도 모를 것이 뻔하다. 신비하게 생각하겠지! 그러면 자랑의 효과가 더욱 커진다.'

박씨는 미소를 지으며 배를 출발시켰다. 가을의 강은 바쁘게 흐르는 것 같았다. 어떤 곳으로 미처 도달하지 못한 여러 가지 사물들처럼 가을 강물은 한 번에 많은 이유를 간직한 것인가?

이들 사물들은 피어나지도 못하고 근원으로 돌아가는 것이다. 이 우주에 많은 현상들은 많은 가능성을 가지고 나서는 결실을 맺지 못

하고 스러져 간다. 세상에 피어나서 결실을 맺은 많은 사물들은 경쟁에서 살아남은 것이다. 세상에는 살아남는 것보다는 죽어 없어지는 것이 더 많다.

그러나 이들은 못 다한 사연들을 가지고 근원으로 돌아가 다시 때를 기다리는 것이다. 가을의 강물은 어떤 사연들의 다발처럼 아쉬움을 남긴 채로 하류로 끝없이 이어져 내려간다. 배는 이러한 사연을 아랑곳하지 않고 열심히 자기 갈 곳을 갈 뿐이다.

이윽고 저편에 도착한 인규는 내일 낮에 돌아오겠다고 하고는, 숲속으로 바쁘게 사라져 갔다. 박씨는 배를 다시 돌렸다. 건영이는 책에 몰두하느라고 박씨가 되돌아오는 것을 보지 못했다. 박씨가 배를 붙들어 매고 올라가는 데도 모르고 건영이는 여전히 돌밭에 앉아 열심히 책을 들여다보고 있었다.

박씨의 입장에서 보면 이것은 놀랄 만한 일이다. 박씨는 도대체 '열심히' 볼 만한 내용을 발견하지 못했다. 그런데 건영이는 책을 앞뒤로 뒤적이며 고개를 끄덕이기도 했다. 박씨는 잠시 그 모습을 보며 서 있었는데, 건영이는 분명 책을 이해하는 듯 보였다. 박씨가 불러서야 건영이는 책 읽는 것을 중단했다.

"어이……. 건영이 정신없구먼."

"아! 예. 다녀오셨어요?"

건영이가 일어나자 두 사람은 정마을로 향해 걸어갔다. 잠시 걷다가 박씨가 책을 건네받으면서 물었다.

"책이 어때?"

"예. 아주 재미있는데요! 뜻이 깊은 것 같아요."

'재미있다' '뜻이 깊다' 이 말은 책의 내용을 알고 하는 소리이다. 박씨는 가슴이 설레기 시작했다. 건영이는 별 기색 없이 대꾸하고는 말없이 걸어갈 뿐이었다. 박씨는 새삼 건영이가 잘생긴 젊은이임을 깨달았다. 총명한 눈과 강한 의지를 나타내는 굳게 다문 입, 귀공자다운 부드러움, 태평한 용기…….

'음. 대단한 아이구나.'

박씨는 생각해 보았다.

'만일 건영이가 책을 이해했다면 건영이에게 그것을 자세히 물어보아야겠다. 공부에 도움이 되겠지.'

"얘, 건영아. 너는 이 책이 이해가 가니?"

"그럼요."

"그래? 그럼 그 내용을 내게 좀 설명해 줄 수 있겠니?"

"설명을요? 아직 대충밖에 못 봤는데요."

"상관없다. 아는 대로 얘기를 좀 해 봐라."

"그러지요. 그렇지만 확실한 것은 아니에요. 나중에 촌장님께 다시 물어보세요."

"그래. 그러지!"

건영이는 설명하기 시작했다. 두 사람의 걸음이 느려졌다.

"아저씨, 우선 말이에요. 제가 이 책에서 느낀 것인데요. 아마 이건 확실할 거예요. 이 세상에 있는 모든 사물은 그 성질이 여덟 가지로 분류되는가 봐요! 그 여덟 가지를 이 책에서는 팔괘라고 하는데, 자연계의 가장 큰 현상 여덟 가지를 비유해서 그 괘를 설명하는 것 같아요."

"뭐? 여덟 가지라고? 아니 세상엔 끝없이 많은 물건들, 현상들, 삼라만상이 있는데 겨우 여덟 가지로 그것들을 다 분류한단 말이냐?"

"예. 이유는 모르겠지만 이 책에는 그렇게 되어 있어요. 그리고 또 한 가지 알게 된 것이 있는데요. 그 팔괘라는 것을 이중(二重)으로 하여 육십네 개를 만들고 이것에다 세상 모든 현상을 맞추는 것이지요. 그러면 사물과 사물간의 작용을 알 수 있고, 사물을 동적으로 이해할 수도 있고 더 자세히 분류할 수도 있지요. 그리고 팔괘라는 것은 모든 음(陰)과 양(陽)이라는 더 작은 조각 세 개가 모여서 만들어진 것이지요…… 이유는 모르겠지만……."

"아니, 너는 그 책을 잠깐 보고 그런 것을 모두 알 수 있단 말이야? 너 한문 잘 아니?"

"아니요. 전 한문 같은 거 잘 몰라요. 그렇지만 여기 있는 그림을 보니까 그런 구조를 이해할 수 있겠어요. 팔괘라는 것이 자연 과학에서 말하는 원소처럼 되어 있는데, 물질 원소보다는 더 포괄적인 작용을 설명하는 것 같아요."

박씨는 기가 찰 노릇이었다. 건영이란 아이는 도대체 귀신인가? 아니면 소위 천재라는 것인가?

'그래…… 머리가 좋은 사람은 이 책의 그림을 보면 금방 그런 뜻을 아는 것인가?'

박씨는 아무튼 건영이의 설명을 듣고 보니 그럴듯하게 느껴졌다. 아니 확실한 것 같았다.

'사물을 여덟 가지로 분류한다? 여덟 가지든 아홉 가지든 상관없지만 그런 분류 방법이 있다면 참 편리하겠군.'

여기까지 생각해 본 박씨는 아예 건영이를 믿어버리고 한 가지를 시험 삼아 물어보았다. 마침 촌장이 얘기한 것이 생각나서였다.

"건영아, 그럼 한 가지 예를 들어보자. 네 생각엔 거지를 그 여덟 가지 중에서 분류한다면 어디에 들어갈 것 같으니?”

“거지요? 거지? 거지…… 하늘, 땅은 아니고 물도 불도 아니고 산이나 연못도 아니고 우레도 아니고 …… 그렇지 바람이군요! 맞아요. 거지는 바람 같아요.”

박씨는 속으로 ‘틀림없구나’ 하고 생각했다.

‘어쩌면 이렇게도 촌장이 말한 것과 딱 맞아떨어지다니 그렇다면…….’

하고 박씨는 생각한 다음 다시 물었다.

“거지는 바람으로 분류한다, 이거지? 그 이유는 뭐냐?”

“저, 그건…… 거지란 한 곳에 있지 못하고 돌아다니잖아요.”

“그래? 그렇게 생각할 수도 있구나. 그럼 방랑객도 바람이겠네?”

박씨도 제법 생각해서 말했다. 그러고는 건영이의 생각을 듣기 위해 쳐다보았다.

“그거야 그렇겠지요!”

건영이의 대답은 당연하다는 것이었다. 이때 박씨는 한 가지 더 의심이 생겼다.

“그런데 말이야. 돌아다니지 않고 구걸만 하는 거지도 있잖아? 이런 경우는 어떡하지?”

이 말에 건영이도 잠시 생각했다. 그러고는 이내 대답했다.

“글쎄요? 만일 거지가 바람인 것이 확실하다면 ‘얻어먹는다’는 것과 바람은 같은 뜻이 있지 않을까요? 잘은 모르겠지만…….”

“그럴 수도 있겠군! 그럼 말이야, 건영아…….”

박씨는 다른 것을 더 물어보려는데 건영이가 말을 막았다.

“아저씨, 그만 물어보세요. 제가 뭘 안다고…….”

마침 정마을에 도착하기도 했다.

"그래, 고맙다. 다음에 또 얘기하지. 그리고 말이야. 이 책 네가 좀 보고 연구해볼래? 어떻게 공부하는 게 좋은지 난 통 모르겠어!"

이 말에 건영이는 기다렸다는 듯이 대답했다.

"그러지요. 저도 이 책에 흥미가 많으니 찬찬히 살펴볼게요. 아예 옥편도 있으면 주세요."

"응. 그래."

박씨는 방에 들어가 옥편도 꺼내주었다. 이렇게 해서 《주역》 책은 건영이에게 넘어갔다. 건영이는 책을 가지고 즐거운 표정을 지으며 돌아갔다. 박씨도 왠지 마음이 편안했다. 앞으로 건영이에게 배워야겠다고 속으로 다짐하고는 고개를 끄덕였다.

'그렇지! 잘됐군!'

이로부터 이틀 후 강노인의 집에 건영이가 찾아왔다. 아직 이른 아침이지만 강노인은 벌써 일어나 마루에 앉아 오늘 할 일을 생각해보고 있는 중이었다.

"안녕하세요? 할아버지!"

건영이가 싸리문 안으로 불쑥 들어왔다.

"어! 건영이구나. 웬일이냐? 이른 아침인데……."

"예. 그냥 산책하다 들렀어요."

"그래? 지내기가 괜찮냐? 여기 좀 앉거라."

"아니에요. 할아버지 뵈었으니 그냥 가야지요. 그리고 이것은…… 어제 인규가 읍내에 나갔던 길에 사온 거예요. 고기를 좀 샀어요."

"응? 뭘 이런 것을 다 샀니? 아무튼 고맙네."

"저…… 그러고요."

건영이는 무슨 할 말이 있는 것 같았다.

"뭔데 그러니? 할 말이 있는 것 같구나."

"저…… 할아버지, 숙영이는 언제 오지요?"

"숙영이? 좀 있으면 오겠지. 숙영이 보러 왔니?"

"아니에요."

건영이는 좀 당황해하는 것 같았다.

"다름이 아니고요. 책을 몇 권 샀는데 할아버지가 살펴보고 괜찮으면 숙영이에게 주세요."

"책을? 허허허…… 그래그래. 내가 전해주지."

건영이는 얼굴을 붉히며 금방 떠나갔다. 강노인은 건영이가 숙영이를 좋아하는 것을 벌써부터 눈치 채고 있었다. 마을에 호랑이가 나타나던 날도 건영이가 횃불을 들고 남씨네 집으로 달려간 것은 숙영이 때문이란 것을 잘 알고 있었다. 강노인은 건영이를 좋아했다.

'예의바르고, 마음씨도 착한 것 같으며, 또한 용감하기도 하고…… 참 좋은 아이군.'

강노인은 미소를 지으며 방으로 들어갔다. 얼마 후 숙영이가 왔다.

"음. 숙영이 왔니? 오늘은 좀 늦었구나."

"예. 집안 청소를 하고 왔어요."

"그래? 숙영이 너 혼자 좀 앉아 있거라. 나 잠깐 내려갔다 올게."

"어딜 가시게요?"

"음. 임씨네 집에 가보려고. 그리고 이거 책이다. 건영이가 널 주라고 새벽에 가져온 거야."

"예? 책이요?"

강노인은 집을 나서 임씨 집으로 갔다. 손에는 건영이가 사온 고기

꾸러미가 들려 있었다. 강노인이 나가자 숙영이는 책을 풀어보았다. 책은 세 권인데 모두 최근에 출판된 것이었다. 그 중 한 권의 책을 펼쳐보니 글이 쓰여 있었다.

'숙영씨의 생일을 축하합니다.'

"어머! 생일이라고? 그렇지! 오늘이 내 생일이구나."

숙영이는 몹시 기뻤다. 숙영이가 제일 좋아하는 것이 있다면 그것은 책일 것이다. 그런데 그것을 오늘 생일 선물로 받다니…… 숙영이는 오늘이 자신의 생일인지도 몰랐다. 작년에도 강노인이 알려주어서 알았을 뿐이다. 이런 산 속에 살다보니 생일 같은 것은 쉽게 기억하게 되지 않는다. 건영이는 그것을 정섭이에게 물어서 알아둔 것이었다. 숙영이는 책을 두 손에 꼭 쥐고 생각에 잠겼다.

'건영이 오빠는 참으로 훌륭한 사람이야. 내게는 생명의 은인이지.'

숙영이는 자기 집에 호랑이가 들어왔던 일을 생생하게 기억하고 있었다.

'나를 살리려고 위기의 순간에 뛰어들고…… 자신의 목숨을 돌보지 않은 채 나만을 광 속에 집어넣고, 그 와중에도 자물쇠를 채웠던 일 하며…… 나중에 안 일이지만 강노인의 집에서 여러 사람이 말렸는데도 혼자 횃불을 들고 달려왔던 일이며…… 그분이 아니었으면 나는 죽었을 테지. 이 은혜를 무엇으로 갚을 수 있을까? 세상에 그토록 나를 생각해 준 사람이 또 있을까?'

숙영이의 눈에 이슬이 맺혔다. 숙영이는 평소에 건영이에 대한 존경심이 있었다. 자신을 살려준 일도 중요하지만 그 용기는 과연 범인이 흉내 낼 수 없는 것이었다. 숙영이는 깊게 건영이를 생각해보고는 영원히 그 은혜는 잊지 않겠다고 다짐했다. 숙영이는 마음을 가라앉히고 새 책을 읽기 시작했다. 강노인은 임씨 집에 막 도착했다. 임씨가 먼저 달려 나왔다.

"안녕하세요? 할아버지, 오늘은 손님이 많군요!"

"응? 무슨 소리야?"

"조금 전에 건영이가 다녀갔어요."

"그래?"

"건영이가 그러는데 오늘이 숙영이 생일이래요. 물건을 잔뜩 사가지고 와서는 생일을 좀 준비해 달라고 했어요. 할아버진 웬일이세요?"

"나도 그 일 때문에 왔는데…… 건영이한테는 못 당하겠군. 허허허…… 아무튼 잘됐네. 준비 좀 해주게. 우리도 핑계 김에 술이나 좀 마셔볼까? 허허허……."

"그거 좋지요! 하하……."

"자, 나는 그럼 이만 가겠네. 이것도 건영이가 사온 것이야!"

강노인은 꾸러미를 내밀었다.

"하하…… 할아버지, 준비는 여기서 다 할 테니 걱정 마세요. 고기는 가지고 가서 할머니나 끓여주세요."

"알았네. 허허……."

강노인은 임씨 집을 나와 집으로 발길을 돌렸다.

평허선공

선인 고휴가 찾아가려는 동화선궁은 남선부에서 상당히 떨어져 있는 곳이다. 지금 이곳에는 평허선공이 동화궁주와 마주하고 있었다.

"선공님, 이 세계에는 무슨 일 때문에 오셨사옵니까?"

"음. 뭐 별 대수로운 일은 아니네. 그저 바람 쐬러 온 것이라 생각하게. 궁주! 자네도 언제 한 번 옥성국토(玉星國土)에 오게. 내가 주선해보지."

"예? 제가요? 이거 영광이옵니다. 저 같은 것이 그런 곳에 가볼 수 있겠사옵니까?"

궁주는 몹시도 기뻤다. 옥성국토에는 많은 진인들이 수행하는 곳이라서 선인들은 누구나 한 번 가보고 싶어 하는 곳이다. 평허선공은 옥성국토에서 왔는데, 이번 출행은 뭔가 잘못된 느낌이 들었다. 평허선공은 생각에 잠겼다.

'참 이해할 수가 없단 말이야. 도대체가 이럴 수가 있을까? 앞으로 우주는 어떻게 되는 것일까? 근 백 년 동안이나 천행(天行)이 어긋나고 있는데 어찌된 일일까? 또한 속계에서도 천명이 어긋나는 일이 많은데 왜 이런 일이 일어나는 것일까? 내가 공연히 이 세계에 온 것이야…… 나도 뭐가 뭔지 알 길이 없으니. ……내 수행은 아직 많이 부족하구나.'

평허의 생각은 깊게 깊게 과거의 어느 시점을 더듬고 있었다. 옥성국에서의 어느 날이었다.

"평허선공님. 내 자식의 일은 잘 되겠습니까?"

"걱정하지 마옵소서. 태자님은 천명에 따라 소정공주(素晶公主)와 맺어지게 되어 있사옵니다."

"그러나…… 저토록 소정이 싫다고 하니 걱정입니다."

"허허허…… 황제 폐하, 천수(天數)가 다 정해져 있는 것이니 저러다 마음이 돌아설 것이옵니다."

"그렇다면 오죽 좋겠습니까? 나는 선공님만 믿고 있겠습니다."

"예. 그럼, 저는 이만 물러가겠사옵니다."

옥성국 황제는 선공이 물러가자 한숨을 쉬었다. 소정공주는 변방의 조그마한 나라인 옥소국(玉素國)의 왕녀인데 태자가 우연히 한번 보고 반해서 병이 나 있는 상태였다. 태자는 인물이나 학식이나 인격 등이 아주 뛰어나서 천하에 수많은 여자가 흠모하고 있었지만 유독 소정공주만 태자를 싫다고 했다.

소정은 따로 좋아하는 사람이 있었다. 그 사람은 옥소국의 학자인데 관직도 없고 잘생기지도 못한 평범한 사람이었다. 그런데 이 사람의 학식이 대단한 것이어서 신선들도 혀를 내두를 정도였다. 평허선공도 칭찬을 한 적이 있었다.

'정우(汀雨)는 한낱 속인이면서도 그 학식이 신선을 넘는다고……'

정우는 역성(易聖)이었다. 역성 정우는 오늘 자신의 앞날을 알기 위해 명상에 잠겼다.

'음. 괴롭군. 천명이 따르지 않는구나. 결국 나 같은 사람에게는 소정공주가 과분한 것일까? 그렇다면 어찌해야 하나? 내가 가야 할 길은……?'

정우는 명상에서 깨어나 밤하늘의 수많은 별들을 바라보며 혼자 속으로 중얼거렸다.

'지금 쳐다보는 별은 이제 다시 보지 못하겠구나.'

다음날 아침, 옥성국의 황제는 특사를 옥소국에 파견했다. 특사는 옥소국에 도착하자마자 국왕을 만나 공주의 일을 재촉했다. 만일 다음 달 말까지 공주를 보내지 않으면 이것은 황제의 명을 거역한 것이니 옥소국의 종묘사직이 편치 못할 것이라고…….

옥소국의 왕은 선택의 여지가 없었다. 이렇듯 협박을 해오니, 공주가 마음을 돌릴 수밖에 없는 것이었다. 아버지와 나라의 안위가 달린 것이니, 아무리 절개가 굳은 공주도 어쩔 수 없지 않은가? 국왕은 한숨을 길게 쉬고는 공주를 불렀다. 이내 공주가 들어왔다.

"얘야……."

국왕은 다정스레 불렀지만 얼굴빛은 좋지 않았다. 공주는 아버지가 무슨 말을 하려고 불렀는지 알고 있으므로 아무 말 없이 듣기만 하였다.

"오늘 옥성국 특사가 왔는데……."

국왕은 특사가 협박을 한 일과 이것은 단순한 협박이 아니라는 것을 힘들여 설명했다. 아버지의 말을 다 들은 공주는 차분히 대답했다.

"너무 심려 마시옵소서. 나라가 위태롭게 되도록 하지는 않을 것이옵니다."

이렇게 말을 한 공주는 쓸쓸하게 표정을 지으며 물러갔다. 국왕은 이제 딸이 마음을 바꿀 것이라 생각하고 한시름을 놓았다.

운명이란 도대체 무엇이고 또 무엇이어야 하는 것인가? 이로부터 긴 세월이 흐른 후 평허선공은 멀고먼 이토(異土)에 와서 거대한 운명의 수레바퀴에 도전하고 있는 것이다. 평허선공이 동화선궁에 머무른 지 보름이 되자 고휴가 이 선궁에 찾아왔다.

궁주는 반갑게 맞이했다.

"고휴가 웬일인가? 이 먼 곳까지……."

"동화선님을 뵈옵니다."

고휴는 일부러 엄숙하게 인사를 하고는 즉시 용건을 말하기 시작했다.

"동화선님! 이렇게 급히 말씀 드려 죄송하옵니다만 제가 이곳에 온 것은 연진인의 분부를 받들기 위해서이옵니다. 도와주옵소서."

"음. 연진인을 뵀다고? 그래. 무슨 분부가 계셨나?"

"예. 저…… 이곳에 평허선공이 와 계시옵니까?"

"아니, 자네 어떻게 그걸 알고 있나? 이곳 동화궁에서도 아무도 모르는 일인데……."

"연진인께서 알려주셨사옵니다."

동화선은 '그렇구나!'
하고 생각했다.

"그 어른이시라면 당연히 알고 계시겠지. 그래 무엇을 도와달란 말인가?"

"다름이 아니오라, 연진인께서는 동화선님이 평허선공을 체포하라 이르셨사옵니다."

"뭐라고? 선공을 체포해?"

동화선은 크게 놀랐다. 그러나 겉으로는 놀란 기색이 보이지는 않았다.

"그것 참…… 야단이군. 내 힘으로는 어려운 일이야. 만일 말일세. 평허선공이 연진인의 명을 받을 수 없다고 한다면 나로서는 어떻게 할 수가 없네. 동화선궁의 호위선(護衛仙)이 모두 나선다 하더라도 평허선공을 제압할 수가 없을 것일세. 공연히 우리만 다치게 되겠지."

"그럼, 어찌하오리까?"

고휴는 힘이 더 약하니 동화선에게 의존할 수밖에 없었다. 동화선도 한참 생각해 보더니 이윽고 대답했다.

"알았네. 연진인의 명을 어길 수 없는 것이니, 내가 일단 평허선공의 마음을 알아본 다음에 다시 의논해 보세. 기다릴 수 있겠나?"

"예. 시간은 충분하옵니다. 두 달이나 기한이 있사옵니다."

"그래, 다행이군. 이곳에서 며칠 쉬게. 내가 알아서 할 테니."

동화선은 고휴의 거처를 안내해 주고는 혼자 생각해 보았다.

'큰일이군. 선공이 화라도 낸다면 나는 중간에서 입장만 난처해지겠지. 그리고 내가 옥성국토에 한 번 가보기 위해서라도 선공에게 아무 일 없어야 할 텐데. 방법이 없을까? 옳지! 금선(噞仙)에게 물어봐야지.'

동화선은 즉시 금선을 불렀다. 금선은 사려가 깊은 사람으로 동화선궁의 어려운 일은 도맡아 처리했었다.

금선은 이내 나타났다.

"부르셨사옵니까?"

"음. 어서 오게. 문제가 좀 있어서 불렀네."

금선은 궁주의 말이 나오길 바랐다. 금선은 원래 말이 없는 사람이었다. 오죽하면 선명(仙名)도 금(唫)이라 했겠는가?

"실은 말일세. 이곳에 지금 평허선공이 와 있네."

이 말에 당연히 놀라야 하는데도 금선은 미동도 하지 않는다. 금선은 누가 말할 때 도중에 묻는 법이 없었다. 놀랄 일이 있어도 끝까지 다 듣고 나서야 필요한 의견을 간단히 말한다. 일단 금선은 말을 끝내고 나면 남이 뭐라고 하던 자신의 말을 재차 하지 않는다. 자기 말은 끝났다는 것이었다. 남이 그 의견을 듣고 안 듣고는 일체 신경 쓰지 않는다.

"고휴도 와 있네. 선공은 나와의 친분 때문에 다니러 온 것이고, 고휴는 연진인의 명을 받들어 선공을 체포하러 왔네. 자네도 알다시피 내가 무슨 힘으로 선공을 체포하겠나? 더구나 선공의 기분을 상하게 하고 싶지가 않단 말일세. 다시 말하면 연진인의 명을 받들면서 선공과도 친할 수 있는 방법을 구하자는 걸세."

궁주가 다 얘기했는데도 금선은 잠시 침묵을 지켰다. 이것은 으레 하는 버릇으로 상대가 말이 다 끝났는지 확인하는 것이고, 자기에게 말을 하라는 것인지 확인하는 것이었다.

"이렇게 하면 되옵니다."

금선은 자기의 의견을 말하기 시작했다. 이럴 때 누가 조금이라도 중간에서 잡음을 넣으면 말은 자동으로 정지된다. 이것을 잘 아는 동화선이 잡음을 넣을 리가 없었다.

"우선 여러 날 잘 대접해서 선공의 마음을 사옵니다. 다음에 고휴가 임무를 가지고 왔다고 말씀하시고, 궁주님은 솔직한 마음을 고백하시옵소서. 제겐 선공을 체포할 마음도 능력도 없다, 그러나 연진인의 명도 어길 수 없으니 난감하다, 그러니 우선 선공께서는 체포당하고 나서 고휴가 압송할 때 탈출해도 좋다, 이렇게 솔직 담백하게 털어놓으신다면 쉬운 일일 것 이옵니다……."

금선의 말은 거의 끝났다. 마무리만 남았다.

"이상과 같이 하시면 어떻겠사옵니까?"

궁주가 생각해보니 좋은 방법 같았다.

"그게 좋겠군."

"그러하온데……."

금선이 더 말하려 했다. 동화선은 급히 입을 다물었다.

"저는 궁주님께 연진인을 속이라고는 말씀 드리지 않았사옵니다. 단지 그런 방법도 있다는 것이옵니다."

궁주는 무슨 뜻인지 알았다. 공연히 이 사건에 금선 자신을 끌어들이지 말라는 것이었다. 그러나 궁주가 생각해보니 그렇게 하면 별로 탈날 것이 없었다.

'만일, 선공이 연진인의 명을 거역할 생각이라면 그 방법대로 하는 것이 간편할 것이다. 아무리 평허선공이라 해도 나와 정면충돌은 번거롭게 생각할 것이다. 요는 나의 정성을 선공께 어떻게 잘 전하느냐가 문제다.'

결심이 선 궁주는 금선을 보냈다.

"고맙네. 가보게."

금선은 말없이 물러갔다. 궁주는 다시 전태선(全兌仙)을 불러들였다. 전태선은 귀인을 대접하는 데는 출중한 재능을 가지고 있었다. 어떤 사람이든 그 사람에게 맞는 방법으로 대접한다. 수준이 높은 사람과 낮은 사람을 잘 구분하고 또, 그 사람의 취향을 잘 알아서 대하는 것이다. 이번에는 전태선의 일생일대의 최고의 귀인을 대접해야 하는 임무가 떨어진 것이다. 동화궁주의 지시가 떨어지자 전태선은 명랑하게 대답했다.

"궁주님께서는 염려 마옵소서. 저로서도 선공을 뵙고 대접을 한다는 것이 큰 영광이옵니다. 최선을 다하겠사옵니다."

궁주는 전태선이 밝게 답하는 것이 마음 든든했다.

'맨 처음부터 이 사람에게 맡겨서 대접하게 했어야 하는 것을…… 공연히 내가 선공을 너무 오래 붙잡고 매달렸지. 하긴 선공이 자기가 온 것을 비밀로 하라고 했으니까…….'

이렇게 생각하는데 전태선이 가보겠다고 한다.

"음. 애써주게. 내겐 아주 중대한 일일세."

전태선은 궁주의 거실에서 나오자 즉시 서고로 갔다. 서고에는 무수히 많은 천서(天書)가 있었는데, 그 중에서 평허선공에 대한 역사 기록서를 꺼냈다. 사람을 제대로 대접한다는 것은 참으로 어려운 일이다. 그러나 사람의 마음을 사로잡는 데 이보다 더 큰 효과를 내는 것은 없다. 인간이나 신선이나 기분이 좋아야 마음이 움직인다. 대접이란 사람에 따라서 때와 장소에 따라 달라지는 것이니, 정성과 깊은 생각이 없이는 안 되는 것이었다. 어쩌면 인간세계나 신선의 세계에서도 사람을 대접한다는 것은 무엇보다도 중요한 일일 것이다. 예의 범절이나 선물·표정·장소 선택 등이 다 사람을 대접하는 데 필요한 요소이니 얼마나 중요한 일이겠는가?

전태선은 오랫동안 서고에 있다가 일어났다. 이제는 연구를 끝내고 준비에 들어갔다.

현생(現生)에서의 사랑

한편 이와는 때와 장소가 다른 정마을에서도 사람을 대접하는 준비가 한창 무르익었다. 건영이는 아침 일찍부터 숙영이의 생일잔치를 준비했다. 사랑하는 숙영이가 행복해할 수 있도록 최선을 다하는 것이었다.

오후가 되자 임씨의 전갈로 남씨 집에 마을 사람들이 모였다. 현재 마을의 주민 수는 열한 명인데 강씨 부인만 제외하고는 모두 모였다. 숙영이는 부끄러움과 기쁨 때문에 얼굴에 약간의 홍조를 띠었다. 임씨가 먼저 말을 꺼냈다.

"자! 우리 모두 숙영이의 생일을 축하하는 의미로 박수를 칩시다."

"짝짝짝……."

박수가 터져 나왔다. 박수가 끝나자 건영이가 생일 케이크를 내왔다. 이것은 멀리 춘천까지 가서 준비한 것인데, 숙영이는 난생 처음 케이크란 것을 보았다.

"어머! 이거 케이크란 거지요? 어떻게 이런 걸 다 준비했어요?"

"자, 어서 불부터 끄고……."

임씨는 신이 나서 재촉하고는 한 마디 덧붙였다.

"이거 다 왕자님이 준비한 거야. 하하하……."

왕자님은 건영이를 지칭하는 것이었다. 건영이도 부끄러움을 탔다. 건영이의 용기는 정마을 사람이면 누구나 다 알지만 이 용감한 영웅도 숙영이 앞에선 부끄러움을 심하게 탔다. 숙영이는 잠깐 건영이에게 고맙다는 표시를 하고는 케이크를 잘랐다. 다시 박수가 쏟아졌다.

"짝짝……."

"자, 우리 모두 건배할까?"

강노인이 말을 하자 술잔이 준비되고 채워졌다. 술은 마을 사람들 모두의 잔에 채워졌다. 숙영이에게는 강노인이 권하고 정섭이는 스스로 청했다.

"자── 다 같이 건배!"

목소리 큰 임씨가 잔을 높이 들어 먼저 마셨다. 이어 모두 함께 술을 마셨다. 술잔에 다시 술이 부어지자 건영이가 준비한 것을 하나 더 내왔다. 가벼운 모자인데 모자 둘레에는 마을 주변에서 피는 가을꽃이 가득 붙어 있는 화관같이 만든 것이었다. 건영이가 꽃을 따다가 만든 것이었다.

"이거…… 오늘 주인공이니까 한번 써보지."

"예? 이게 뭐예요? 어머, 참 예쁘기도 해라. 뭘 이런 걸 다 써요?"

숙영이는 기뻐하면서도 부끄러워 모자 쓰기를 피했다. 그러자 숙영이의 큰아버지인 남씨가 거들었다.

"어떠니? 한 번 써보려무나."

이 말에 숙영이는 조심스레 모자를 썼다. 꽃모자가 머리에 씌워지자, 원래부터 아름다운 숙영이의 모습은 더욱 빛났다. 천상의 선녀도

결코 이보다 아름답지 못할 것이다. 건영이는 그 모습을 황홀한 표정으로 한참동안 뚫어져라 쳐다보았다. 모두들 감탄했다.

"정말, 예쁘구나. 어쩌면 이렇게 예쁠 수가 있니?"

임씨 부인도 빤히 쳐다보며 말했다.

"아이, 너무 그러지 마세요. 이젠 그만 벗을래요."

숙영이는 부끄러워하며 모자를 빨리 벗었다. 그 모습 또한 그렇게 아름다울 수가 없었다. 그런데 이때 숙영이 어머니가 울음을 터뜨렸다.

"흑흑…… 건영이 학생, 고마워요. 나는 숙영이에게 제대로 해 준 것이 없는데……."

숙영이 어머니는 딸이 대견스럽기도 하고 자신이 딸에게 못 해 준 것이 늘 마음에 걸려 안쓰러워했는데, 오늘 이런 감동스런 장면을 보고 그만 울음을 참을 수 없었던 것이었다.

"어! 아주머니. 오늘 같은 날 왜 그러세요?"

임씨가 울음을 말렸다. 강노인도 한 마디 했다.

"자, 자, 어려운 생각 말고 즐겁게 지내자고. 남씨, 제수씨에게 술 한 잔 권하지."

"아, 예……."

남씨도 뭔가 상념에 잠겨 있다가 깨어나 급히 대답했다. 분위기는 이내 부드러워졌다. 잔치는 무르익어 웃음과 대화로 꽃피어 갔다. 숙영이는 오늘 술을 두 잔이나 마셨다. 숙영이 어머니도 전에 없이 즐거운 모습을 많이 보였다.

그런데 인간의 잔치는 신선의 잔치와 달라서 시끄럽고 웃음이 많은 반면, 오래 가지 못한다. 술만 해도 그렇다. 대개 몇 잔 들면 취해서 금방 중단하게 되고 음식도 먹어야 얼마나 먹겠는가? 인간은 금방 지친다. 화젯거리도 별로 많은 게 아니다. 그러나 신선의 세계는 이와는 근본적으로 다르다. 신선들은 피로가 거의 없는 데다 술도 무진장 마신다. 신선들은 인간에 비해 오래 사는 만큼 잔치 자리도 오래 간다. 그리고 신선의 잔치는 조용해도 인간의 시끄러운 자리보다 더 흥겨움이 있고, 자리는 흥겨움 외에도 어떤 절대적 가치가 존재한다.

물론 오늘 정마을의 생일잔치도 건영이에게는 큰 뜻이 있는 것이다. 단순한 사랑의 흐름 외에도 운명의 커다란 전기가 마련된 것이다. 건영이에게는 숙영이가 삶 그 자체일 뿐만 아니라, 숙영이와의 인연으로 커다란 발전의 시기가 본격적으로 전개되기 시작한 것이다. 그러나 본인은 이러한 것은 아직 모르고 있다.

단지 오늘 이 자리에서 숙영이가 자신의 정성에 확실한 반응을 보인 것에 건영은 행복을 느꼈다. 생일잔치는 일찍 끝났으나 숙영이는 흡족한 것 같았다. 숙영이에게 흡족하다는 것은 곧 건영이가 행복하다는 뜻이다. 숙영이는 집으로 돌아가며 건영이에게 한 마디 했다.

"오빠! 고마워요. 저도 오빠 생일엔 준비를 해 줄게요."

숙영이는 잔잔한 미소와 함께 이 말을 남기고 돌아갔다. 오늘의 이 말은 숙영이의 아름다운 모습과 함께 건영이의 가슴에 항상 살아있을 것이다.

평허선공의 탈출

상계에서는 평허선공을 위한 여러 차례의 잔치가 마련되었다. 때로는 깊고 고요하게, 때로는 약간 속되고 화려하게 연회가 준비된 것이다.

평허선공이 가장 좋아하는 것은 시(詩)와 돌[石]이다. 선인 전태(全兌)는 천상의 수많은 시 중에서도 가장 잘된 유명한 시를 들고 나와 선공에게 평을 해 달라고 했다. 선공은 시에 관한 한 지고(至高)의 경지이다. 그래서인지 시에 관한 것이 있다면 끝없이 좋아한다. 그 외에 다시 그만큼 좋아하는 것은 돌에 관한 것이다. 평허선공에 의하면 돌에는 자연의 깊은 뜻이 있고 마음이 있다고 한다. 돌이란 원래 땅의 수기(秀氣)가 모여서 이룩된 것이고, 땅이란 만물의 근원이니, 선공의 말은 지당한 것이리라.

선공에 의하면 우연히 만들어진 돌의 여러 가지 형상은 신선이 만들어낸 어떤 조각보다도 훌륭하고 가치가 있다는 것이다. 전태선은 물론 동화선궁에 있는 많은 돌들을 보여주어서 선공을 흡족하게 했다. 평허선공은 전태선을 칭찬했다.

"전태! 자네는 앞으로 이 상계에서 크게 될 소질이 있네. 대단하구면…… 허허허…….”

“감사하옵니다. 선공께서 칭찬해주시니 저도 이제 발전하게 될 것 같사옵니다.”

“그럼, 그럼. 돌의 마음을 배우게.”

선공은 이렇게 마음 닦는 도리도 서슴없이 얘기해 준다.

“땅이란 죽은 것이지만 만물을 살리고, 돌은 땅 그 자체가 살아난 것이니, 이 이치를 알면 끝없는 수명을 누릴 것이야.”

전태선은 한없이 기뻤다. 귀인과 연을 맺고 가르침을 받는다는 것이 얼마나 보람된 일인지를 전태선은 잘 알고 있었다.

“가르침을 깊게 명심하겠사옵니다.”

전태선은 귀인을 대접하면서도 공부가 되는 일은 하나도 놓치지 않는다. 이때마다 선공은 칭찬을 했다. 선공이 동화궁에 머문 지 이제 두 달이 넘었다.

고휴가 궁주에게 이제는 일을 할 수 있게 해 달라고 했다. 궁주는 ‘그러마!’ 하고 다음날 아침 일찍 선공을 찾아갔다. 궁주는 인사를 하면서 그간의 안부를 물었다.

“선공께서는 평안하셨사온지요? 제가 불민하여 대접이 소홀한 것 같사옵니다. 부디 용서를 바라옵니다.”

“아닐세. 그간 잘 지냈네. 그래 자네 내게 할 말이 있어서 찾아온 것 같은데 얘기해 보게.”

궁주는 뜨끔했다. 선공은 그간 잘 지낸 것을 치하했지만 궁주가 오늘 아침 할 말이 있다는 것을 금방 간파한 것이다. 궁주는 애써 태연한 척해 보였다.

“뭐. 대수로운 일이 아니라서 말씀을 안 드린 것이 있사옵니다. 선공께서는 혹시 알고 계시온지요?"

선공쯤 되면 이 우주에서 일어난 일들을 심성 공간을 통해 많이 알게 된다. 그래서 고휴가 온 것과 그 이유를 알고 있지 않나? 넌지시 물어본 것이다.

"음. 모르겠네. 나는 요즘 심기가 몹시 어지러워서 무엇이든 생각할 겨를이 없네. 혹시 속계의 사건으로 누가 나를 탓하러 온 것이 아닐까?"

선공은 정확히 정곡을 찔러왔다. 이에 궁주는 속으로 생각했다.

'역시 빈틈이 없으신 분이로구나.'

"예. 실은 고휴라는 선인이 찾아왔사온데, 연진인의 명이라면서 선공을 뵙자고 했사옵니다."

"뭐? 연진인?"

선공은 속으로 생각했다.

'드디어 일이 터진 것이로군. 뭔가 처음부터 꺼림칙하다고 생각되더니만…….'

"그래. 진인께서 무슨 분부가 계셨다고 하던가?"

"예. 뭔가 잘못된 소리를 하시는 것 같사옵니다. 그래서 묵살해 버렸사온데……."

"어허. 이 사람아, 왜 묻는 말에 대답을 피하는가?"

선공의 음성이 차가워졌다. 궁주는 더 이상 지체할 수 없다고 생각했다.

"예. 연진인께서 선공을 체포해 오라고 지시를 내리셨다 하옵니다. …… 뭔가 착오가 있는가 보옵니다."

"착오가 아닐세! 연진인이 어떤 분이신데…… 그래, 자네보고 체포하라고 이르신 건가?"

"예. 실은 그렇사옵니다."

"그럼, 그것을 왜 이제 얘기하나?"

"예. 죄송하옵니다. 선공께서 언짢아 하오실까 봐 말씀 못 드렸사옵니다."

"음, 그런가? 그래 자네 생각은 어떤가?"

"예. 저는 감히 선공을 체포하겠다는 생각을 해 본적이 없사옵니다."

궁주가 이렇게 말하는 것은 어느 면에서 보면 사실 그대로였다.

"음……."

선공은 잠시 생각하다가 다시 물었다.

"자넨 연진인의 명을 어길 생각인가?"

"예, 저…… 어찌해야 좋을지 모르겠사옵니다. 가르침을 주옵소서."

"음…… 나는 지금 연진인에게 끌려갈 입장이 아니네. 할 일도 남아 있고……. 아무래도 일을 빨리 마치고 옥성국토로 돌아가야겠군. 연진인의 명을 어긴 것은 나중에 수습해야겠지. 그러나 내가 그냥 가버리면 자네도 진인의 명을 어기게 되는 것이니 난처하겠지?"

궁주는 대답을 않고 다음 말을 기다렸다. 이럴 때는 대답을 않는 것이 상책이다.

"음…… 그러니 이렇게 하면 어떨까? 자넨 나를 체포하여 고휴에게 넘기게. 그 다음엔 내가 알아서 할 테니까."

"예……? 그렇게 해도 되겠사옵니까?"

"염려 말게. 자네의 영역을 떠나면 나도 내 갈 길을 갈 테니……."

궁주는 금선이 얘기한 대로 되어가는 것이 신통하게 느껴졌다.

'역시…… 금선은 뛰어난 인물이군.'

궁주는 자신이 말할 필요도 없이 선공이 그런 제안을 하니 몹시 잘

되었다고 생각했다.

"그럼, 가르침에 따르겠사오니 용서를 바라옵니다. 제가 이렇게까지 해야 하니 마음에 걸리옵니다."

"염려 말게. 자네의 충정은 이미 내가 알고 있으니…… 자, 어서 체포하게."

"시일이 좀 있사옵니다. 좀 더 쉬시다가 떠나시옵지요?"

"아닐세. 나도 볼 일이 있으니 지금 떠나는 것이 좋겠네. 가서 고휴를 불러오게."

"예. 그럼 시행하겠사옵니다."

궁주는 이렇게 말하고는 밖으로 나갔다가 얼마 안 있어 고휴와 함께 다시 들어왔다. 고휴는 무릎을 꿇어 인사부터 올렸다.

"선공을 뵈옵니다."

"음…… 자네가 고휴인가? 연진인의 명을 받았다고?"

"예. 죄송스럽사옵니다만……."

"괜찮네. 어서 연진인의 분부를 받들게."

이 말에 궁주는 선공을 결박했다. 이리하여 선공 체포는 이루어지고 고휴에게 압송의 책임이 지어졌다. 고휴는 즉각 길을 나섰다. 고휴는 하루바삐 임무를 마치고 쉬고 싶었다. 어렵다고 생각한 일이 쉽게 풀린다고 적이 안심했다. 그러나 고휴가 이렇게 생각한 것은 잘못이라는 것이 며칠 후 곧 밝혀지리라.

고휴는 포박된 선공과 며칠간 여행하면서 아무 말도 안 했다. 동화궁을 떠난 지 닷새 만에 드디어 고휴와 선공은 동화선궁의 영역을 벗어났다. 평허선공이 며칠 만에 먼저 말문을 열었다.

"이보게 고휴, 여기 좀 쉬었다 가지."

"예. 그렇게 하옵지요."

"자네는 공부가 많이 된 모양이군!"

"아니옵니다. 저 같은 것이 선공님 앞에서 감히 공부 운운할 수 있겠사옵니까?"

"아닐세. 연진인께서 자네에게 임무를 맡긴 것을 보면 자넨 복이 많네. 앞으로 큰 공부를 하게 될 거야."

고휴는 이 말이 싫지는 않았다. 사실 연진인을 만나보기만 해도 평생의 큰 영광인데 명까지 받다니…… 이것은 누가 보아도 장래성이 있는 일이다.

"자, 그럼 떠나시겠사옵니까? 아니면 좀 더 쉬시겠사옵니까?"

"음. 고휴, 나 자네에게 부탁이 있네."

"예? 부탁이옵니까? 저 같은 것한테 무슨 부탁할 것이 있겠사옵니까?"

"실은 말일세. 지금 막 생각이 나서인데 난 할 일이 좀 있네."

이 말에 고휴는 대답할 말을 몰라 그저 침묵할 뿐인데, 다음 말이 놀라웠다.

"나 좀 풀어주게."

"예? 풀어 달라 하셨사옵니까?"

"음. 내가 일이 좀 있다니까?"

기가 찰 노릇이었다. 아무리 선공이지만 연진인에게 죄를 지어 압송 중인데 이런 말을 하다니…… 고휴는 말문이 막혀 그냥 대꾸하지 않고 있었다.

"어때? 안 되겠는가?"

선공은 재촉하자 고휴는 마지못해 대답했다.

"제게는 그런 권한이 없사옵니다."

"아니, 자네가 그냥 풀어주면 그만 아닌가?"

고휴는 몹시 불쾌했다.

"선공님께서는 무슨 말씀을 하시는 것이옵니까? 연진인의 명을 수행 중인 저한테 어떻게 그런 말씀을 하시옵니까?"

"허어, 그렇다면 할 수 없군. 자네한테는 미안하지만, 일이 있으니…… 안 풀어주면 내가 풀어야지."

선공이 이렇게 말하자 포승은 저절로 풀렸다.

"아니, 이게 무슨 짓이옵니까?"

고휴는 놀라서 큰 소리로 말했다. 고휴는 이 말을 하고는 갑자기 몸이 굳어오면서 힘이 쑥 빠지고, 말을 더 할 수가 없었다. 고휴는 그 자리에 풀썩 주저앉았다. 선공의 비정한 목소리가 겨우 들려왔다.

"고휴, 미안하네. 먼 훗날 다시 보세. 그리고 몸은 잠시 후 괜찮아질 것이네."

평허선공은 바람처럼 사라졌다. 고휴는 절망했다. 연진인의 명을 수행하지 못하게 된 것이 한스러웠다.

"음. 역시 내게는 그만한 복이 없군."

고휴는 이후 자신이 벌을 받게 될 것은 생각지 않고, 연진인의 명을 받들어 완수하지 못한 자신의 불행에 대해 더 아쉬워했다.

선인이라면 누구나 연진인의 심부름을 잘 완수하여 연(緣)과 공(功)을 쌓고자 한다. 그런데 고휴의 경우 연진인의 일을 완수하지 못하였으니 자신은 연진인과 선연(善緣)이 없다고 판단한 것이다.

'이제 어떡하나? 연진인이 정한 날짜도 거의 다가오고 있는데…… 할 수 없지! 돌아가 벌을 받아야겠지.'

고휴는 지리산에 있는 자신의 처소로 발길을 돌렸다.

평허선공은 고휴와 작별한 후 곧바로 신시(神市)인 정산(晶山)을 향했다. 정산은 이 세계에서 가장 먼 곳으로 이곳을 지나면 다른 세계에 들어간다. 평허는 열흘 만에 정산 입구에 도착했다. 만일 고휴가 이곳에 오자면 일 년이나 걸리는 곳이다. 그러나 선공의 실력으로는 열흘 만에 올 수가 있었던 것이다. 평허는 여기서 잠시 걸음을 멈추고 생각에 잠겼다.

'고휴는 아직 연진인에게 내가 탈출한 사실을 알리지 못했겠지. 앞으로 최소한 열흘은 지나야만 될 것이야. 다시 사람을 보낸다 하더라도 한 달은 걸릴 것이고…… 연진인이 직접 온다 해도 닷새는 걸릴 테니 앞으로 보름은 안전하겠군. 나의 일은 길어야 열흘이면 되겠지. 아니면 오늘 중에 끝날 수도 있고…… 일이 끝나면 즉시 옥성으로 돌아가야지. 그건 그렇고 오늘 날짜가 어떻게 되나?'

평허선공은 잠시 생각해 보고는 고개를 끄덕였다. 평허의 생각은 이 시점에서 이십 년 전의 옥성국에서의 일로 흘러 들어갔다.

빗나간 천명(天命)

"선공님!"

평허선공의 사자인 일고선이 불렀다.

"저…… 황제의 사자께서 와서 급히 뵙자고 하옵니다."

"음. 그래?"

선공은 즉시 일어나 황제의 사자가 기다리는 곳으로 갔다. 사자는 허리를 굽혀 인사를 했다.

"선공님. 번거롭게 해서 죄송하옵니다."

"아니오. 그래 무슨 급한 일로 이렇게 오셨습니까? 며칠 후면 내가 갈 것인데……."

"예. 급한 일이옵니다. 오늘 아침 소정공주가 자살했다고 하옵니다."

"예? 소정공주가 자살을? 그럴 리가?"

이것은 청천벽력이었다. 평허선공이 도저히 납득할 수 없는 일이 벌어진 것이다. 선공은 한동안 말없이 있었으나, 속으로는 당혹감을 이길 수가 없었다.

'이상하군! 천지의 운세가 이토록 빗나갈 수가 있단 말인가? 아무

래도 내가 나가서 알아봐야겠군!'

선공은 이렇게 생각하고는 즉시 자세를 수습하여 말했다.

"알겠습니다. 대인께서는 먼저 내려가시지요. 나는 나중에 내려가겠소이다. 황제께는 오늘 중 찾아뵙겠다고 전해 주십시오. 그리고 염려 마시라고……."

황제의 사자는 우울한 기분을 떨쳐버리지 못한 채 평허선공에게 인사를 하고, 선공의 처소를 나와 황제의 궁궐로 향해 떠나버렸다. 선공은 깊은 명상에 들어갔다.

'소정은 죽어서 멀고먼 명부(冥府)에 들어갔군.'

선공은 소정의 앞날의 운명을 추적해 갔다. 선공의 천안(天眼)에는 소정 공주의 미래 모습이 보였다. 몇 년 후 소정은 인간세계에서 태어나 얼마간 살다가 다시 죽어 옥성에 오게 되어 있었다.

'음. 다행이군. 내가 가서 데려올 필요도 없이…….'

황제는 사자의 보고를 듣고 기분이 좋지 않았다.

"염려 말라니? 이미 소정은 죽었는데 어쩌란 말인가?"

황제는 한숨을 쉬었다.

'이제, 태자의 운명은 어떻게 되는 것인가? 태자는 이미 병들어 있을 뿐만 아니라 소정의 소식을 듣고 충격을 받으면 살 수 없을 것이다. 선공은 참으로 무심한 분이야…… 일이 이렇게 되기 전에 좋은 길을 일러주어야지. 지금 와서 무슨 대책이 있단 말인가?'

황제는 슬픈 상념에 잠겨 눈에는 이슬이 맺혔다.

'만일 태자에게 무슨 일이 생기면 나도 오래 살 수는 없을 것이야. 지하에 가서 열성조를 무슨 낯으로 뵈옵는단 말인가…… 이제 조정도 끝난 것이군. 그런데 염려 말라니? 아무튼 선공이 무슨 말을 하나

들어나 봐야겠군.'

이때 시신(侍臣)이 들어와서 선공이 왔음을 알렸다. 선공은 시신과 거의 함께 들어왔다.

"황제 폐하!"

"오, 선공! 어서 오시오."

황제는 언짢은 기색이 완연했다. 이에 선공은 편안히 얘기했다.

"폐하께서는 심기가 몹시 불편해 보이옵니다. 우선 저의 불찰을 사과드리고 대책을 말씀 드릴까 하옵니다."

이 말에 황제는 약간의 냉소적인 표정을 지으며 대꾸했다.

"선공께서는 무슨 대책이 있으시오?"

"허허…… 죽을 길이 있으면 살 길도 있는 법, 화가 복이 되는 수도 있사옵니다."

"예? 복이라고요? 무슨 뜻인지 모르겠구려."

"허허. 폐하께서는 태자의 일에 대해서는 염려 마옵소서. 소정은 지금 죽었지만 앞으로 다시 돌아와 태자와 만날 것이옵니다. 그동안 태자는 제가 돌보겠사옵니다. 태자는 소정이 돌아올 동안 제가 가르치면 아선(亞仙)이 되어 국사도 더 잘 볼 수 있을 것 이옵고, 소정이 돌아와서는 아선이 된 태자를 싫다고 안 할 것이옵니다."

선공의 말을 듣고 난 황제는 안색이 급변했다. 황태자가 아선이 되고 소정이 다시 돌아온다면 이것은 오히려 화가 복이 되는 셈이다. 황제의 음성은 한결 부드러워졌다.

"선공께서 그렇게까지 해 주시겠다면 자식에게는 더할 수 없는 큰 복이오만 소정은 도대체 어떻게 다시 돌아온다는 말입니까?"

"허허……."

선공은 웃었다.

"폐하, 이 일은 천기에 해당되오나, 제가 그간 폐하께 입은 은혜를 생각해서 알려 드리겠사옵니다. 소정은 지금 이토의 유명부(幽冥府)에 있사온데 몇 년 후, 그 세계에 태어나 십팔 세에 이르러 산 속에서 호랑이에게 물려 죽어서 다시 이곳에 태어나옵니다. 그 후의 일은 제가 다시 조처하여 태자와 만나게 하겠사옵니다. 어떻사옵니까?"

선공은 자비스러운 표정으로 어린아이를 보듯 황제를 바라보았다. 황제는 흡족했다.

"선공께서 그토록 생각해 주시니 그 은혜 감당할 수 없겠소이다. 저는 단지 태자에게 나쁜 일이 생기지 않으면 그것으로 족합니다. 태자가 아선이 된다면 오히려 큰 복입니다. 그런데 그 천명이란 것을 도무지 알 길이 없구려. 소정은 정말 돌아옵니까?"

"허허…… 그 문제는 저도 신중히 할 것이옵니다. 그래서 저도 그 세계로 여행을 갈까 하옵니다. 천명의 문제는 저도 연구해 볼 것이 있고, 또 소정이 돌아오게 되어 있으나 직접 가서 지켜보려 하옵니다. 게다가…… 방해가 있어서……."

"예?"

이 말에 황제는 다시 근심스러운 표정이 되었다.

"방해가 있다니요?"

"아, 별 걱정할 것 없사옵니다. 제가 가서 다 조처할 것이옵니다."

황제는 선공이 다 알아서 할 것이라 하니 마음이 놓였다. 사실 황제의 마음속에는 태자가 선공의 보살핌으로 아선이 된다고 하니, 그렇다면 정신도 맑아져서 소정을 잊어버릴 수도 있는 것이므로, 먼 훗날 소정이 돌아오는 문제는 급한 것이 아니었다. 당장 급한 문제는 태자가 병중에 있으니 그것이 문제였다.

"그럼. 선공께서는 이번에 태자를 데리고 가실 건가요?"

황제는 태자 문제부터 확인하고 싶었다.

"예. 그렇게 하옵지요. 우선 태자의 치료부터 하겠사옵니다."

이렇게 해서 옥성국의 황태자는 선공의 가호를 받기 위해 평허선부에 오게 됐다. 태자가 선부에 온 지 며칠 후 평허선공은 제자인 안월선(安月仙)을 불렀다.

"스승님, 부르셨습니까?"

"내가 어디 다녀올 데가 있어서 지금 떠나려 하는데, 내가 없는 동안 안월은 사람을 좀 가르쳐주어야겠네."

"사람을요? 누구 옵니까?"

"음. 옥성국의 태자인데 최선을 다해서 아선이 되도록 해야겠네."

"아니! 얼마동안에 다녀오시겠습니까?"

"음. 이십 년 이내에 돌아올 걸세."

"예? 이십 년이옵니까? 아니 그 세월에 속인을 가르쳐 어떻게 아선이 되게 하옵니까?"

"허허…… 걱정하지 말게. 태자는 선연(仙緣)이 있을 뿐 아니라 근기(根器)가 높아서 크게 성취할 걸세. 아무튼 가르쳐 보게."

"스승님. 그럼 명분은 어떻게 하옵니까?"

"음. 그건 자네의 제자로 하면 되네."

"예? 저의 제자라고요? 전 아직 제자를 기르고 싶진 않습니다."

"허…… 너의 마음이 그 모양인데 내가 너를 어찌 가르칠 수 있겠느냐? 너도 제자를 길러보아야 철이 들 것이야."

"예? 아, 알겠습니다. 분부대로 하겠습니다."

안월은 더 길게 얘기해 보아야 무슨 소리가 나올지 모르니 이 정도에서 말을 그쳤다. 더구나 높으신 스승께서 어련히 알아서 하시겠는가 싶어 더 이상 묻지를 않았다. 그보다는 평허스승님이 무슨 이유로 여행을 가는지가 궁금했다.

"스승님, 그런데 어딜 가시옵니까?"

"음. 좀 먼 곳이네. 제석천외(帝釋天外)에 다녀오려네."

"예? 그곳은 범속한 곳인데 그 먼 곳을 왜 가시옵니까?"

"음. 실은 그곳에 소정공주가 다시 태어났네."

"아니? 옥소국의 소정 말이옵니까? 그럴 리가 있겠습니까?"

"그럴 리가 없는 것이 그렇게 된 것이네. 소정의 운명은 천명에 어긋났네. 그래서 재명(再命)으로 제석천외에 잠시 갔다가 다시 이곳으로 오게 되어 있는 모양이야."

"스승님. 그렇다면 스승님께서는 그곳에 굳이 가실 필요가 없지 않습니까?"

"아닐세. 요즘 온 세계에 천명이 어긋나는 사태가 자주 있어서 문제가 되고 있지만, 천명이 어긋나는 요즘이라 재명도 어긋날 수가 있는 것이네."

"그러나 스승님. 재명은 더 큰 천명이온데, 또 어긋날 수가 있겠습니까?"

"글쎄? 그럴 리는 없는 것이지만 그래도 궁금해서 내가 직접 가보려는 것이야."

"그건 이곳에서도 알 수 있지 않사옵니까?"

"그렇긴 하지만…… 만일 말일세, 재명이 어긋난다면 그 즉시 다시 재명이 실현될 수 있도록 손을 쓰려고 하네."

"그렇다면 작위(作爲)하는 것이 되잖습니까?"

"그러나 작위를 해서라도 재명이 실현되는 것을 도와야지."

"스승님, 작위야말로 천명을 어기는 것 이온데 어떻게 그런 일을 하시려고 하옵니까?"

"천명을 어기는 것이 되겠지. 그러나 나는 천명을 어겨서라도 어찌되었는지 한번 알아보려는 것이네. 이미 천명은 어긋났고…… 그리고 가정이지만 재명마저 어긋난다면 나도 작위를 해서라도 되돌려보려는 것이지. 그러다 보면 천명과 재명이 어긋나는 이유를 알 수 있겠지. 나는 천명을 어기는 한이 있더라도 자연의 원리가 어떻게 돼서 그런 일이 일어날 수 있는가를 알아야겠네."

안월은 더 이상 할 말이 없었다. 스승은 천명을 어기면서까지 자연의 섭리를 연구하려 하고, 더구나 세계에 어떤 괴상한 섭리가 있으면 그것을 막을 수 있는지 시험해 보려는 것이었다. 안월은 크게 감명을 받았다.

'과연 스승님은 위대한 분이시구나.'

이렇게 생각하고는 슬픈 얼굴로 스승을 바라보았다. 평허선공은 무심한 표정으로 제자를 바라보며 다시 당부를 했다.

"안월, 난 이만 떠나겠네. 나 없는 동안 공부 열심히 하고 태자도 잘 가르치게."

"예. 스승님. 이곳 일은 걱정 마시고 제발 무사히 돌아오시길 빌겠습니다."

평허선공은 이렇게 해서 제석천외인 이 세계에 온 것이었다. 평허선공은 지금, 이 세계에 온 목적을 실행할 수 있는 막바지에 와 있다.

선공은 깊은 생각에서 깨어나 신시로 들어섰다. 신시(神市) 정산(晶山)의 시주(市主)는 선명이 와현(渦玄)이었다. 와현선은 지난밤 선천원상(先天原象)을 살펴보고, 신시(申時)에 귀인이 찾아올 것을 알고는 마중을 나왔다. 와현선은 평허를 먼저 발견하고는 급히 무릎을 꿇었다.

"선공을 뵈옵니다."

"어! 와현인가? 어찌 나와 있는가?"

"예. 평허공께서는 평안하시옵니까? 저는 점을 쳐보고 귀인의 왕림을 알았습니다. 뜻밖에 선공을 뵙게 되오니 영광이옵니다."

"허어, 과연 와현답군. 고명(高名)은 내 이미 들었네."

"별 말씀을 다 하시옵니다. 어서 안으로 드시지요."

평허선공은 와현의 치밀함에 새삼 놀라면서 편안한 마음이 되어 뒤따라 들어갔다. 평허선공을 청실(淸室)에 안내한 와현선은 정중히 물었다.

"선공께서는 지금 한가하시옵니까?"

"음. 그리 바쁘지는 않네. 허허……."

"그러시옵니까? 선공께서는 이 세계에는 지금 들어오시는 중이옵니까?"

"아닐세. 나는 지금 돌아가는 중일세!"

"아니, 그러시다면 언제 들어오셨사온지요? 들어오실 때 이곳을 들르시지도 않고……."

"음. 이십 년 전일세. 그땐 좀 바쁜 관계로 지나쳤네. 그래서 지금 찾아보는 것이 아닌가? 허허허……."

선공이 변명을 하니 와현은 송구스러웠다.

"선공님, 제가 서운해서가 아니옵니다. 어른이 이곳을 그냥 지나쳤다면 그것은 저의 죄가 아니겠사옵니까?"

"아닐세. 자네야 매사가 훌륭하지. 자 자, 그 얘긴 덮어두고 차나 한 잔 할까?"

이 말에 와현은 이내 얼굴이 환해졌다.

"차라면 무슨 차가 좋겠사옵니까?"

"천다(天茶)로 하지."

천다란 술이다. 술을 시키는 것은 이곳에 여러 날 있겠다는 뜻이다. 와현은 속으로 기뻐하면서 시원하게 대답했다.

"그럼, 별처로 옮기시지요. 경치가 좋은 곳이 있사옵니다."

"그래. 좋을 대로 하게. 그런데 와현!"

"예? 무슨 분부신지요?"

"음. 내가 이곳에 온 것을 자네만 아는가?"

"그렇사옵니다. 먼저 선공님의 의향을 알아야 하는 것이니 당연한 것이옵지요."

와현은 이렇게 말하면서 평허를 쳐다보았다.

"잘했네. 난 좀 조용히 있고 싶네. 자네하고는 며칠 함께 있어도 괜찮네만……."

"예. 잘 알겠사옵니다. 분부대로 하겠습니다."

와현은 별 생각 없이 대답했다. 원래 고인들은 대개 이런 성격이니 평허선공이 비밀리에 있고 싶다는 것이 이상할 것이 없었다. 평허선공이 안내된 곳은 이곳 신시에서 가장 유명한 운지(雲池)였다. 운지는 문자 그대로 구름 속에 있는 연못인데, 깨끗한 물 주변과 물속엔 여러 가지 색의 수정(水晶)이 가득하였고, 연못 주변엔 신초(神草),

연못 속에는 신어(神魚)들이 한가롭게 노닐고 있었다.

"선공께 먼저 술을 따르겠사옵니다."

와현은 자리에 앉자마자 신주(神酒)를 따랐다.

"자네도 한 잔 받게."

와현과 평허공은 한가히 구름 속에 앉아 술을 주고받았다. 술을 몇 잔 들자 선공이 먼저 말을 건넸다.

"와현, 자네 별 어려움은 없나? 공부는 잘 되고?"

평허가 이렇게 묻자 와현은 신중히 그 뜻을 생각해 보고는 대답했다.

"예. 공부는 별 진전이 없사옵니다. 그런데 요즈음에 와서 이상한 일이 종종 있사옵니다."

"……이상한 일이라니?"

"예. 천명이 어긋나는 일이 있사옵니다."

"음. 그런가? ……이곳에도 그렇군. 그렇겠지!"

"예? 무슨 말씀이시온지요?"

"요즈음 온 세계에 그런 일이 일어나고 있네."

"온 세계가 말씀이옵니까? 그런 일이 있을 수 있는 것이옵니까? 어찌 된 일이옵니까?"

"그건 나도 모르겠네. 단지 얼마 전 상제께서 천명관을 부르셨는데, 천명관도 그 이유를 모르겠다고 했다네."

"아니? 천명관께서도 모르시다니요? 세상에 그런 일이? 도대체 세계가 어떻게 되는 것이옵니까?"

"글쎄, 나도 뭐가 뭔지 모르겠네. 나는 지금 그 문제를 연구 중이네."

"아! 그러시옵니까? 큰 문제로군요."

"음. 그 일로 이 세계에 온 것인데, 옥성계에서도 그런 일이 생기기 시작했네. 이곳 세계에서는 그런 일이 벌써부터 있었겠지?"

"예. 백 년 전부터 그런 일이 있어 왔는데, 근년에도 그런 일이 종종 있사옵니다."

"그럴 것일세. 아무래도 이상한 일이 일어나는 진원지(震源地)가 이 제석천외인 것 같단 말일세."

평허와 와현은 술을 마시면서 최근 일어난 사건에 관해 의견을 주고받으며 며칠을 보냈다. 술자리도 이제 끝이 났다. 평허가 말했다.

"술은 잘 마셨네. 이제 그만 쉬려 하는데 어디 아늑하고 조용한 곳이 없겠나?"

"예. 적당한 곳이 있사옵니다. 이곳 유동(幽洞)은 아주 조용하여 쉬시기에 좋사옵니다."

"그래. 안내해 주게. 며칠간 쉬며 생각을 좀 해야겠네."

평허는 이내 유동에 안내되어 좌정에 들어갔다.

주역(周易)에의 입문

속계인 정마을에서는 박씨 집에 건영이가 찾아왔다. 박씨가 나루터에 막 다녀온 뒤였다.

"아저씨!"

"건영이구나. 웬일인가?"

"예. 그냥 일찍 일어나서 산책을 하는 중이에요. 저, 그리고 책을 가져왔어요."

"응? 주역? 그래 좀 살펴보았니?"

"예. 많이 생각해 보았어요. 그리고 책은 모두 베껴 썼으니 이젠 저도 한 권 있어요. 그래서 이 책을 가져왔어요."

"그래? 대단하군. 뭣 좀 알아냈니?"

"글쎄요. 알아낸 것보다는 그저 약간 이해를 했어요."

"그래? 내가 좀 들어보자."

박씨는 언제나 그 책이 궁금했지만 건영이에게 재촉하는 것이 미안해서 이제나저제나 기다리고 있었던 중이었다. 건영이는 박씨가 하는 말에 아무 거리낌 없이 답변했다.

"그러지요. 주역은 말이에요. 전에도 잠깐 말했지만 만물을 여덟 가지로 나누는 것이니 공부를 하려거든 우선 무엇이든지 여덟 가지로 나누는 것부터 해야 될 거예요."

"뭐라고? 어떻게? 가만있자. 나도 공책에 쓰면서 들어야겠다."

박씨는 즉시 공책을 준비했다.

"천천히 좀 얘기해 주게."

박씨는 착실한 학생이 되어 선생격인 건영이를 진지하게 바라보며 들을 자세를 취했다.

"예를 들면 말이에요."

건영이는 차분히 얘기를 계속했다.

"동물은? 식물은? 무엇으로 표현하는 것이 맞을까요? 새는? 강은? 배는? 성공은? 실패는? 사랑은? 미움은? 세상에 있는 모든 것을 소위 팔괘(八卦)라는 것으로 나누고, 다음은 이것들이 서로 합쳐졌을 때는 어떤 작용이 일어나는가? 이런 방식으로 공부를 해야 하는 것이지요. 그런데 처음에는 좀 어렵지만 몇 번 해보면 사물을 여덟 가지로 분류하는 것은 그리 어렵지 않아요. 저는 이미 백 가지 이상을 생각해 보았는데, 거의 정확하게 분류가 되는 것 같아요."

"벌써? 대단하군."

박씨는 신비한 기분이 들어 건영이를 바라보았다. 아무래도 평범한 인간은 분명 아니었다. 건영이는 아무렇지도 않은지 얘기를 계속했다.

"그리고 말이에요. 어려운 것은 사물을 두 개로 했을 때 발생하는 의미예요. 저도 아직 다 파악하지 못했는데…… 아무튼 옛 성인이 그 내용을 밝히기 위해서 소위 대성괘라는 것에 이름을 붙여놨어요. 모두 예순네 개이지요. 저는 이미 다 외웠지만……."

"뭐라고? 그것은 또 무엇인가?"

"예. 여덟 개로 나눈 사물을 두 개로 했을 때는 동적인 작용과 의미가 있고, 그것에는 모두 이름이 붙어 있는데, 괘의 모양과 그 이름의 이유를 먼저 생각해 보아야 하는 것이지요. 예를 들어보지요. 우물이라고 이름이 붙어 있는 괘상은 물과 바람으로 이루어져 있는데, 먼저 물과 바람이 합친 것이 왜 우물이냐? 이것을 생각해 봐야지요. 자! 이 그림을 보세요."

건영이는 주역의 예순네개 괘상 중에서 수풍정(水風井)이라는 그림을 찾아서 가리켰다. 이 괘상은 감손(☵☴) 이렇게 그려져 있었다.

"자, 아저씨. 이 그림 중에 위에 있는 감(☵)은 수의 구조를 그린 것이고, 손(☴)은 아래 있는데, 바람의 구조를 그린 것이지요."

"그래? 물이나 바람의 구조를 그린 것이라고? 글쎄, 그런 것들이 무슨 구조가 있을까?"

"하하…… 아저씨 세상에 구조가 없는 게 어디 있어요? 구조가 있다는 것은 당연하지요. 그런데 주역에서는 단순한 원소, 즉 음과 양이라는 두 개를 가지고 이것을 삼중으로 해서 사물을 표현하고 다시 이것을 이중으로 해서 모든 작용을 표현하는 것이지요."

"허 참, 난 도무지 모르겠군."

"아저씨, 정 모르겠으면 우선 예순네개 괘상의 이름부터 다 외우세요. 그 다음엔 이유를 생각해 보세요."

"그래그래, 시키는 대로 해 보지. 그건 그렇고 물 아래 바람이 있으면 그것이 왜 우물이지?"

"아저씨, 바람이 단순히 바람만을 표현한다고는 생각하지 마세요. 흐르는 모든 것은 무엇이든 다 바람인 거예요. 공기든, 물이든……

거지도 말하자면 이리저리 흘러 다니는 것이잖아요. 우물을 보세요. 우리가 물을 아무리 퍼 올려도 다시 그곳에 물이 흘러 들어와서 퍼 올릴 물이 있지요. 말하자면 내면의 흐름, 이것에 의해 물이 이동돼서 쌓인 것, 이것은 한 마디로 우물이 아니고 무엇이겠어요?"

"음. 듣고 보니 그렇군. 그런데 우물이 그렇게 생겨서 어떻다는 것이지?"

"예. 그 다음이 진짜 중요한 것이지요. 우물이란 공급이 이어진다는 뜻이지요. 바람이란 통한다는 뜻이 있는 것이니 근원이 있다는 뜻이지요. 궁극적으로 무엇을 의미할까요? 이것은 주역을 공부하는 제일의 목적이 되겠지요. 우선은 우물을 닮은 사물을 많이 찾아봐야지요. 단순한 자연 현상에서 고도의 정신적인 쪽으로 점점 차원을 높여나가다 보면 최후에는 '정(井)'이라는 극의(極意)를 깨닫게 되겠지요."

박씨는 무엇인가 알 것만 같았다.

'세상의 모든 것을 우선은 무슨 형상을 하고 있는가에서 시작하여, 그 내면의 깊은 뜻을 깨닫는다면 인생이 무엇이고 세계가 무슨 뜻인지도 알게 되겠지. 주역이란 참 높은 학문이다.'

박씨는 열심히 연구하고 공부해야겠다고 마음속으로 굳게 다짐했다.

"건영이, 정말 고맙구나. 앞으로도 계속 좀 가르쳐주게. 나도 이제는 열심히 해 보겠네."

건영이는 웃으며 돌아갔고 박씨는 무엇인가 노트에다 쓰기 시작했다. 건영이는 박씨 집을 나와서 우물가로 갔다. 우물가에는 아무도 없었다. 건영이는 아무 뜻 없이 두레박을 우물에 던져 넣고는 물을 퍼 올렸다. 퍼 올려진 물은 밖으로 그냥 쏟아버렸다. 그러고는 다시 물을 퍼 올렸다. 이렇게 몇 번이고 계속 했다. 건영이는 생각에 잠겼다.

'음. 물이란 사용되고 또 공급된다. 사용되는 것은 소비되는 것이다. 그러면 새로운 물이 다시 공급되고…… 공급은 바람이고 새로움이다. 새로움은? 생명의 기운인가? 이 마을의 이름이 정마을이었지? 이 우물 때문에 붙여진 이름인가? 아니면 무엇이 공급되기 때문인가? ……무엇? 생명? 소식? 섭리? 오! 그렇구나.'

건영이는 우물의 깊은 뜻을 깨달았다. 가슴이 후련해지고 정신은 한없이 깊어지며 넓어졌다. 건영이는 이번에는 우물에 기대어 하늘을 바라보았다.

'저 하늘은 무엇인가? 어렵군. 모르겠다.'

건영이는 생각하기를 그만두고 현실로 돌아왔다. 얼굴은 밝은 표정이 되고 귀하고 총명한 기운이 가득 넘쳐흘렀다.

'이젠 가을도 다 지나가는구나.'

주변의 나뭇가지들은 낙엽을 다 떨어뜨리고 헐벗은 모습을 드러내고 있었다. 새소리도 들리지 않았다. 마을은 더욱 깨끗해지고 더욱 한적해진 것 같았다. 멀리 산들은 어떠한 변화도 느껴지지 않았다. 건영이는 걸음을 옮겨 남씨 집으로 향해 걸었다. 건영이의 마음속에는 숙영이가 떠올랐다.

'지금 집에 있을까? 아니면 강노인 집에 갔을까?'

현생의 연인들과 평허선공의 계획

조금 걷다가 보니 남씨 집이 보였다. 마침 숙영이가 나오고 있는 중이었다. 건영이는 조금 거리를 두고 기다렸다. 숙영이는 점점 가까이 다가왔다. 건영이는 두근거리는 마음을 억제하면서 조용히 불렀다. 건영이가 이 마을에 온 이래 숙영이와 단둘이 마주치기는 처음이었다.

"숙영이."

"어머, 오빠?"

건영이는 할 말을 잠시 잊고 숙영이의 얼굴을 바라보았다. 그 아름다운 모습은 건영이의 행동을 더욱 망설이게 했다. 숙영이의 모습은 주변의 배경을 완전히 압도한 채 하나의 보석처럼 빛났다.

"웬일이세요?"

숙영이가 먼저 말을 건네 왔다.

"음. 저…… 그냥 보고 싶어서…… 숙영이, 나 부탁이 하나 있는데……."

"예? 부탁요? 뭔데요?"

"음. 숙영이와 강가에 한 번 가보고 싶은데……."

숙영이는 미소를 지었다.

"오빠. 그게 무슨 부탁이에요? 그냥 강가로 놀러가자고 하면 될 것을……."

"음. 고마워. 그렇게 해 줄 수 있어?"

"예. 그런데 오늘은 좀 힘들겠어요. 내일 오후에 정섭이와 함께 강가로 갈게요. 오빠도 그때 나오세요."

숙영이는 이내 사라져 갔다. 건영이는 숙영이가 보이지 않을 때까지 뒷모습을 바라보며 그 자리에 서 있었다. 건영이는 숙영이의 여운을 가슴속에 깊게 끌어안았다. 행복한 마음을 가슴에 가득 채운 건영이는 발길을 집으로 돌렸다. 정마을에서의 건영이란 존재는 참으로 기이했다.

이 마을에 건영이가 출현한 것은 마치 화산의 폭발과도 같은, 많은 극적인 변화를 가져왔다. 제일 먼저 꼽을 것은 촌장의 사라짐이었다. 촌장은 상계에서의 부름을 받고 마을을 떠난 것이지만 마을 사람들은 그것을 알 길이 없었다. 촌장이 떠나자, 마을엔 호랑이가 출현하고, 숙영이의 아버지가 죽고, 마을 사람들이 신령이라고 부르는 능인이 나타났다.

박씨는 본격적으로 공부를 시작했다.

박씨의 공부는 그 방향을 촌장이 지시한 것이지만, 건영이의 출현으로 일대 비약을 가져온 것이었다. 박씨가 정마을에 온 지 십여 년이 지났건만 금년처럼 사건이 많았던 해는 없었다. 박씨는 오늘 깊은 상념 속에서 이 모든 것을 재조명해 보았다.

건영이의 출현으로 시작된 마을의 급격한 변화, 박씨의 발전, 남씨 집의 변고, 이런 것들의 조짐은 촌장이 일찍이 말했던 것처럼 거지인 정섭이가 마을에 들어왔을 때 이미 보이기 시작한 것이다. 말하자면 정섭이가 사건을 미리 알리는 전령자라면 사건의 시작은 건영이의 나타남에서부터였다.

박씨는 오늘 아침 갑자기 시야가 넓어졌다. 모든 사물을 보는 눈이 달라지기 시작한 것이었다. 정섭이의 의미와 건영이의 의미도 확연히 깨달았다. 이와 동시에 모든 것이 미래와 연결된 하나의 고리로써 끝없이 이어져 있다는 것도 깨달았다. 박씨는 갑자기 행복을 느꼈다. 정마을에 온 이래로 이토록 행복감을 가진 적은 없었다. 박씨는 앞으로의 세상에 대해서 마음이 부풀었지만 여전히 차분한 상태를 유지했다.

'공부를 해서 발전하는 일은 끝이 없는 것이다. 마음을 가라앉히고 천천히 확실히 나아가야 하는 것이다.'

박씨는 이렇게 생각하고는 잠시 눈을 감았다. 이때 촌장의 영상이 떠올랐다. 언젠가 촌장의 방에 들어갔을 때 잠깐 보았던, 벽을 보고 앉아 있던 모습. 어떠한 격동도 가라앉혀 줄 것 같은 끝없이 침착한 모습. 박씨는 자신의 마음속에 또 다른 세계가 열리는 것을 보았다.

마음의 고요함을 기르는 공부! 이것은 주역 공부만큼이나 중요하다는 것을 깨달았다. 박씨의 생각은 이제 변했다. 고요함과 사물의 근원을 탐구하는 생각!

박씨는 일어났다. 나루터에 가볼 시간이었다. 나루터로 떠나는 박씨의 걸음은 이제 급하지도 느리지도 않았다. 주변의 정경은 여전하건만 박씨의 눈에는 모든 것이 더욱 선명했고, 소중하다는 것을 느꼈다. 박씨는 혼자 걸어도 이젠 전처럼 외로움이 없었다.

나루터에는 순식간에 도착했다. 이는 박씨의 마음이 시간가는 줄 몰랐기 때문에 나루터가 아주 가까이 있다는 것을 새삼 깨달았다. 박씨의 집과 나루터의 거리란 정해진 것이어서 멀고 가까움이 없었다. 마음이 그것을 결정하는 것이다.

옛날에 장자(莊子)는 천하가 다 집이라고 하지 않았는가? 실은 박씨는 항상 나루터에 있었던 것이다. 강가에는 역시 사람이 없었다. 박씨는 강가에 걸터앉아서 흐르는 강물을 한가히 바라보았다.

'강물은 여전하구나.'

박씨는 강의 흐름을 다시 한 번 음미해 보았다. 변하지 않는 일정한 강의 흐름, 그 속에서 박씨는 세월의 장구함과 강의 인내를 느꼈다. 이제 박씨는 변치 않는 것에 조급함을 일으키지 않았고, 답답함도 느끼지 않았다. 있는 그대로를 느낄 뿐이었다. 박씨의 배는 텅 빈 채로 한가로이 홀로 있었다. 박씨는 배를 바라보며 지난날을 회상했다. 박씨는 배에 사람을 태워 노 젓는 것을 좋아했다.

오직 사람이 그리워서인가? 지금 생각해보니 그런 것만은 아니었다. 강이란 흐르는 것이다. 세상도 흐른다. 박씨는 잠재의식 속에서 이미 세상과 강은 같은 것이라는 것을 알고 있었던 것이다. 그리고 사람을 건네준다는 것, 이것은 참으로 큰 뜻이 있는 것이다. 안내와 보호·구원 등 인간을 험난에서 보호하여 안전한 곳으로 옮겨주는 것이다. 그리고 가고자 하는 곳에 난관이 있으면 그것을 해결해 준다는 뜻이 있다.

박씨는 이제 노를 저어 사람을 건네준다는 것이 커다란 의미가 있다는 것을 깨달았다. 박씨는 세상의 많은 험난에서 인간을 건네주는 사공이 돼야겠다고 결심했다. 언젠가 촌장이 한 말이 생각났다.

'박군, 노를 젓는 것을 배우고 그 일을 하게. 사공은 위대한 것이네.'

박씨가 십여 년 전 이 마을을 떠난 사공의 뒤를 잇게 된 것은 촌장의 말 때문이었다. 오늘에야 비로소 그 뜻을 확연히 알게 된 것이었다. 박씨는 강가에서 떠날 줄을 모르고 오래오래 앉아 있었다.

'나는 이 많은 흐름 중에서 어떤 것을 차지하고 있는 것일까? 세상은 특별한 주인이 없고 저마다 어우러져 조화를 이루고 작용을 나타낸다. 그러고는 또 사라져 간다. 그 뒤는 또 다른 사물이 이어져 있고…….'

박씨는 한없이 생각을 하다 모래 바닥에 그냥 누웠다. 강변에는 햇살이 비쳐서 그리 춥지 않았다. 강은 여전히 흐르고 박씨는 잠이 들었다. 주변의 숲은 고요했다. 적막함, 한가함, 그 가운데에서도 시간의 흐름은 쉬지 않고 세계는 언제나 새로움으로 변해 가는 것이다. 이 세계에 인간이 없다면 뜻이 없다고 한다. 그러나 이는 그렇지 않을 것이다. 오히려 인간이 있음으로 해서 세계는 왜곡된 뜻이 있고 어려움이 있는 것이다. 인간이 없는 세계는 그냥 그대로가 뜻이고, 모양이고, 진리인 것이다. 인간은 세계의 자연스러움과 호흡을 함께 하지 못한다.

박씨가 잠든 이 강가에는 순간이 영원이고, 또한 영원이 순간이라도 좋다. 이곳과 이곳 아닌 곳도 없이 세계 이전의 고요한 하나로 합쳐 있다. 하나가 아닌 곳은 이 세상이다. 세상은 많은 것을 얻으려 하기 때문에 하나를 얻지 못하고 있다. 시간은 한참 흘러갔다. 박씨는 누가 흔들어 깨우는 바람에 일어나 보니 남씨였다.

"어! 내가 잠이 들어 있었나? 형님, 이곳엔 어떻게 나오셨어요?"

"어허, 이 사람 팔자 좋군. 집에 가보니 없어서 이리로 나와 봤지. 잘도 자는군. 참! 한가하군."

"그래 형님, 어쩐 일이세요?"

"나? 심심해서 여기저기 찾아다녀 본 거야. 강가가 참 좋군."

남씨도 강가에 걸터앉았다. 박씨는 잠시 생각해 보고 먼저 말을 걸었다.

"형님, 요즈음 어떻게 지내세요?"

"음. 나……."

남씨는 한숨을 쉬었다.

"별로 좋은 일이 없네. 게다가 요즘은 불편한 일도 많고."

"불편한 일이라니요?"

불편하다는 말은 정마을 사람들의 말이 아닌 것이다. 이 평화스러운 마을에 물질이 풍족하지 못한 것 외에 괴로움 내지 불편함은 있을 턱이 없었다. 박씨는 의아스럽게 생각했다.

"형님, 어디 몸이라도 아픈가요? 병이 생겼어요?"

"아닐세. 나는 원래 감기 한 번 안 걸리는 건강한 몸인데 병이 생길 리가 있나?"

"그럼, 뭐에요?"

박씨는 잠깐 사이에 여러 가지 생각을 해 보았다.

'심심하고 고독해서?'

고독이라는 말도 이 마을 사람에게는 없는 말이다. 그런 사람은 다 떠나고 지금 남아 있는 사람은 고독 같은 것을 문제 삼지 않는다. 애당초 이 마을은 고독이란 당연한 것이기 때문에 그것을 생각하게 되면 멀지 않아 마을을 떠나는 것이고, 사는 동안에는 남에게 좀처럼 고독을 말하지 않는다. 이 마을에서 고독을 말하거나 심하게 느낄 때 그것을 '도시병'이라 말하고 멀지 않아 떠나게 될 것으로 알고 있다.

사실 지난 십여 년간 많은 사람이 고독을 말하고는 얼마 안 가서 마을을 떠나간 것을 박씨는 잘 알고 있었다. 박씨는 걱정스레 물었다.

"형님, 혹시 도시병이 생긴 것은 아니에요?"

이 말에 남씨는 크게 웃었다.

"하하하…… 이 사람, 난 그런 거 없어. 원, 별소리 다 하는군."

하긴 이 말은 맞는 말이다. 남씨는 강인하고 사려가 깊다. 이 마을에 사는 그 누구보다도 마음가짐은 훌륭하다. 평소 마을 사람이 심심하다거나 고독을 말하면 남씨는 이렇게 말한다.

"이 마을을 떠나면 그런 마음은 없어질 거야."

이 말에는 대개가 고개를 끄덕이고, 고개를 끄덕인 사람은 틀림없이 한두 해 이내에 마을을 떠나가곤 했다. 남씨는 언젠가 이런 말을 했다.

"이 마을에 산다는 자체가 하나의 인생을 선택한 것이지. 여기는 좋아서 있어야 하는 곳이야. 세상에 싫다거나 갈 곳이 없는 사람은 이곳이 맞지 않아. 나는 처음엔 세상이 싫어서 이곳에 들어왔지만, 지금은 이곳이 좋아서 사는 것이야. 이젠 세상이 싫은 것도 아니고 이곳이 좋아. 내겐 여기가 세상이지."

박씨는 평소 남씨의 이 마음을 배우려고 애쓴 적이 있었다. 지금은 물론 남씨 버금가는 마음을 가지고 있지만…….

"형님, 그럼 불편할 게 뭐 있어요?"

박씨는 이것저것 다 생각해 보고는 재차 물었다. 남씨는 다시 한숨을 쉬고는 혼잣말처럼 중얼거렸다.

"어쩌면 별일 아닌지도 모르지. 어떻게 생각하면 신경 안 써도 될 일을……."

남씨의 사연은 이러했다. 동생이 갑자기 죽자, 집에는 제수와 조카 딸만 있어서 종종 불편할 때가 있다는 것이다. 제수가 음식을 장만하거나 옷을 빨아주는 것 등이 점점 안쓰럽다. 게다가 요즈음은 농사일 등 별로 바쁜 일이 없어 집에라도 있으려 하면 저쪽 방에 있는 제수도 불편해 하는 것 같았다. 그래서 제수는 아침을 먹고는 일이 있든 없든 밖으로 나갔다. 대개는 임씨 집에 가는 것이지만, 오래 있을 수 없어 일찍 들어오면 이번에는 남씨가 밖으로 나온다.

이렇게 여러 날 지내다 보니, 어느 때는 숙영이와 함께 저녁을 들 때조차 쑥스러울 때가 있는 것이다. 오늘은 한가히 남씨가 집에서 낮잠을 자고 있었는데, 제수가 들어와서 점심상을 차려 주었다. 대개는 점심만은 남씨가 직접 차려 먹는데, 자고 있느라고 점심시간을 놓쳤고, 제수는 들어와 보니 시아주버니가 점심을 안 차려 먹은 것을 알고 상을 차려주고는, 편히 쉬라고 다시 나가려는 것을 보고는, 점심도 안 먹고 급히 나온 것이었다. 나오면서 이렇게 말했다.

"제수씨, 난 지금 밥 생각이 없어요. 힘들여 차려놓았는데 미안하지만…… 나 박씨와 술이라도 한 잔 하고 올게요."

세상일이란 이런 일도 있는 법이다. 대개 형수는 어려워 않는데 제수란 여간 어려운 것이 아니다. 여자 쪽에서도 마찬가지이다. 시동생은 대개 아무렇지도 않지만 시아주버니는 어려운 법이다. 남편이 살아 있을 때는 그저 시집 어른 모시는 정도이지만, 지금은 그게 아니다. 남씨의 제수인 숙영이 어머니는 벌써부터 이것을 느끼고, 서로가 쑥스럽지 않도록 노력하지만, 그럴수록 부자연스럽게 느끼게 된다.

남씨의 말을 다 듣고 난 박씨는 난감했다.

"그것 참, 형님 이야기를 듣고 보니 불편하겠네요. 어떡하지요? 하루 이틀도 아니고…….”

남씨는 말을 하고 나서, 무슨 대책을 들으려고 한 것은 아니었다.

“뭐, 어쩔 수 없지. 그저 내가 요즘 이렇다는 것을 얘기한 것이니 너무 걱정 말게.”

남씨는 싹싹하게 얘기했다. 박씨도 별 뾰족한 수가 있는 것은 아니니까 다른 쪽으로 일단 화제를 돌렸다.

“형님, 우리 강노인 집에 가서 술이나 한잔 할까요? 아무래도 오래 산 어른이니 무슨 방법이 있을지 모르잖아요.”

“방법은 무슨 방법…… 대수롭지 않은 문제 가지고 떠벌릴 필요가 없지. 아무튼 술이나 한잔 하세. 할머니가 싫어하지 않을까?”

“괜찮아요. 할머니는 술 마시는 것만은 좋아하니까요.”

“그래. 그건 그렇지.”

두 사람은 일어나서 마을로 들어갔다. 강노인은 마침 한가한 모양으로 두 사람을 반갑게 맞이했다.

“어서들 오게. 웬일로 두 사람이 함께 다니나? 무슨 의논할 일이라도 있나?”

“아니에요. 할아버지, 술 좀 마시고 싶어서 왔는데 괜찮을까요?”

“술? 그거 좋지. 그렇지 않아도 나 역시도 술 한잔 생각나던 차였는데…… 참 잘됐군.”

술상은 이내 준비가 됐다. 할머니는 술만 한 통 밖에다 내주고는 급히 방으로 들어갔다. 세 사람은 마루에 앉아 술을 마시기 시작했다. 술이 몇 잔 들어가 취기가 돌자 박씨가 일부러 말을 꺼냈다.

“할아버지. 형님이 요즘 불편한 일이 있답니다.”

“불편한 일이라고? 뭔데?”

"아니에요. ……아무것도 아니에요."

남씨는 말을 피하려고 했다.

"형님, 그러지 말고 말씀 드려 보세요."

"그래, 뭔데 그래? 내가 알아서 안 되는 일인가?"

강노인은 남씨를 재촉했다. 남씨는 마지못해 강가에서 박씨에게 했던 얘기를 다시 했다.

"별일은 아닌데요. 동생이 죽고 나서는 제수씨 보기가 민망할 때가 많아요. 어쩌다 집에 오래 들어앉아 있으면 더욱 신경이 쓰이지요."

남씨는 대충 얘기했지만 강노인은 금방 알아들었다.

"음. 그럴 테지. 내 진작부터 그런 일이 있을 것이라 생각했지. 확실히 불편하겠군. 어떻게 하나?"

강노인도 무슨 방법이 생각나지 않았다. 세 사람은 서로 얼굴만 볼 뿐 잠시 말없이 있었는데, 이때 할머니가 기침을 하고 밖으로 나왔다.

"영감, 나도 한 잔 주구려."

좀처럼 없었던 일이다. 남씨가 얼른 잔을 주고 술을 따랐다. 할머니는 술을 받자마자 단숨에 비우고는 남씨에게 잔을 돌려주었다. 강노인은 부인이 무슨 말을 하러 나왔을 것이라 생각하고 기대를 가지고 쳐다보았다. 할머니는 즉각 남씨에게 말을 걸었다.

"남씨, 자네 불편한 입장을 들었네. 내가 좋은 방법을 알려줄까?"

할머니는 웃는 표정이었다.

"예? 방법이 있어요? 그럼 좀 알려주세요."

대개 이런 일에는 젊은 사람보다는 노인의 생각이 깊고, 남자보다는 여자가 생각이 깊다. 강노인도 잘됐다 싶어 부인의 말에 귀를 기울였다. 그런데 할머니의 말은 참으로 엉뚱했다.

"그거 쉬운 일이지…… 음."

할머니는 일단 뜸을 들였다. 남씨는 무슨 좋은 생각이라도 들을까 해서 기대를 잔뜩 가졌다.

"이렇게 하면 되는 거야. 아예 두 사람이 부부가 되는 거야."

"예?"

이 말에는 강노인이나 남씨나 박씨도 모두가 놀랐다.

"할머니, 무슨 농담을 그렇게 하세요."

남씨는 이렇게 말하면서 얼굴이 붉어졌다. 기분도 언짢아진 것 같았다. 할머니는 여전히 웃으며 말을 이었다.

"농담이라고? 그게 싫으면 그만이지. 그럼 다른 방법이 있네. 집을 떠나면 되는 거야."

집을 떠난다? 이것도 말이 안 된다. 남씨는 아예 들을 생각도 안 한다. 할머니 입에서는 별다른 얘기가 나올 것 같지가 않다. 박씨가 참지 못하고 끼어들었다.

"할머니, 집을 떠나다니 무슨 말씀이에요? 형님이 가긴 어딜 가요? 농담만 하지 말고 되는 얘기를 좀 해 주세요."

"글쎄, 난 농담이 아니라니까. 뻔한 것 아니냐. 아직 젊은 남녀가 한집에 있기 힘드니 둘 중에 한 사람이 나가든지, 아예 함께 살든지, 그 외에 무슨 방법이 있단 말이냐? 그리고 또 남씨나 숙영이 엄마나 궁상스럽게 사느니 합치면 왜 안 된다는 거야? 윤리, 도덕? 그게 뭔지나 알아?"

윤리 도덕이란 말이 나오자, 생각만 하고 앉았던 강노인이 진지하게 물었다.

"윤리 도덕?"

"영감처럼 답답한 사람에게 설명하면 뭘 해요? 난 얘기 다 했어요. 나는 그저 두 사람 다 불쌍해서 행복해지라고 그런거에요. 두 사람 장래가 한심스러워서……."

할머니는 일어나서 방으로 들어가 버렸다. 남씨도 일어나려는 것을 강노인이 말렸다.

"남씨, 할머니 말도 일리는 있어. 그러니 이러면 어떨까? 마을엔 빈 방이 많으니 어디 가까운 쪽으로 나와 지내도 무방할 것 같은데…… 어때?"

이 말에는 남씨도 수긍했다. 차라리 나와서 지내는 것이 좋을 것 같았다.

"예. 그렇게 하는 것이 좋을 것 같은데 어떻게 말하지요? 상심할지도 모르겠는데…… 공연히 앞으로 더 거북해질 수도 있고……."

"음. 그건 방법이 있어. 숙영이 핑계를 대면되겠지. 숙영이가 이제 컸으니까, 어머니와 다른 방을 써야 할 것이라고 하면, 자연히 남씨가 나오는 게 편하다는 걸 알거야. 내일 내가 자연스럽게 얘기해 줄게."

남씨는 고개를 끄덕였다.

"자자, 이젠 술이나 들지."

다음날이 되자 건영이는 오후가 되기를 기다렸다. 건영이의 마음은 즐거웠다. 생각해보면 이 정마을이란 곳은 건영이에게는 천국이고 낙원이었다. 죽을 뻔했던 목숨이 구해졌고, 주역이란 학문을 우연히 만났고, 숙영이를 발견한 것이다. 모든 것이 꿈만 같았는데, 어떻게 보면 우주의 어떤 신비한 힘이 자신의 운명을 행복하게 이끌어주는 것만 같았다.

건영이는 요즘 시간이 가면 갈수록 정신이 맑아지고 강해지는 것을 느꼈다. 처음엔 촌장이 준 약을 먹어서 그럴 것이라고 생각도 했으나 그런 것만도 아닌 것 같았다. 촌장의 약으로 인해 날로 몸이 건강해지는 것은 물론이지만, 정신의 급격한 변화는 약의 힘만은 아닌 것 같았다. 주역에 관한 깨달음도 참 이상한 일이었다.

이 문제에 관해서만은 매 시간마다 발전하고, 자면서도 발전하는 것 같았다. 특히 숙영이를 보게 되면 정신이 한없이 맑아지고 깊은 행복감을 느낀다. 그리고 숙영이를 꿈에선가 어디선가 본 느낌이 들었다.

건영이가 정마을에 와서 숙영이를 처음 본 순간, 그런 느낌과 동시에 사랑하게 된 것이었다. 건영이는 근래에 들어서 잠을 많이 자지 않는다. 이상하게도 몇 시간만 자면 정신이 맑아지고 강한 의지를 느낀다.

시간은 더디게 흘러갔다. 정오가 가까이 되었지만, 아직 숙영이가 강가에 나올 시간은 안 되었다. 잠시 숙영이의 모습을 마음속으로 그려보았다. 신비스럽고 아름다운 모습이 신기루처럼 떠올랐다. 건영이는 그 영상을 끌어 가슴에 안았다. 그러나 그 모습은 이내 사라지고 자신의 가슴만 홀로 있다는 것을 느꼈다. 숙영이를 빨리 보고 싶었다. 그럴수록 시간은 더욱 가지 않았다.

건영이는 강가에 먼저 가서 기다리기로 하고 집을 나섰다. 마을에서 나올 때는 가급적 동네 사람과 마주치지 않으려고 급히 걸었다. 다행히 만난 사람은 없었다. 강가에는 금방 도착했다. 그런데 마침 나루터를 다니러 온 박씨를 만나게 되었다. 건영이는 지금 이 순간만은 박씨를 만나는 것을 원하지 않았다. 그러나 내색은 하지 않았다.

박씨는 뜻밖에 건영이를 강가에서 만나게 되어 몹시 반가웠다. 박씨는 건영이와 함께라면 하루 종일이라도 있고 싶었다. 박씨에게는 건영이가 일종의 열쇠와 같아서 건영이하고만 얘기하면, 아무리 어렵고 오래 된 숙제라도 척척 풀리는 것이었다. 박씨가 먼저 말을 걸었다.

"건영이로구먼, 강가에는 놀러 나왔나?"

"예. 아저씨, 오늘도 손님이 없지요?"

건영이는 미소를 지었다.

"음. 괜찮아. 올 사람은 오겠지. 기다리는 것은 아니야."

이 말을 하고 나서 박씨는 자신의 변화에 깜짝 놀랐다. 며칠 전만 해도 박씨는 나루터에 나와서는 막연히 사람을 기다렸다.

그런데 지금은 그게 아니었다. 그저 사람이 오면 태우고 사람이 없으면 없는 대로 강을 그냥 보는 것으로 족했다. 건영이와 박씨는 강을 바라보며 앉아 있었다. 건영이가 먼저 말을 꺼냈다.

"아저씨, 아저씨는 왜 혼자 살아요?"

"그냥 혼자 사는 것이 좋아서."

"외롭지 않으세요?"

"글쎄, 가끔은 그랬지만 그것은 혼자 살기 때문만은 아닌 것 같아."

"예? 그러면요?"

"마음 때문일 거야. 난 세상이 뭔지 알고 싶고 내 자신이 아주 밝은 사람이 되고 싶어, 말하자면 촌장님처럼……."

"그래요? 아저씨는 참 대단하네요. 마음에 깨침이 없어서 외롭다는 말이지요?"

"응. 말하자면 그런 셈이지."

"아저씨는 세상에 나가보고 싶지 않으세요?"

"아니, 난 이곳이 좋아."

"여기서 평생 있을 건가요?"

"그럼!"

"세상이 두려운가요…… 혹시?"

"뭐? 하하…… 두렵기는, 난 그저 세상에 있는 사람이 살아가는 의미가 별로 없다고 생각해."

"왜요?"

"그 사람들은 오직 명리만을 추구하거나 향락만을 추구하면서 살기 때문이지."

"그것은 장소 탓일까요?"

"그렇겠지."

"그렇지만 아저씨. 몸은 세상에 살아도 마음만은 그렇지 않다면 어떻게 되는 거지요?"

"응? 그건…… 그렇다면 그건 뜻이 있는 인생이 되는 것이겠지."

"그렇다면 사는 장소가 문제가 아니라 결국 사람의 마음이 중요한 것이겠지요?"

"그렇다고 할 수 있겠지. 그러나 세상에 살면 아무래도 생각이 달라지겠지."

"아저씨 같은 사람도요?"

"응? 나? 하하하…… 나야말로 금방 타락하겠지."

"결국 아저씨는 세상이 두려운 거로군요. 타락하게 될까봐."

"그래그래. 역시 건영이 너한테는 못 당하겠구나. 그건 그렇고 건영이 너는 집에 가고 싶지 않니?"

"아니요. 전 이곳이 좋아요."

"그래도 오래 있으면 싫증날 텐데!"

"아니에요. 전 이곳에서 영원히 살고 싶어요."

"하하…… 그래? 그게 그리 쉬운 게 아니란다. 건영이는 이곳이 왜 좋니?"

"예? 그건……."

건영이는 이곳이 좋은 이유는 따지고 보면 숙영이가 있기 때문이었다. 조용한 산 속이란 곳은 잠시는 좋을 수 있어도 여간해서는 견디기 어렵다. 산 속이 영원히 좋다고 하려면 특별한 이유가 있어야 하고 마음도 보통 사람과 아주 달라야 한다. 건영이는 이곳이 영원히 살 만큼 좋은 장소라는 것은 생각해 보지 않았다. 건영이가 대답을 못 하자 박씨가 재차 물었다.

"건영이는 이 마을보다는 이 마을에 있는 숙영이가 좋은 거겠지? 안 그래?"

"예?"

건영이는 당황했다.

"하하하…… 걱정할 필요 없어. 다 알고 있는 것이니까. 앞으로 잘해서 숙영이 데리고 이곳보다 더 좋은 곳으로 가라고. 자, 이만 가볼까?"

박씨는 일어났다. 건영이는 머뭇거렸다.

"건영이 너는 안 들어갈 거니?"

"예. 저는 이곳에 좀 있다 갈게요."

"그래? 그럼 나 먼저 가지."

박씨는 마을로 떠나가고 강가에는 건영이 혼자 남았다. 건영이는 박씨가 한 말을 생각해 보았다.

'숙영이를 데리고 더 좋은 곳으로 가라고…… 더 좋은 곳? 서울? ……아니면?'

건영이는 숙영이와 있을 수 있다면 어느 곳이든 좋았다. 그러나 당장은 다른 것은 생각해 볼 수도 없었다. 건영이의 마음속에는 갑자기 숙영이를 볼 수 없게 되는 것만이 두려울 뿐이었다. 지금은 숙영이가 가까이 살고 있어서 때때로 얼굴을 볼 수 있고, 더 나아가서는 오늘처럼 특별히 만날 수도 있는 것이었다. 지금은 행복했다. 만일 운명이 숙영이를 자기로부터 떼어놓으려고 한다면 건영이는 목숨을 걸고 운명에 도전하리라고 다짐했다. 지금은 하루하루가 좋았다.

흐르는 강물은 건영이의 마음을 아는지 모르는지…… 수면에 부딪힌 햇살은 다시 건영이의 가슴에 부딪혀, 마음을 부드럽게 해 주었다. 건영이는 강의 어느 지점에 시선을 집중했다. 생각은 점점 깊어지고 넓어져서 세상에 가득 찬 듯하였다.

'강물은 먼 곳에서 와서 다시 가는구나. 나는 어디서 왔을까? 또 어디로 가는 것일까?'

건영이는 자신이 무한히 먼 곳에서 왔다는 생각이 들었다. 이 세상이 아닌 다른 세상에서……. 건영이는 천지신명께 감사했다, 정마을에 오게 된 것을……. 건영이는 잠시 강가를 걷다가 강의 언덕 위로 올라갔다. 숙영이가 나타날 시간이 된 것 같았다. 이내 숲 속에서 기척이 나는 것 같더니 숙영이의 모습이 나타났다. 옆에는 정섭이가 함께 있었다. 건영이는 빠른 걸음으로 숙영이 쪽으로 다가갔다.

"오빠! 먼저 와 계셨군요!"

"숙영이……."

건영이는 숙영이에게 다가가서 무의식중에 손을 잡았다. 건영이 자신도 놀랐으나, 자기 손 안에 숙영이의 손이 들어 있음을 알고 더욱 힘주어 꼬옥 잡았다.

"어머!"

순간 숙영이는 얼굴을 약간 붉히고는 미소와 함께 손을 살짝 뿌리쳤다.

"오빠, 우리 강가로 가봐요."

"그래."

셋은 강가에 내려가서는 상류 쪽으로 걸었다. 숙영이는 물가 쪽을 보면서 말없이 걷고 있는데, 밝은 햇살은 숙영이의 전신을 감싸고도는 것 같았다. 정섭이도 평소와는 달리 말이 없었다. 건영이는 어떤 말이 좋을지 몰라 그냥 걷기만 했다. 건영이는 이대로 좋았다. 건영이에게는 지금의 정경이 꿈과 현실이 섞여 있는 것으로 느껴졌다. 건영이는 지금이 꿈이라면 깨어나고 싶지 않았다. 그래서 숨소리도 죽여가며 조용히 걷고 있었다.

세 사람은 각자의 생각 속에서 강을 음미하거나 그저 한가한 마음이 되어 있었다. 이윽고 침묵을 깨고 숙영이의 음성이 들렸다.

"오빠, 오빠 생각에는 강의 흐름이 빠른가요? 아니면 느린가요?"

"응? 강의 흐름? 글쎄……."

건영이는 무슨 뜻인지 몰라 대답을 망설였다. 숙영이는 미소를 머금은 채 건영이를 잠시 바라보았다. 건영이는 생각해 보았다.

'강의 흐름이 현실과 같은 것이라면, 느리게 흐르는 것이 좋다. 지금과 같은 순간이 오래오래 가기를 바란다.'

건영이는 다시 강물을 바라보았다. 강물은 천천히 흐르는데도 건영이에게는 몹시 빠르게 생각되어 안타까웠다.

"음. 내 생각에는 강물이 좀 빠르게 흐르는 것 같아. 숙영이 생각은 어때?"

"예. 저도요."

숙영이는 건영이의 마음을 아는지 모르는지 같은 의견을 표시했다. 옆에서 정섭이가 한 마디 했다.

"강물이 빠르긴 뭐가 빨라요? 이렇게 느린데. 그런데 우린 언제까지 걷기만 할 거예요?"

정섭이는 지루한 모양이었다.

"정섭아, 그럼 우리 뭘 할까?"

숙영이가 다정스럽게 물었다.

"몰라요. 난, 아무거나 좋아요."

"그래. 그럼 우리 산을 만들어 볼까?"

"산을 만들어요? 어떻게?"

"아니, 그냥 돌을 가지고 조그맣게 쌓아보면 되잖아? 돌은 여기 많으니까……."

"그래요. 누나, 재미있겠는데요."

"오빠! 오빠는 어떠세요?"

"응. 나는 숙영이가 좋다면 좋아."

세 사람은 걷는 것을 중단하고 돌을 쌓기 시작했다. 셋은 돌을 날라 와서 조금씩 돌산을 높여갔다. 돌산은 이들의 꿈처럼 하나로 어우러져 점점 커가고 있었다. 한참 후, 제법 커다란 돌무더기가 되었다. 거의 사람 키 정도가 되었으므로 더 높이기가 힘들었다. 그래서 그 옆에 하나를 더 쌓기로 했다.

건영이가 돌을 나르면서 숙영이를 얼핏 보니 숙영이는 아주 재미있어 하는 것 같았다. 돌무더기를 찬찬히 살펴보며 다음 돌을 어디에 놓을 것인가를 생각하는 그 모습은 완전히 심취하여 무아지경이었다.

"숙영이, 재미있어?"

"예. 아주 재미있어요."

숙영이는 밝은 미소를 지었다. 힘도 들지 않는가 보다. 그 모습은 참으로 맑아서 마치 수정처럼 느껴졌다. 아름다움, 깨끗함, 그리고 단정함 등 여러 가지 의미를 함유하고 있는 숙영이의 모습은 그대로 살아있는 그림이고 조각이었다. 그 중에서도 건영이가 가장 좋아하는 모습은 잔잔한 미소였다. 숙영이의 미소는 성스럽기까지 했다.

아무런 사심도 없는 연약한 꽃의 빛깔처럼 향기롭게 피어서는 안개처럼 가라앉는다. 오늘의 돌산은 숙영이와 건영이의 정성이 현실적으로 하나로 뭉쳐져 있는 것이었다. 이러한 의미를 생각해 본 건영이는 지금까지 몇 시간이나 열심히 쌓아올렸던 돌무더기가 아주 소중히 느껴졌다. 건영이는 돌 하나하나를 숙영이를 사랑하는 마음으로 날랐다. 옆에서 같이 나르고 있던 정섭이도 지치지 않고 열심히 하고 있었다. 나머지 돌산도 이제 절반 정도 높이에 이르렀다. 이때 갑자기 빗방울이 떨어졌다. 하늘은 잔뜩 흐려 있었다.

"어! 비가 와요. 누나."

"응?"

숙영이는 너무나 열중해 있었기 때문에 날이 흐려진 것도 몰랐다. 건영이는 비가 오든 어쨌든 상관이 없었다.

"오빠, 아무래도 비가 많이 오려나 봐요."

"응. 내려가 봐야겠지?"

셋은 다시 하류 쪽으로 걸었다. 나루터까지 와야만 정마을로 가는 숲길로 갈 수 있으니 다시 내려올 수밖에 없었다.

빗방울은 굵어지지 않았으나, 하늘은 점점 더 어두워졌다. 나루터가 보였다. 빗방울이 조금씩 굵어졌다. 세 사람은 뛰었다. 금방 나루터를 지나 언덕 쪽으로 올라갔다. 이제 비는 본격적으로 쏟아졌다. 마침 큰 나무 있는 곳에 와서 비를 피할 수 있었다. 천둥이 크게 울리고 번개가 내리쳤다. 주변이 일시적으로 환해졌다. 비는 사정없이 퍼부었다.

"쏴— 아—"

세 사람은 말없이 내리는 비를 바라보고 있었다. 비는 쉽게 그칠 것 같지 않았다. 세 사람이 피해 있는 나무 밑에도 조금씩 빗물이 떨어졌다. 건영이는 옷을 벗어서 숙영이의 몸을 감싸주었다.

"괜찮아요. 오빠."

숙영이는 마다했지만, 건영이는 말없이 덮어준 옷매무새를 고쳐주었다. 정섭이는 손을 뻗어서 비를 만지며 좋아하고 있었다.

"누나, 추워?"

"아니. 정섭이가 춥겠구나?"

"난 비 같은 거 아무렇지도 않아요. 옛날엔 비가 오면 그냥 맞았어요."

정섭이가 말한 옛날이란 정섭이가 아직 이 마을에 오기 전인, 거지 생활을 할 때를 말한다. 숙영이는 이 사실을 잘 알고 있었다.

"누나, 난 이렇게 가만히 있으면 병이 나. 나 집에 갔다 올게."

"뭐라고? 얘 봐라! 이렇게 비가 오는데……."

"괜찮아. 누나, 금방 가서 우산 가지고 올게."

"안 돼!"

숙영이는 정섭이의 손을 끌어당겨서 잡고 있었다. 정섭이는 웃으면서 손을 뿌리쳤다.

"누나, 갔다 올게. 여기 꼼짝 말고 있어."

정섭이는 뛰어가다 돌아서서는 손을 흔들고 정마을 쪽으로 사라졌다. 건영이는 숙영이와 잠시도 떨어지고 싶지 않아서 어떻게 할까 망설이고 있는 사이에 벌어진 순간적인 일이다. 건영이는 속으로 생각해 보았다.

'아마, 별일 없을 것이다. 정마을까지는 멀지 않고 길은 뻔하니까…….'

숙영이도 얼떨결에 일어난 일이라서 말릴 사이도 없었지만 생각해 보니 별일은 없을 것 같았다. 정섭이는 오히려 이런 일에는 어느 누구보다 강할 것이라는 것을 숙영이는 잘 알고 있었다. 비는 계속 퍼부었다.

"쏴— 아—"

벼락과 번개도 계속됐다. 숙영이는 약간 근심스러운 표정이었으나 침착한 자세를 잃지 않고 있었다. 물방울은 숙영이의 얼굴을 타고 흘러내렸다. 얼굴은 물에 씻겨지고 옷은 점점 젖어왔으나 눈동자만은 아름답게 빛나고 있었다.

건영이는 가슴이 설레었다. 아무도 없는 이곳에 숙영이와 단둘이만 있다는 행복감이 전신을 휘감았다. 비가 오고 번개가 치고 춥다는 것은 아무런 문제가 아니었다. 언제까지나 이렇게 있고 싶었다. 그러나 머지않아 정섭이가 우산을 가지고 오면 이곳을 떠나야 한다. 시간이 흘러가는 것이 아까웠다. 건영이는 초조하고 가슴이 두근거렸다. 숙영이는 묵묵히 내리는 빗줄기만을 바라볼 뿐이었다. 고요한 그 모습은 그늘 속에서 빛나는 한 송이 꽃이었다. 건영이가 아무 말이나 걸었다.

"숙영이, 무섭지 않아?"

"무섭긴요? 오빠 춥지 않으세요?"

다정한 목소리가 건영이의 가슴속을 흔들어놓았다. 건영이는 한 손으로 숙영이의 어깨를 가만히 잡아보았다. 숙영이는 약간 놀라 움찔했지만 크게 동요하지는 않았다. 건영이는 참을 수 없었다. 숙영이 쪽으로 돌아서면서 양쪽 어깨를 힘껏 잡아당겼다. 숙영이의 상체는 가까이 당겨져서 건영이의 품에 파묻혔다.

"어머, 오빠……."

건영이는 아무 소리도 들리지 않았다. 사정없이 끌어당겼다. 숙영이는 몸을 빼내려고 움직였으나 허사였다. 건영이는 더욱 강하게 끌어안으면서 자신의 얼굴을 숙영이 얼굴에 파묻었다. 숙영이는 몸을 떨었다. 건영이는 숙영이의 입술을 찾았지만, 숙영이는 완강히 고개를 돌렸다.

"숙영이……."

건영이는 신음을 하면서 숙영이의 얼굴에 자신의 입술을 미친 듯이 갖다 대었다.

"오빠……, 잠깐만요. 힘들어요."

건영이는 잠시 행동을 중지하고 두 손으로 숙영이의 어깨 아래를 끌어안은 채 숙영이의 얼굴을 바라보았다. 숙영이 얼굴엔 빗물이 계속 흐르는데, 눈에는 빗물인지, 눈물인지 물기가 감돌고 있었다. 그 모습은 애처롭고 더욱 아름다웠다. 건영이는 강하지 않게 살짝 끌어당겼다.

"오빠."

숙영이가 침착한 음성으로 제지했다. 건영이는 멈추고 숙영이를 쳐다보았다. 숙영이 얼굴에는 애원과 마치 어린애를 달래는 듯한 잔잔한 미소가 서려 있었다.

"오빠, 우리 얘기 좀 해요."

건영이는 정신을 수습했다.

"그래. 우리 얘기나 할까?"

숙영이는 미소를 지으면서 고개를 끄덕였다. 그러고는 어깨를 감싸고 있는 건영의 손을 부드럽게 쓸어내렸다. 둘은 잠시 빗물을 바라보고 있었다. 주변이 환해지고 이어 천둥소리가 크게 울려왔다. 숙영이는 놀라지 않았다. 빗물을 바라보는 고요한 모습은 물에 젖은 꽃이었으나, 아름다움은 한층 더 했다. 건영이는 말을 걸었다.

"비가 많이도 오는군. 숙영이, 숙영이는 이 마을이 좋아?"

"예. 좋아요. 오빠는요?"

"나도 한없이 좋아. 그렇긴 하지만, 숙영이는 서울에 가보고 싶지 않아?"

"글쎄요. 저는 서울이 어떤 곳인지 몰라요."

"서울은 서울 나름대로 좋은 것이 있어."

"그렇겠군요. 서울에 가면 좋은 물건도 많이 있고 사람도 많이 있겠지요?"

"그럼. 난 언젠가 숙영이를 서울에 데려가 보고 싶어."

숙영이는 아무 말도 하지 않고 있었다. 다시 건영이가 할 말을 찾았다.

"숙영이는 가끔 이 마을이 심심하지 않아?"

"아니요. 저는 그런 적이 없어요. 전 그저 주어진 환경에서 최선을 다하고 싶어요."

숙영이는 역시 마음가짐이 무리가 없었다. 운명에 순응하는 아름다운 자세, 건영이는 숙영이를 모든 면에서 행복하게 해 주고 싶었다. 그러나 자신의 힘이 약하다는 것을 느꼈다.

"숙영이, 나하고 언제 서울에 한 번 가보지 않을래?"
숙영이는 잠시 생각해 보고는 대답했다.
"오빠, 저도 서울에 가보고 싶어요. 그렇지만 일부러 가고 싶진 않아요."
"일부러 라니?"
"모든 일이 자연스러운 것이 좋다는 뜻이에요."
건영이는 알 듯 말 듯했으나 고개를 끄덕였다. 빗줄기는 이제 다소 약해졌다. 사방은 고요했다. 주변의 정경은 모두 두 사람만을 위해 있었다. 시간은 안타깝게 자꾸만 흘러갔다.
"오빠!"
숙영이는 건영이를 쳐다보며 말했다.
"오빠, 요즘 건강은 괜찮으세요?"
"건강? 응. 아주 좋은데."
"그럼, 멀지 않아 서울로 가야겠군요?"
"숙영이, 난 이곳을 떠나고 싶지 않아."
"왜요? 이곳에서 뭘 해요?"
"음. 이곳에 숙영이가 있고…… 마을밖엔 무서운 적이 있다고 했어."
"적요? 글쎄요. 적도 언젠가는 떠나겠지요. 제 생각엔 적은 이미 떠나간 느낌이 들어요."
건영이도 요즘 와서 그런 느낌이 들었다. 뿐만 아니라 건영이는 적이 무섭지도 않았다. 이젠 그런 종류의 귀신이라면 혼자서도 물리칠 수 있다는 자신이 들었다. 그만큼 건영이의 정신력은 무한히 향상되어 있었다.

"그렇지만 난 마을을 떠나고 싶지 않아."

"오빠, 그런 생각을 가지면 안 돼요."

"응? 왜?"

"오빠는 남자잖아요? 남자는 공부를 많이 해야지요. 이런 산 속에만 있으면 안 될 거예요."

"아무튼 나는 이 마을…… 아니 숙영이를 떠나서는 아무것도 안 할 거야."

"오빠, 그래선 안 돼요. 저도 언젠가는 이 마을을 떠나게 될 것만 같아요."

"뭐? 무슨 말이야?"

건영이는 큰 소리로 말했다. 숙영이는 말없이 생각에 잠겼다.

"숙영이, 어딜 간단 말이야?"

"어딜 가긴요. 오빠, 그냥 가끔 그런 생각이 들 뿐이에요."

"안 돼! 숙영이는 이 마을을 떠나면 안 돼."

"오빠, 그런 말이 어디 있어요? 저도 운명을 알 수 없고 게다가 저는 이곳에만 있으란 법이 없잖아요?"

"응? 그건 그렇지만……."

숙영이는 미소를 지었다.

"오빠, 우리 다른 얘기를 해요. 제가 공연한 얘기를 했나 봐요."

비는 거의 멎었다. 건영이는 비가 멎는 것이 싫었다. 아니, 더 왔으면 좋다고 생각했다. 건영이는 갑자기 불안하고 슬픈 생각이 들었다. 어떤 가혹한 운명이 숙영이를 빼앗아갈지도 모른다고 생각했다. 그리고 운명 앞에 인간은 너무나 무력하다는 생각이 들었다. 건영이는 가만히 숙영이의 손을 잡았다. 숙영이는 뿌리치지 않았다. 건영이는 숙영이의 손을 자기의 가슴에 꼭 안았다. 한참 동안 그런 자세로 있었다. 갑자기 빗방울이 굵어졌다. 비는 다시 세차게 떨어졌다.

"쏴— 아—"

이와 동시에 숲 속에서 인기척이 났다. 이내 정섭이가 나타났다.

"누나!"

정섭이는 온 몸에 흠뻑 비를 뒤집어썼는데, 손에는 우산을 들고 싱글벙글 웃고 있었다.

"정섭아."

숙영이는 달려가 정섭이를 껴안아주었다.

"정섭아, 너 대단하구나."

건영이도 미안한 마음에서 한 마디 했다. 정섭이는 건영이를 보고 눈을 찡긋했다. 아마도 정섭이는 일부러 자리를 피해준 것이리라. 건영이는 정섭이의 배려를 마음속 깊이 고마워 했다.

"오빠, 이제 가도 되겠어요."

"그래, 가야지."

셋은 정마을로 향했다. 숙영이는 정섭이를 감싸 안고 앞장서서 걸었다.

며칠이 흘러갔다. 상계(上界)인 신시 정산의 유동에서는 평허선공이 깊은 좌정에서 깨어났다. 평허는 고개를 끄덕이며 혼자말로 중얼거렸다.

"이상하군. 역시 천명은 어긋나고…… 소정 공주는 여전히 살아 있으니…… 도대체 이런 일이 왜 일어나는 것일까?"

평허는 스스로에게 물었다.

"어떻게 할까? 억지로라도 소정을 죽여 원래의 명을 지켜야 하는 것인가? 이런 일은 내가 할 일이 아닌데…… 이것은 내가 천명을 어기는 것이 되지. 그러나…… 어떻게 될까? 내가 소정을 죽여 옥성으로 데려간다면?"

평허는 생각을 굳혔다.

'그것을 다시 어겨서라도 처음의 명을 살려야겠다. 내게 무슨 일이 있어도…… 이미 나는 몇 차례 그런 일을 해 보지 않았나? 정우(汀雨), 아니 건영이를 죽이려 했고, 천명과 같은 연진인의 명을 어겼고…… 그렇지만 며칠 더 기다려보아야겠다. 매사에 기다림이란 소중한 것이지. 며칠이 지나서도 소정이 죽지 않는다면 그땐 할 수 없지…….'

평허는 며칠간 기다려서 아무 일 없으면 소정을 인위적으로라도 죽여서 옥성으로 보내야겠다고 마음먹고 다시 명상에 들어갔다.

돌아온 촌장

정마을에서는 오늘 아침 커다란 경사가 생겼다. 마을 사람들이 기다리던 촌장이 돌아온 것이었다. 박씨가 여느때처럼 나루터에 다녀온 후 촌장의 집에 올라가보니 촌장이 와 있지 않은가? 문밖에 신발이 있어서 깜짝 놀라 서 있는데 안에서 부르는 소리가 들렸다.

"박군, 들어오게."

박씨는 급히 들어가 큰절을 올리고는 조용히 무릎을 꿇었다.

"촌장님, 잘 다녀오셨습니까?"

박씨의 행동은 침착했고 마음은 평정했다. 촌장은 박씨의 달라진 모습을 즉시 간파했다.

"음. 박군은 그 사이 공부를 많이 했군."

"별로 많이 하지 못했습니다."

박씨는 차분히 대답했다. 촌장은 고개를 끄덕였다. 인자한 미소를 머금은 채 잠시 침묵이 흘렀다. 박씨는 예전처럼 침묵이 힘들지 않았다. 촌장은 다시 한 번 고개를 끄덕이고는 박씨를 내보냈다.

"그럼, 그만 가보게."

"예."

박씨는 고개를 깊이 숙여 절을 하고는 일어났다. 일어나면서 박씨는 한 마디 덧붙였다.

"촌장님, 마을 사람들이 인사를 와도 되겠습니까?"

"내일 오시(午時)에 우물가에서 보겠네."

박씨는 급히 방을 나왔다. 촌장의 집을 나와서는 빠른 걸음으로 강노인의 집으로 향했다. 촌장이 돌아왔다는 소식은 아침 식사 전에 마을 사람들 모두에게 알려졌다. 촌장은 사라진지 근 넉 달이 되어서야 나타난 것이었다.

그간 마을에는 큰 변화가 있었다. 마을의 큰 변화란 다름 아니라 숙영이 아버지가 죽었다는 사실이다. 그 외에는 별로 큰 변화는 없었다. 박씨의 발전이나 건영이의 깨달음 같은 것은 눈에 보이는 것이 아니었다. 그러나 그새 마을 사람들의 의식은 크게 달라져 있었다. 그것은 다름 아닌 촌장을 보는 눈이었다.

마을에 호랑이가 나타났을 때 신령이 나타나서 그것을 물리쳐주었는데, 신령은 바로 촌장이 보냈다는 것을 알았을 때 촌장이야말로 신령 이상이라는 것을 알게 되었다. 촌장은 원래 범상치 않은 인물인 줄을 알았으나 그토록 높으신 분인 줄은 몰랐는데, 지난 몇 개월 사이에 그것을 확연히 깨닫게 된 것이었다.

그렇다면 정마을이란 어떤 곳이 되는가? 신선이 사는 곳이니 인간의 마을이 아니었다. 바로 선계가 아닌가? 마을 사람들은 이토록 정확하게 생각해 본 것은 아니지만 정마을의 의미가 전과는 몹시 다르게 느껴지고, 이곳에 산다는 것이 영광스럽고 행복하다는 것을 누구나 느끼고 있었다. 마을 사람들은 이곳에 있는 한 누구도 커다란 힘에 의해 보호받고 있다는 사실을 느꼈다. 그 힘의 근원은 두말할 것도 없이 촌장이었다.

그러한 촌장이 여러 달 동안 집을 비웠다가 다시 돌아온 것이었다. 마치 이것은 어린 자식을 두고 떠나갔던 부모가 돌아온 것과도 같았다. 마을 사람들은 촌장이 돌아왔다는 사실을 확인하고 더욱 즐거운 마음으로 잔치를 마련했다.

이 날 저녁 마을에서는 그동안 오래 듣지 못했던 예의 종소리가 울려 퍼졌다.

다음날 아침은 금방 찾아왔다. 마을 사람들은 우물가에 자리를 마련하고 술과 음식을 준비했다. 기다리던 오시가 되자 촌장이 나타났다. 마을 사람들은 저마다 말없이 고개를 숙여 인사를 했다.

촌장이 준비된 자리에 좌정하자 마을 사람들은 그 주변에 둘러앉았다. 강씨 부인도 나와서 주위에 앉아 있었다. 강씨 부인은 원래 괴상한 성격의 소유자이었지만 촌장을 진작부터 알아본 안목은 높이 평가되어야 할 것이다. 촌장은 자리에 앉자 숙영이를 가까이 불러 앉혔다. 모두들 숨을 죽이고 촌장이 무슨 말을 하나 들어보려는데 촌장은 아무 말 않고 묵묵히 앉아 기다렸다. 박씨가 재빨리 물었다.

"촌장님, 약주를 하시겠습니까?"

촌장이 내색을 하자 박씨는 정중히 술을 따랐다. 술 한잔 가득 따라 받은 촌장은 다른 사람들에게 술을 권했다.

"여러분들도 술을 마시게."

촌장의 말이 떨어지자 마을 사람들은 서로 술을 따라 마셨다. 술이 몇 순배 돌아가자, 촌장은 숙영이 어머니에게 한 마디 했다.

"남씨 부인, 그간 상심을 많이 했겠군. 그러나 이젠 지나간 일이야.

말끔히 끝난 것이지. 인명을 다한 사람은 떠나간 것이니 앞으로 행복하게 살도록 하게, 알겠느냐?"

숙영이 어머니는 뜻밖에 촌장이 말을 건네주는 바람에 기쁘기는 했지만 그 뜻을 잘 알 수는 없었다. 죽은 남편에 관한 것인 줄을 알지만 말끔히 끝났다든가, 인연을 다했다는 말은 이해할 수가 없었다.

사람이란 죽으면 으레 끝난 것이 아닌가? 그런데 촌장이 새삼스럽게 말끔히 끝났다니? 아마 깊은 뜻이 있으려니 생각했다. 우선은 촌장이 '알겠느냐?'고 물었으니 대답부터 했다.

"예. 촌장님."

촌장은 또 술잔을 비웠다. 건영이는 재빨리 다가가서 술잔을 채웠다. 촌장은 흐뭇한 표정으로 건영이를 바라보았다. 이어 촌장은 박씨에게 말을 했다.

"박군은 이 아이를 잘 돌봐야 돼. 오히려 박군이 도움을 많이 받게 되겠지만……."

"예. 촌장님, 벌써 도움을 받고 있습니다. 건영이 때문에 주역의 세계를 조금 이해하게 되었습니다."

"음. 그런가. 그래 무엇을 공부했나?"

"예. 예순네 개 괘명을 외고 그 이유를 생각하고 있습니다. 건영이 때문에 생각하는 방법도 몇 가지 배웠습니다."

촌장은 고개를 끄덕였다. 이때 강씨 부인이 끼어들었다.

"촌장님, 저도 촌장님께 술을 한 잔 따라 올리고 싶은데요."

촌장은 즉시 허락했다.

"그러시게. 이 술은 아마 부인이 만들었겠지?"

"예. 술맛이 괜찮으신지요?"

"아주 좋아. 좋은 술이야."
"촌장님께서 칭찬해 주시니 기뻐요. 더욱 맛있게 만들도록 노력하겠어요. 그런데 촌장님, 저도 알고 싶은 것이 있는데요?"
촌장은 표정으로 말을 해도 좋다는 표시를 했다.
"촌장님, 윤리 도덕이란 무엇인지요?"
촌장은 뜻밖의 질문에 놀라지도 않고 조용히 대답해 주었다.
"음. 윤리 도덕이란 사람을 해치지 않는 행위를 말하는 것이지."
"예. 잘 알겠습니다."
강씨 부인은 더 말을 하고 싶었지만 이쯤에서 그만두었다. 대답은 들을 만큼 들은 것이다. 번거롭게 해서는 안 된다고 생각했다. 촌장은 숙영이에게도 말을 해 주었다.
"아가야."
"예. 촌장님."
"아가도 술을 한 잔 마시려무나."
평소 같으면 벌써 건영이가 술을 권했을 텐데 촌장이 있는 자리라서, 더구나 숙영이는 촌장 바로 옆에 앉아 있으니 어떨까 싶어 술을 못 권하고 있는 터였다. 이제 촌장의 명이 떨어졌으니 건영이는 즉시 숙영이에게 잔을 주고 술을 따라주었다. 조심스럽게 잔을 받고 사랑스럽게 따르는 모습은 보기에도 좋았다. 촌장은 그 모습을 보고 밝은 미소를 지었다. 잔치는 평화롭게 계속되었다. 임씨는 오늘 조용했다. 원래 촌장 앞에서는 조심스럽게 행동했다. 촌장은 오늘 자리에 오래 앉아 있었다. 이윽고 촌장은 자리에서 일어났다. 모두들 자리에서 일어나 촌장이 떠나는 것을 보며 고개를 숙여 인사를 했다. 박씨가 뒤따라 나섰다. 촌장은 몇 걸음 가더니 박씨를 돌아보며 인자하게 말을 건네주었다.

"박군, 앉아서 더 놀게. 그리고 내일 인시(寅時)에 찾아오게."

"예."

박씨는 고개를 숙였다. 박씨는 확실히 몇 달 전보다는 태도가 많이 달랐다. 어른을 모시는 태도가 자연스럽고 정중하고 민첩했다. 촌장이 떠나가자 임씨가 한숨을 쉬었다.

"휴우, 답답해서 혼났네. 도대체 저 어른 앞에서는 말이 안 나온다니까."

임씨의 목소리가 커지기 시작했다.

"자, 자. 형님, 드시지요."

임씨는 어느새 남씨 옆에 가서 떠들었다.

"아주머니도 한 잔 드시지요."

숙영이 어머니에게도 술을 권했다. 모두들 긴장이 풀어지고 자리는 자연히 시끄러워졌다. 강씨 부인은 먼저 자리에서 일어났다. 이 할머니는 촌장이 떠났으니 자리가 별 재미없다고 생각하고는 떠난 것이다. 이 할머니가 떠나는 것을 말리는 사람은 아무도 없었다. 자리는 더욱 부드러워졌다. 숙영이 어머니도 즐거운 마음이 되어 모처럼 웃는 모습을 보였다. 임씨는 다시 박씨 옆자리로 옮겨왔다.

"박형, 내 잔 한 잔 받아."

박씨는 잔을 받은 즉시 비우고는 임씨에게 다시 잔을 돌려 따라주었다.

"박형, 내 술김에 한 마디 하겠는데…… 박형은 평생 혼자 살 거야?"

"허허…… 임형, 그걸 뭘 새삼스럽게 묻나?"

"그래? 좋아. 정섭이는 어떻게 할 거야?"

"뭘 어떻게 해. 잘 길러야지."
"그렇다면 차라리 아버지가 되는 게 어때? 아버지 말이야."
"뭐, 그게 그거지."
박씨는 약간 심각하게 말했다.
"그게 그거라니? 아저씨와 아버지가 어떻게 같다는 거야? 무슨 소리야? 야! 정섭아!"
임씨는 약간 취한 것 같았다. 정섭이는 웃으며 대답했다.
"예. 아저씨."
"너 말이야. 아저씨란 말이 좋니? 아버지란 말이 좋니?"
정섭이는 웃다가 금방 심각해지면서 잠시 생각했다. 그러고는 다시 밝게 대답했다.
"그거야, 아버지가 좋지요."
"그래? 하하하…… 그럼 너 내가 아버지 만들어 줄까?"
"……몰라요. 아저씨 마음대로 하세요."
정섭이는 자리를 피해 숙영이 옆으로 갔다.
"저 녀석은 그저 누나만 쫓아다닌다니까. 하하……."
"그러면 어때요."
숙영이가 한 마디 했다.
"아저씨는 항상 아줌마만 쫓아다니잖아요?"
"뭐라고? 내가 그래?"
강노인이 한 마디 했다.
"내가 보기엔 숙영이 말이 맞는 것 같구먼."
이 말에는 모두가 웃었다.
"하하하…… 그리고 말이야."

강노인은 말을 이었다.

"임씨야말로 언제 아버지가 되는 거야?"

임씨는 이 말을 듣고 싱글벙글했다.

"할아버지, 내가 아무런 준비가 없는 줄 아세요? 아버지 되는 거 아주 쉬워요."

이때 임씨 부인이 임씨를 꼬집었다.

"어! 왜 그래? 이런 얘기는 미리미리 얘기해야 확실해지는 거야."

"아이 참."

임씨 부인은 쑥스러워하는 것 같았다. 실은 임씨 부인이 아기를 가진 것이었다. 실로 십여 년이나 되어서 임신을 한 것이었다. 임씨는 얼마나 즐겁겠는가? 그래서 박씨에게도 떠들어대었던 것이었다.

"허허…… 보아하니 머지않아 마을 식구가 하나 늘겠구먼. 안 그런가? 임씨."

강노인은 금방 눈치 채고 물어보았다.

"하하…… 그럼요. 우리 마누라 닮은 예쁜 딸 아니…… 아들, 아얏!"

임씨 부인은 또 꼬집었다. 그러고는 웃으며 한 마디 했다. 부끄러운 기색은 전혀 없다.

"아들이든 딸이든 내 마음대로 낳을 거예요."

"응? 그래? 알았어. 마음대로 해."

마을 사람들은 일제히 웃었다.

"하하하……."

남씨는 무엇을 생각하는지 고개를 약간 숙인 듯했다. 숙영이 어머니가 이 모습을 얼핏 보았다. 박씨는 별 생각 없이 웃으며 어울렸다. 술에, 음식에, 누가 무슨 말을 하면 열심히 듣고 웃는 박씨의 마음은 넓고 천진한 상태였다. 외로움이나 부러움 따위는 없었다.

인생이란 무엇인가? 어떻게 사는 것이 인생인가? 돈을 벌고, 일하고, 자식을 낳고, 명예를 구하고, 술을 마시고, 이처럼 인생은 아무래도 좋았다. 하지만 누구나 마음에 평화가 있고 보람이 있다면 그것이 바로 옳게 사는 인생이다.

산 속의 작은 마을인 정마을의 잔치는 마을의 밝고 차가운 공기와 함께 저물어 갔다. 늦가을이라 해가 짧고 공기도 차가운 편이라 잔치는 길게 가지 않았다.

촌장의 배려

박씨는 잔치가 끝나자 집으로 돌아와 즉시 잠을 청했다. 박씨가 잠에서 깨어났을 때는 자정이 훨씬 넘었고 인시가 되려면 아직 좀 먼 시간이었다.

그러나 박씨는 자리에서 일어나 우물가로 갔다. 밤하늘의 별은 차갑게 빛나고 있었다. 밤공기는 상쾌하고 서늘했다. 박씨는 옷을 벗어젖히고 온 몸에 찬물을 끼얹었다. 물의 차가운 기운은 몸의 깊숙한 곳을 속속 파헤쳐서 뼛속까지 청량하게 했다. 옷은 깨끗한 것으로 갈아입었다.

잠시 기다리니 인시가 된 듯하였다. 촌장의 집으로 향했다. 촌장의 집에 도착해서는 발걸음을 죽여 가며 방 안의 기색을 살폈다. 방 안에서 촌장의 조용한 음성이 흘러나왔다.

"들어오게."

박씨는 즉시 방으로 들어가 무릎을 꿇고 절을 올렸다. 박씨는 마음을 고요히 하여 방 안의 기운과 화합하려고 노력했다. 그때 촌장의 인자한 목소리가 박씨의 마음속 깊이 파고들었다.

"박군, 앉아있는 법을 배우고 싶은가?"

"예."

촌장은 고개를 끄덕이고 말하기 시작했다.

"앉음이란 마음의 앉음이 첫째이고, 몸의 앉음은 그 다음일세. 그러나 몸의 앉음에서 시작하여 마음의 앉음을 얻는 것이 공부하는 방법이니, 먼저 벽을 보고 단정히 앉아서 호흡부터 가라앉혀야 한다. 다음에 의식을 가라앉히고 심신을 몸의 깊은 곳, 즉 중황(中黃)에 파묻어서 원정을 신(腎)에게 배합시켜야 하는 것일세. 우리 몸의 양신장(兩腎臟) 사이에 황정(黃庭)이란 곳이 있는데, 이곳에다 심신을 회귀(回歸)시켜 태어나기 이전의 천진으로 돌아가는 것일세. 이것을 일컬어 태정(泰晶)을 얻는다 하거니와, 다른 말로 단(丹)을 구한다고도 하는데, 후에는 태어나기 이전의 기운과 배합돼야 하는 것이야. 모든 원리는 천기(天氣)를 하강시키고 지기(地氣)를 상승시키는 것이며, 몸의 깊은 곳부터 시작하여 마침내는 천지의 기운과 감응하는 것인데, 이것을 입진(入眞)이라 말하네. 알아듣겠는가?"

"조금은 알 것 같습니다."

"음. 그만하면 됐네. 후에 주역을 더욱 공부하여 그 이치를 터득하게. 건영이란 아이에게 지천태(地天泰) 괘의 뜻을 묻도록 하게."

"예."

"그리고 윗옷을 벗게."

촌장의 차가운 음성이 떨어졌다. 박씨는 얼른 옷을 벗었다.

"몸이 건장하군. 그러나 속인의 몸이야. 내가 좀 도와주지. 정신을 아랫배 등 쪽으로 집중하게. 쓰러지지 않도록 최선을 다하게."

촌장은 등의 어느 부분을 양손으로 날카롭게 찔렀다. 등이 뜨끔하더니 더운 기운을 느꼈다. 그 더운 기운은 곧바로 등 쪽에서 가슴 쪽으로 관통하고 일부는 등줄기를 타고 하강했다. 촌장의 손에서 발출되는 기운은 점점 강해지고 그 기운은 배의 아래 신장 쪽으로 몰려들었다. 박씨의 몸은 진동하기 시작했고, 온 몸은 땀에 젖었다. 신장 가운데의 황정에 몰려든 기운은 점점 뜨거워지더니 마침내 박씨의 정신을 황정에 끌어들여 원정을 일으키게 했다. 그리고 촌장의 손에서 시작하여 들어온 기운을 일부 황정에 가두어 놓고 일부는 다시 아래로 흘러 회음을 깊게 자극하고는 기운 상승을 계속했다. 상승된 기운은 옥침(玉沈)과 백회(百會)를 거쳐 뇌 속으로 들어갔다가 나와 다시 안면 쪽으로 하강하여 상하의 잇몸을 통과하여 가슴에 이르렀다. 이미 가슴에 와 있던 기운과 나중에 도착한 기운은 하나가 되고, 다시 아래로 흘러 단전 속의 기운과도 화합하여 회음에서 다시 만나고, 항문을 건너 장강에 이르니 몸을 한 번 회전하고 다시 황정에 귀속한 뒤 다시 황정의 기운을 합쳐 심신을 끌어내리고 원정을 뇌로 이동시켰다. 이렇게 아홉 번을 계속한 후 촌장을 손을 거두었다. 그동안 박씨는 사력을 다해 정신을 황정에 집중하고 몸의 진동을 자제했다.

촌장은 잠시 좌정하고는 다시 말하기 시작했다.

"박군은 이제 육십 년간의 공부를 마쳤네. 앞으로는 혼자 가야 하는 것이니 힘을 다하게."

박씨는 일어나 큰절을 올리면서 눈물을 흘렸다.

"촌장님, 이 은혜를 어떻게 갚겠습니까?"

"모두 자네의 복일세. 내게 은혜를 느낀다면 세상을 이롭게 하게."

"예. 촌장님, 죽도록 명심하겠습니다."

"그럼, 나가보게. 사흘 후 다시 이 시간에 오게."

박씨는 절을 하고 물러나왔다. 하늘의 별은 아직 총총했다. 박씨는 숨을 깊게 들이마셔 보았다. 그랬더니 이게 웬일인가? 숨은 아랫배 깊숙이 빨려들어 가는 듯하더니, 황정에 기운이 발동하여 앞쪽에서는 가슴과 배꼽과 아랫배로 기운이 나와 아래로 향하고, 뒤쪽에서는 등과 허리 아래쪽에서 힘이 나와 위로 상승하면서 곧 두 힘이 합쳐져 하나가 되면서 전신과 오장 육부를 휘감은 무한한 힘이 느껴졌다. 무엇보다도 놀라운 것은 마음이 끝없이 가라앉아서 한없는 평정을 느끼게 되는 점이다. 가슴에는 일체의 번민이나 초조함이 다 사라지고 고요한 심정으로 가득 찼다. 박씨는 잠시 촌장이 한 말을 떠올렸다.

'육십 년 공부를 마쳤다? 이 말은 내가 육십 년간 최선을 다해 공부를 하여 도달할 수 있는 경지를 말한 것이리라.'

촌장은 자신의 몸속에 있는 기운을 박씨에게 이입시켜 육십 년의 공부를 이루게 해 준 것이었다. 그러나 박씨가 육십 년, 아니 수백 년을 가도 도달할 수 없는 경지를 촌장은 순식간에 이루게 해 준 것이었다.

박씨는 발길을 강가로 돌렸다. 아직 캄캄한 강변에는 적막만 감돌고, 강물은 어스레하게 빛을 발하고 있었다. 박씨는 강가에 앉아서 잠시 마음을 정돈했다. 만 가지 생각이 일어나는 것을 억제하고 묵묵히 앉아 평온을 유지했다.

박씨는 동이 틀 때까지 물가에 앉아 있었다. 아침이 되자 일어나서 천지신명께 자신의 복을 감사하고 정마을로 걸어 들어갔다.

정마을은 또 하루가 시작되었다. 박씨는 여느 때와 마찬가지로 정섭이의 아침밥을 차려 먹이고 집을 나와서 나무를 하러 언덕을 올라갔다. 박씨는 나무를 하는 중에 자신의 신체가 하룻밤 사이에 무한히 변화했다는 것을 새삼 느꼈다. 평소 열 번은 쳐야 넘어가던 큰 나무가 한 번 도끼를 휘두르니 작은 가지가 부러지듯 맥없이 부러지는 것이 아닌가! 박씨는 맨손으로 시험 삼아 큰 나무를 밀어보았다. 아름드리 나무가 여지없이 무너졌다. 커다란 바위도 움직여 보았다. 바위도 기적처럼 움직였다. 높은 곳에서 뛰어내려 보기도 하고 뛰어올라도 보고 달려도 보고……. 모든 것이 무한한 힘에 의해 움직였고, 무엇이든 힘으로 하는 것은 쉽게 이루어졌다. 힘든 일을 해도 숨이 차지 않았다. 이것이 생시인가?

박씨는 꿈만 같고 무엇엔가 홀린 기분이 들었다. 그러나 박씨는 침착했다. 박씨는 속으로 차분히 생각해 보았다.

'만일 내가 평정을 유지하지 못한다면 이 힘이 나를 오히려 망칠 것이다. 힘을 자제하고 더욱 마음을 고요하게 해야 할 것이다. 하늘이 내게 큰 복을 내렸으니 나는 이것을 내 것으로 하기 위해 있는 힘을 다 해야겠다. 도대체 내가 이루어 놓은 것은 아무것도 없지 않은가? 촌장님을 실망시켜서는 안 된다. 아니 하늘을 실망시켜서는 안 될 것이다.'

박씨는 산 쪽으로 더 올라갔다. 그러고는 단정히 앉아 묵상을 시작했다. 흥분이나 우월감, 급한 마음 등 모든 졸렬한 마음을 삭여 없애고, 평정하고 겸손한 마음을 일으키기 위해 마음속으로 수많은 작업을 시작했다.

저녁이 되어서야 박씨는 자리에서 일어났다. 점심을 먹지 않고 긴 시간을 앉아 있었는데도 배가 고프거나 지루하지 않았다. 박씨는 잠깐 사이에 나무를 한 짐 지게에 채우고는 천천히 걸어 정마을로 돌아왔다.

정마을은 밤이 되고 다시 아침이 되었다. 박씨는 평소대로 먼저 나루터를 다녀왔다. 그리고 정섭이를 챙겨 보낸 후 건영이를 찾아갔다. 건영이는 마침 없고 친구인 인규가 맞이했다. 박씨가 먼저 밝게 인사를 했다.

"인규, 잘 지냈는가?"

"어! 아저씨로군요. 아침 일찍 웬일이세요?"

"응. 심심해서 놀러왔네. 건영인 어디 갔나?"

"예. 건영이는 제가 깨기 전에 일찍 일어나 산책을 나가요. 올 때가 됐는데……."

"산책? 매일 나가나?"

"예. 요즘 뭐 주역이란 것을 연구한다고 캄캄한 새벽에 나가요."

"그래? 참 대단한 사람이군."

"아저씨. 《주역》 책은 아저씨가 줬다면서요? 그게 무슨 책이에요? 이상한 그림이 있던데."

박씨는 이 말을 듣고 크게 소리 내어 웃었다.

"하하하…… 난 아무것도 몰라, 건영이가 선생님이지."

이때 마침 건영이가 돌아왔다.

"선생님이 돌아왔군. 건영이, 어딜 갔었나?"

"아저씨, 언제 오셨어요?"

"금방 왔지. 건영이는 새벽부터 어딜 다니는 거야?"

"아, 예. 그냥 방황하는 거예요. 문제가 잘 안 풀려서 돌아다니는 거지요 뭐."

"그래? 문제라? 나 같은 사람은 생각도 못 할 크나큰 문제겠지? 안 그래?"

"아이. 아저씨도 무슨 말씀이세요. 그나저나 우리 집은 대접할 것도 없는데…… 아무튼 좀 앉으세요. 뭘 좀 해 드릴까요?"

"아니 뭐…… 하긴 뭘 해. 얘기나 좀 하지."

세 사람은 방에 들어가 앉았다. 박씨는 우선 인규에게 말을 걸었다.

"인규는 심심하지 않아?"

"아니요."

"고향 생각은 안 나고?"

"전혀요."

이렇게 말하면서 인규는 웃었다. 말투가 예전의 인규가 아니었다. 박씨는 속으로 생각해 보았다.

'이 정마을이란 곳은 참 신령스런 마을이야. 사람을 이렇게 변하게 만들거든.'

"그래, 인규는 무슨 재미로 지내나?"

"하하하……."

인규는 웃었다.

"재미있는 일이 너무 많지요. 신령님·촌장님, 그리고 영웅인 내 친구 건영이 등 귀신같은 사람들의 구경이 얼마나 재미있어요? 아저씨도 대단하고요. 이 마을에 그냥 오래만 있어도 몸에 좋고 마음에 좋지요. 사건도 많고, 낙원 같은 잔치도 있고, 경치 좋고…… 또 알아요? 오늘이라도 당장 무슨 일이 일어날지. 저는 무슨 일이든 이 마을에서 일어나는 일은 재미있어요. 이 마을 역사를 쓰고 있는데, 귀중한 자료가 될꺼에요."

"뭐. 역사? 그런 것도 있나?"

"역사란 다른 게 아니에요. 그저 일기처럼 이 마을에 있었던 모든 것을 적어보는 것이지요."

"그래? 그건 뭣에 쓰는 건데?"

"글쎄요. 필요한 사람도 있겠지요. 아무튼 제게는 아주 소중해요. 제가 보기엔 이 마을의 일상사가 모두 위대한 신화고 역사예요."

"허어. 대단하군. 인규를 다시 봐야겠어."

박씨는 이 말을 하면서 정말로 인규를 다시 생각해 보았다.

'사람들은 누구나의 깊은 세계가 있는 것이야. 겉으로 보기엔 평범

한 마을 사람들도 나름대로 훌륭한 세계가 있겠지.'

박씨는 섬세한 마음이 소중하다는 것을 알았다.

'나는 너무나도 관찰력이 없단 말이야. 그리고 나만 생각하고 살았지. 좀 더 남을 생각하며 살아야지. 마을 사람들의 인생을 관심을 가지고 도와줘야지.'

박씨는 밝은 표정을 지으며 인규에게 말했다.

"인규는 큰일을 하고 있구먼! 마을 사람인 내가 고마움을 표시해야지."

인규는 그냥 말없이 웃을 뿐이었다. 박씨는 이제 용건으로 들어갔다.

"건영이. 요즘 기분은 괜찮나? 공부는 잘되고?"

"예. 아저씨, 기분은 좋은데, 공부는 하면 할수록 어려워지는 느낌이에요."

"당연하겠지. 그런데 지천태(地天泰) 괘는 어떤 것이지?"

"지천태요? 예, 그것은 쉽다면 아주 쉽고 어렵다면 아주 어려운 것이지요. 아주 깊은 부분이 있고, 깊은 부분과 간단한 부분…… 아주 간단한 부분 등이 있어요."

"그래? 내게 아주 간단한 부분을 들려줘."

"그러지요. 지천태란 한마디로 음양의 교합을 말하는 것이지요. 그림이 이렇게 돼 있잖아요?"

건영이는 노트에다 크게 지천태 괘를 그려보였다. 인규가 옆에서 숨을 죽이고 보니 그림은 다음처럼 그려져 있었다.

(☷☰)

인규가 보기엔 전혀 뜻을 알 수 없었다. 건영이는 설명을 계속했다.

"아저씨. 그림에서 천(☰)부분을 보세요. 아래에 있지요?"

"음. 그래."

"천(天)이란 원래 어디 있는 것이지요?"

"글쎄…… 위에 있는 것일까?"

"그럼요. 천이란 위에 있고, 밖에 있고, 멀리 있는 것이에요. 그런데 이것이 아래에 있다는 것은 무슨 뜻일까요? 천의 기운이 지의 아래에 자리 잡고 앉아 있는 것이지요. 천이란 양(陽)이니까 아래로 내려와야만 작용을 할 수 있는 것이지요. 예를 들면 불이란 것도 물에 비하면 양(陽)인데, 불이 아래에 있어야만 위로 올라가면서 나무를 태우거나 음식을 익힐 수 있잖아요."

"그렇구먼. 그러면 우리 몸에서는 천(天)이 뭐지?"

"그거야 정신이지요. 위치로 말하면 위쪽이고."

"그렇다면 몸에 있어서 지천태란 무엇일까?"

"예. 우리 몸의 지(地)가 어디예요? 뱃속이겠지요. 그러니까 정신이 뱃속에 들어가 있다는 뜻이 되겠지요."

"그러면 무엇이 좋을까?"

"글쎄요. 저는 인체는 잘 모르지만 정신이 고요한 뱃속으로 들어가면 안정되고, 뱃속은 정신에 의해 활발해지는 것이겠지요."

"그러면 말이야. 우리의 몸과 영혼은?"

"그것은 당연히 영혼이 천이고 몸은 지이지요. 지천태로 말하자면 영혼의 기운이 몸에 많이 와 있다는 뜻이겠고 한 사람 전체와 우주 전체, 하늘과의 관계에서는 운명이나 영혼 등에 하늘의 기운이 와 있다는 뜻이겠지요. 요컨대 지천태란 천이 내려와 지 속에 들어와 안정되고, 지는 이 기운을 받아 살아나는 것이지요. 마치 하늘의 따뜻한 기운이 땅속으로 파고들어 식물이 소생하듯 말이에요. 가까이는 나의 정신과 육체의 교감, 나아가서는 우주의 기운과 나의 교류, 남녀의 교류, 천명이 나의 운명 속에 깃들이는 것, 깊은 산 속에 외부 사람이 찾아드는 것. 말하자면 음양이 합쳐서 활력을 갖는 것을 말하지요. 그런데 그렇게 되기 위해서는 양, 즉 천이 내려오고 음, 즉 지가 올라가야 되는 것이지요. 그러나 어려우니까 다른 것은 생각 말고 단순히 천이 지 속으로 내려온 것만 생각하시면 될 거예요."

"듣고 보니 이 세상에 지천태가 아닌 것이 없구먼."

"그렇지요. 지천태란 주역의 시작이며 끝이에요. 세상에 음양이 화합하지 않고는 아무런 작용도 없고, 작용이 없으면 애당초 이 우주도 없는 것이에요. 그리고 음양이 교환 상태, 즉 태(泰)의 상태란 활력 그 자체를 상징하지요. 말하자면 생명의 상징이지요. 이것은 우주에서 가장 귀한 것이 될 거예요."

"하늘보다도?"

"그럼요. 하늘이 하늘에만 있으면 땅은 움직이지 않고, 땅이 땅에만 있으면 하늘은 형상을 가질 수 없겠지요."

"오호, 그래? 하늘도 땅의 힘을 빌리는 것이로구나! 그렇지?"

"예. 당연하지요. 하늘은 순양인데 이것만으로는 될 일이 없지요. 우리 사람이 지천태를 본받는다면 그것이 곧 생의 기운을 기른다는 뜻이 되겠지요."

박씨는 촌장이 하는 말의 뜻을 확연히 알게 되었다.

'우리 몸 중에서 가장 깊은 지, 즉 양신장(兩腎臟) 사이에 천, 즉 정신이 들어와 활동한다. 그러므로 정신은 고요하고 육체는 활동한다. 보통 인간은 자신의 천과 지가 깊게 교류하지 못하고 있구나. 어리석은 인간…… 자신 속에 이미 보물이 있는데…… 나는 무슨 복이 있어 이것을 얻게 되었는가…… 앞으로 이 힘을 더 키워야겠다.'

박씨는 촌장의 고마움을 다시 느꼈다. 그리고 건영이의 깊은 깨달음에 경의를 표했다.

'세상의 이치를 알고자 하면 주역을 깨달아야 하는 것이고, 나의 생명을 키우고자 한다면 태도(泰道)를 닦는 것이다.'

이 두 가지가 평소 박씨가 염원하던 그 공부 자체임을 이 순간 더할 수 없이 확연하게 깨달은 것이다.

"건영이, 여러 가지로 고맙군, 건영이가 나의 주역 공부를 도와주는 만큼 나도 건영이에게 무슨 일을 해야 할 텐데."

"아저씨, 걱정하지 말아요. 저도 아저씨하고 얘기하면 공부에 도움이 돼요. 게다가 저에게 주역을 공부하게 해준 것이 아저씨잖아요. 전 평생 은혜로 생각할 거예요."

"뭐? 은혜, 하하하…… 건영이는 마음씨가 착하고 심중이 맑아서 뭐든 좋은 방식으로 생각하는구나. 아무튼 고맙네. 그런데 지천태의 깊은 부분이란 뭐지?"

"예. 그거요. 그건 좀 어려운 건데……."

건영이는 망설였다. 어렵다는 말은 박씨로선 이해하기 어렵다는 뜻인 것이다.

"간단히 얘기해 볼까요?"

건영이는 마지못해 설명하기 시작했다.

"지천태란 상하를 분리해서 생각하지 않고 하나로 보면 음양이 섞여 있는 상태를 말하는데, 이것은 우주의 태초의 상태, 즉 아직 천지가 생기기 이전 상태를 말하지요. 지극히 혼돈한 상태이고 질서의 구분이 없는 것이지요."

"응? 혼돈이라니? 왜 우주의 처음이 혼돈일까?"

"아, 예. 혼돈이란 단순히 무질서를 말하는 것이 아니라, 무한한 가능성, 즉 예측 불허 상태를 말하는 것이고, 모든 것이 섞여서 하나를 이루니, 일체의 구분이나 현상이 없는 상태이지요. 이것은 모양이나 이름을 말할 수 없는데, 굳이 얘기하면 태극이란 이름을 중앙에 붙일 수 있는 것이지요."

"태극이라면? 우리나라 국기의 중앙에 있는 것 말이야?"

"그렇지요. 태극(太極)은 바로 태극(泰極)이에요. 통일과 조화·혼돈·생명·동일성 등 이 우주에서 가장 뜻있는 것이지요. 그리고 만물은 혼돈에서 멀어져 질서를 가지려 하니 생명이란 반대지요."

"만물이 혼돈에서 멀어지려고 하다니?"

"예. 모든 가능성을 없애서 하나가 되려고 하는데, 이것은 죽어서 하나가 되려는 뜻이지요."

"무슨 소리이지?"

"예를 들면 말이에요. 자연에는 높은 곳과 낮은 곳이 나누어져 있는데, 이런 것들은 차차 올라가고 내려가서 평평해지려고 하지요."

"음? 다시……."

"산이란 점점 낮아지고 높은 곳에 있는 것은 낮은 곳으로 내려가서 빈 곳은 메꾸어지려고 한다는 뜻이에요. 이 우주는 시간이 갈수록 하나의 죽음, 즉 평형으로 향해 가지요."

"그것 참, 알 듯 말 듯 하군."

박씨는 이해하기가 몹시 힘든 것 같았다.

"허참, 그리고 생명이란 그 반대라니?"

"생명체와 생명이란 다른 뜻이지요. 몸은 자연의 일부로서 만물과 함께 흘러가지만, 생명 즉 영혼 그 자체는 자유를 원하고 자연의 흐름에 역행하고자 하는 힘도 있다는 것이에요. 말하자면 아저씨가 정신과 몸을 화합하고자 하고 나아가서 영혼의 힘을 몸에 끌고자 하는 일은 모두 혼돈, 즉 생명의 원천으로 돌아가려는 것이지요."

"어허, 이해가 좀 되려고 하는구먼. 그리고…… 또."

"아저씨, 오늘은 이만 하지요. 설명하자면 한이 없어요. 아저씨, 어지럽지 않으세요?"

"응? 그렇기도 하지만……."

"아저씨. 오늘은 다른 얘기나 해요."

"그럴까……."

"아저씨, 우리 밖으로 나가 보지요."

인규가 옆에서 말했다.

"응. 강가에나 가볼까?"

"저…… 남씨 아저씨 집에나 가보지요."

"그러지요."

건영이도 그러자고 얘기하는 바람에 셋은 집을 나와 남씨가 있는 집으로 갔다. 남씨는 며칠 전에 숙영이가 있는 집에서 나와 따로 기거하고 있었다. 남씨는 마침 집에 있어서 세 사람을 반갑게 맞이했다.

"웬일들이야? 이렇게 여럿이 찾아오다니……."

"예. 형님, 그냥 할 일이 없어서 왔어요. 어때요? 지내시기가?"

"응. 적적하긴 한데 자유로워서 편안한 것 같아."

"다행이군요. 이 마을에선 형님이 제일 걱정이에요."

박씨는 새삼 남씨의 처지를 동정해서 말했다.

"무슨 소리야? 나는 이 마을에서 반평생을 혼자 살았는데, 자, 그 얘기는 그만두고…… 귀한 도령들이 왔는데 무얼 대접하나? 술이나 한잔할까? 난 약초나 캐러갈까 했는데…….”

“약초요? 그거 좋겠네요. 그럼 두 가지 다 하지요.”

인규가 제안했다.

“두 가지 다라니?”

박씨가 의아스럽게 물었다.

“예. 조금 멀리 나가 보지요. 소풍도 할 겸, 또 약초도 캘 겸해서…….”

인규는 심심하고 힘이 남아도는 것 같았다. 나머지 사람들도 별로 일도 없고 해서 인규의 제안대로 소풍을 가기로 했다. 술은 소풍 가서 마시면 되는 것이다. 이왕이면 멀리 가서 하룻밤 지내고 오기로 했기 때문에 음식과 술, 약초 캐는데 필요한 장비 등과 야영 장비를 갖추었다. 박씨는 집에 잠시 들러 물건을 더 챙긴 뒤 정섭이에게 산에 다녀온다고 말하고는 출발했다.

네 사람은 강노인 집 방향으로 떠났다. 목적지가 큰산으로 정해졌기 때문에 강노인 집 앞을 통과해야 했다. 이들은 강노인 집 앞에 와서는 기왕 지나가는 길이니 인사를 하고 가자고 해서, 박씨가 강노인 집으로 들어갔다.

“할아버지.”

박씨가 부르자 강노인은 방문을 열고 내다보았다.

“박씨군. 들어오게.”

“아니에요. 지나가는 길에 뵙고 가려고요. 우리 산에 놀러가요.”

“응? 여럿이 가나?”

강노인은 밖으로 나왔다. 싸리문 밖에 세 사람이 보였다. 강노인은 싸리문 밖으로 나왔다.

“어허, 여럿이 모였군. 산엘 간다고? 나 같은 늙은이는 안 끼워주겠지?”

강노인은 함께 가지 못하는 것이 아쉬운 듯했다.
"잘들 다녀오게. 내가 준비해 줄 것은 없나?"
"예. 많이 준비했어요."
남씨가 대답했다.
"음. 남씨, 요즘은 어때?" "예. 아주 좋아요."
"그래, 다행이군. 아무튼 불편한 일이 있으면 무엇이든 얘기하게."
강노인과 남씨가 얘기하는 사이에 숙영이도 나왔다. 숙영이는 이 시간이면 언제나 강노인 집에 와서 책을 읽거나 강노인의 가르침을 받는다.
"큰아버지."
"숙영이로구나."
"어딜 가시나 보지요?"
"응. 산엘 가려고……."
"예. 잘 다녀오세요. 저…… 큰 아버지 집에 일거리는 없어요?"
"음. 아무 일 없어."
숙영이는 큰아버지가 집을 나가 있자 자주 들러보면서 빨래라든가 청소 및 음식 등을 보살펴 주고 있었다. 숙영이가 큰아버지와 얘기하는 동안 건영이는 옆에 와 있었다. 남씨는 자리를 비켜주었다. 건영이는 여럿이 보는 앞이라서 어쩔 줄 몰라 하면서 그냥 이름이나 불러보았다.
"숙영이……."
두 사람이 어색하게 할 말을 잊고 있는데 박씨가 큰 소리로 말했다.
"공주님, 왕자님은 내가 잘 모시고 다녀올 테니 심려 마세요."
이 말에 모두가 웃었다. 박씨의 말은 물론 우연한 농담이었지만, 숙영이는 바로 소정 공주(素晶公主)가 아닌가? 건영이는 몹시 부끄러워했다. 숙영이는 말없이 미소를 머금고 있었다. 그 신비스럽고 아름다운 잔잔한 미소를…….

건영이는 그 모습을 잠시 바라보고는 고개를 돌려 길을 떠났다. 건영이의 가슴에는 숙영이의 여운이 가득 채워져서 내딛는 걸음마다 꿈길 같았다. 건영이는 한동안 숙영이의 모습을 그리다가 현실로 돌아왔다. 일행은 말없이 걸었다.

네 사람이 강노인 집을 떠나 두어 시간 걸어가니 어느덧 산 중턱에 이르렀다. 이곳은 전에 건영이가 인규와 함께 왔던 곳이다. 일행은 잠시 쉬었다.

“아저씨, 저는 이곳에 와 보았어요. 인규랑…….”

“그래? 먼 곳까지 왔었군.”

박씨는 얘기를 하면서 아래쪽을 내려다보았다. 멀리 강의 흐름이 보이고 넓은 세계가 한눈에 들어왔다. 세상이란 참으로 묘하다. 가까이 갈수록 좁은 곳만 보이고 멀리 떠날수록 넓은 곳이 보인다. 이와 마찬가지로 인생이 무엇인가 알기 위해서는 오히려 인생을 멀리 떠나야 하는 것인가? 인생살이에 가까이 갈수록 인생 전체 모습은 잘 보이지 않는다.

정마을은 조그만 점에 지나지 않았다. 여기 중턱에 서 있는 박씨 일행은 그 점에서 나온 더 작은 존재였다. 산은 늦가을이어서 낙엽이 겹겹이 쌓여 있지만 아직도 나뭇가지에는 잎사귀가 무성했다. 나뭇잎은 붉은색으로 장식되어 있고 하늘은 구름 한 점 없이 넓고도 넓었다. 숲은 위아래로 한없이 깊었다. 계곡 쪽에는 맑은 물이 쉬지 않고 흐른다. 바람은 없어도 선선했다. 산에 있으면 누구나 무한대의 시간을 느낀다. 영원한 시간 속에서 무엇인가 잊어버리고 그것을 찾으려는 듯한 느낌, 산림 속에 있는 인간은 끊임없이 무엇인가를 찾으려 한다. 인간은 무엇을 찾아야 하는 것일까? 자연은 인간에게 휴식을 주면서도 무엇인가를 생각하도록 무언(無言)의 암시를 주는 것이다. 산림과 계곡이 주는 평화는 인간에게 낙원을 보여주는 것이지만 인간으로 하여금 무엇인지 모르는 자연의 섭리를 생각하게 한다. 이런 곳에 있으면 어떤 대단한 생각도 작은 나뭇잎 하나처럼 크게 중요함을 느낄 수 없게 된다. 여기 있는 네 사람은 저마다 휴식하며 깊은 생각 속에 있었으므로 할 말을 잊고 있었다.

"자, 이제 올라갈까?"

남씨의 말이 나오자 일행은 더 높은 쪽으로 올라가기 시작했다. 이윽고 거의 정상에 도달했다. 날은 머지않아 어두워질 것이다.

이들은 근처 물 흐르는 계곡에 자리를 잡고 야영할 준비를 했다. 우선 땔나무를 준비했고 잠을 잘 수 있도록 땅을 평평하게 했다. 오늘은 이미 어두워지기 시작하여 약초를 캐기에는 적합지 않았다. 정마을 사람들은 약초를 캐러 갈 때에는 새벽녘에 가까운 산으로 올라 한나절을 헤매다가 돌아오곤 한다. 멀리 가면 며칠씩 산 속에 있지만 약초를 발견하는 것은 이른 아침에서 낮까지이다.

저녁이 되면 일찍 쉰다. 남씨와 박씨는 산을 많이 올라 다녔기 때문에 산의 모든 것에 익숙했다. 이들은 음식으로 쌀·감자·고구마·김치·옥수수·파·마늘·고추장·양념 등을 준비해 왔고, 술도 준비해 왔기 때문에 잠깐의 살림살이로는 풍족했다. 모닥불을 피워 밥을 짓고 반찬을 장만했다.

불 주위에 앉아 음식을 먹고 술을 마시는 이들은 정녕 속세를 떠나 있었다. 주변은 점점 어두워지고 적막함이 찾아왔다. 한가함은 과거와 미래를 잊게 했다. 고요한 산 속에서 모닥불을 바라보며 하는 얘기는 무엇이든 다정했고 아름다웠다. 어른이란 무엇이고 아이란 무엇인가? 대자연 속에서는 누구나 본연의 순수한 마음이 되어 어른 아이의 구분이 없어진다.

밤이 점점 깊어지자 차가운 하늘에 별이 가득 찼다. 별이란 매일 밤 떠오른다. 그것은 영원히 계속되었건만 별은 언제나 새롭고 신비했다. 별이 있음으로 해서 예부터 인간은 하늘이 멀지 않다고 느끼며 살아왔다. 별이 있음으로 해서 인간에 절대 고독이 없다고 한 말은 인간과 하늘이 서로 생각한다는 뜻일 것이다. 별들도 인간처럼 일생을 살아가는 것일까? 무엇인가를 생각하며…….

별들의 세계는 넓고도 넓어 이 세상의 모든 곳을 하나로 연결한다. 인간은 별을 통해 먼 곳을 생각하고 세상이 하나임을 느끼며 살아간다. 별은 또 인간을 지켜주는 절대적인 존재이다. 하늘에 별이 있음으로 해서 인간은 안심하고 잠이 들 수 있을지도 모른다. 별은 인간에게 고독과 불안과 공포를 없애준다. 그리고 세상에서 영원했으며 앞으로도 영원할 것이라는 것을 보여준다.

별은 곧 희망이다. 하늘에 어둠이 와서 인간이 두려움을 느끼게 되면 별은 어김없이 나타나고, 아침이 되어 태양이 떠오르면 별은 다시 밤을 위해 자취를 감춘다. 오늘 산 속의 네 사람은 별의 섭리를 생각하며 별들이 지켜주니 편안한 마음으로 잠을 청했다.

아침은 소리 없이 찾아왔다. 아직 주변은 캄캄했지만 박씨와 남씨는 자리에서 일어났다. 두 사람은 어제 해 놓은 밥을 먹고는 가까이 있는 산의 정상으로 올라갔다. 건영이와 인규는 자도록 그대로 내버려두었다. 정상에 올라선 박씨와 남씨는 방향을 잡고 각자가 흩어져 약초를 캐기로 했다. 다시 만나는 시간은 정오까지로 하고, 각자가 느껴지는 방향으로 사라졌다.

살신(殺身)의 꽃

건영이가 깨어보니 사방은 환해져 있었다. 인규만 아직 자고 있었지만 남씨와 박씨는 없었다. 두 사람은 어젯밤 이미 약초를 캐러간다고 했기 때문에 건영이는 산 위쪽으로 혼자 산책을 했다. 멀리 강 쪽에는 안개가 자욱한데, 이곳은 구름 위에 있는 세계였다. 건영이는 바다처럼 끝없이 펼쳐 있는 안개 속의 하계를 망연히 바라보았다. 그러나 보이는 것은 없었다.

건영이가 바라본 곳은 바로 운지(雲池)였다. 안개는 아래로 끝없이 깊어 연못을 이룬 것 같았다. 이때 건영이는 태어나기 전의 세계가 생각날 것만 같았다.

'나는 무엇이었을까? 태어나기 전의 세계는 있었을까? 왠지 나는 이러한 곳에 와본 것 같아. 끝없는 구름의 연못, 보석의 산들…….'

이곳엔 물론 보석이란 없는 산이다. 그런데도 건영이는 보석의 산들이 마음에 갑자기 떠오른 것이다. 무엇인가 생각날 듯 하면서도 생각은 나지 않았다. 건영이는 생각하기를 그만두고 주변을 살펴보았다. 아래쪽으로 사방이 시야에 들어왔다. 저쪽에 이름 모를 꽃이 한 송이 피어 있었다.

'지금 철에 꽃이 있다니…….'

건영이는 이내 그쪽으로 가서 꽃을 살펴보았다. 보라색과 붉은색이 섞여있는 예쁜 꽃이었다. 건영이는 마음속으로 숙영이를 생각하면서 꽃을 꺾었다. 그러고는 주변을 더 살펴보았다. 건영이는 약초를 모르니 꽃을 찾기로 했다. 설사 건영이가 약초를 안다 해도 꽃이 있다면 그것을 찾고 싶었다. 지금 정마을에 살고 있는 건영이는 숙영이에게 아무것도 해 줄 것이 없었다. 무엇인가 한없이 주고 싶은 마음을 달래기가 건영이에게는 몹시 힘들었다.

건영이는 기쁜 마음이 되어 꽃을 찾아 헤매기 시작했다. 시간이 흘러 정오가 되자 박씨가 먼저 나타났다. 인규는 그동안 물가에 앉아 지루함을 참고 있었는데, 마침 박씨가 나타나니 반가웠다.

"아저씨, 나만 빼놓고 갔어요? 참내…… 약초는 많이 캤어요?"

"아니. 별게 없었어. 건영이는 어디 갔니?"

"예? 함께 안 갔어요?"

"아니…… 심심해서 근처에 갔나보지?"

조금 기다리자 남씨도 나타났다. 희색이 만면했다. 그리고 흥분해 있었다.

"박씨! 이것 봐!"

"뭔데요? 아니! 이건 산삼 아녜요?"

"산삼이라고요? 어디 좀 봐요."

인규는 산삼이란 것을 처음 보기 때문에 매우 신기해했다.

"이게 산삼이에요? 이거 몇 년이나 된 거예요?"

"글쎄, 나도 잘 모르긴 하지만 상당히 됐을 거야. 한 이백 년 정도

된 것일까?"

남씨는 즐거움을 감추지 못하고 자랑스럽게 대답했다.

"형님, 복을 받았군요. 형님이 선하고 외로운 사람이니 하늘이 위로했나 봐요!"

"뭘. 내가 선한 사람이긴…… 그건 그렇고 이곳에 오자고 한 사람이 인규이니 인규의 복도 함께 포함되어 있을 거야."

"예? 아저씨, 무슨 말씀이세요. 아저씨는 처음부터 약초를 캐러가려고 했잖아요. 아저씨는 인격자라서 다음엔 더 큰 것을 하늘이 내려주실 거예요. 틀림없이……."

이 말에 남씨와 박씨는 크게 웃었다.

"자, 그럼 슬슬 내려갈 준비를 할까? 그런데 건영이는 어딜 갔지?"

"제가 찾아보지요. 형님은 인규하고 내려갈 준비나 해 놓으세요."

"함께 찾아보지, 뭐."

"아니에요. 더 복잡할 테니까. 저 혼자 가지요. 전 특별한 방법이 있어요."

박씨가 말한 특별한 방법이란 다름 아닌 박씨 자신의 기동력이었다. 박씨의 몸은 이미 범인의 것이 아니고 일갑자(一甲子: 60년)의 공력(功力)을 가진 초인(超人)이 아니던가! 박씨 혼자의 활동은 보통 사람의 십 배 아니 백배의 효과가 있는 것이다. 박씨는 남씨와 인규를 물가에 앉혀놓고 일단 산의 정상으로 치달았다.

잠깐 사이에 정상에 도달한 박씨는 잠시 생각했다. 길은 다섯 방향인데 그 중 둘은 박씨와 남씨가 약초를 캐러갔던 방향이고, 하나는 일행이 있던 곳이며, 또 하나는 정마을로 내려가는 길이었다. 박씨는 나머지 한 길로 조금 걸으며 살펴보았다. 범인에 비해 십 배나 밝아진 귀와 눈에 의식을 집중했다. 저쪽 편에 흩어진 낙엽 모양이 사람이 지나간 흔적이 틀림없었다.

박씨는 그 방향으로 발길을 잡으면서 가까운 쪽과 먼 쪽을 거의 동시에 살펴보았다.

발자국이 보였다. 박씨는 이제 발자국만 따라가면 되는 것이다. 발자국은 다니기 쉬운 나무 사이로 나 있었는데, 각도가 이리저리 어지럽게 퍼져 있는 것을 보니 무엇을 찾아다닌 흔적이었다. 이곳 산은 인적이 없는 곳이니 건영이가 지나다닌 흔적이 틀림없었다. 보통 사람이라도 그 흔적은 놓치지 않을 것이다.

박씨는 그 흔적을 따라 산의 저쪽 아래로 계속 내려갔다. 이윽고 종점에 도달한 것 같았다. 급한 경사 쪽으로 발자국이 나 있었는데 아래쪽에는 예쁜 꽃이 몇 송이 피어있고 더 아래쪽은 절벽이었다. 발자국은 바로 꽃송이가 있는 나뭇가지 앞까지 나 있는데, 절벽 쪽으로 미끄러진 자국이 보였다. 꽃나무 가지는 몇 개가 꺾여 있었고, 절벽 쪽으로 늘어져 있었다. 박씨는 잠시 생각해 보았다.

'음, 건영이는 저 아래로 떨어졌을 거야. 이곳까지 와서 꽃을 꺾고는 미끄러지면서 저 줄기를 잡고 다시 아래로 떨어졌겠지. 이거 큰일 났군…….'

상황이 다급해진 것을 깨달은 박씨는 일단 옆으로 돌아서 절벽 아래가 보이는 쪽에 섰다. 그러고는 아래를 조심스럽게 내려다보았다. 저 아래 물체가 보였다. 건영이가 쓰러져 있었다. 절벽은 그리 높지 않았다. 박씨는 절벽 아래쪽을 살피면서 신중히 가늠해 보았다. 보통 사람이라면 밧줄이 있어야만 내려갈 수 있지만 박씨는 뛰어내릴 수 있는 것이었다.

박씨는 잠시 호흡을 가다듬고 건영이 옆의 착지(着地) 공간을 정확히 계산하고 뛰어내렸다.

'쿵!'

박씨는 잠시 긴장하기도 했지만 충격은 전혀 없었다.

건영이는 엎드린 모습으로 쓰러져 있었는데, 손에는 나뭇가지가 쥐어져 있었고, 입과 코에 피가 굳어져 있었다. 아직 심장은 뛰고 있었는데, 온 몸이 차고 호흡이 약했다. 박씨는 이럴 때 어떻게 해야 하는지를 몰랐다. 생각나는 대로 우선 굳은 피를 조심스럽게 떼어내고 호흡을 편하게 하고는 옷을 덮어준 뒤 팔다리를 마찰했다.

한참이 지나자 체온이 다소 높아지고 호흡도 깊어진 것 같았다. 주변에 물은 없었다. 이제 건영이를 옮겨야겠다고 생각하고 두 팔로 받쳐 안았다. 떠나려고 하는데 건영이가 쓰러져 있던 곳 가까이에 꽃 두 송이가 보였다. 한 송이는 절벽에서 본 것과 같은 종류였다. 박씨는 건영이를 안은체 두 송이 모두를 집어 들고는 자리를 떠났다. 이윽고 박씨는 오래지 않아 남씨가 있는 곳으로 왔다.

"아이고, 무슨 일이 있었군."

남씨는 황급히 다가와 건영이를 살폈다.

"형님! 우선 물 좀 주세요!"

인규가 신속하게 물을 떠왔다. 건영이는 안겨진 채 물을 흘려 넘겼다. 이들이 할 수 있는 일을 마치자 남씨가 물었다.

"어떻게 된 거야?"

"절벽에서 떨어졌어요."

"야단났구나. 어떡하지?"

"마을로 데려가야지요. 촌장님한테……."

"그래. 빨리 가자. 내가 업고 갈까?"

"아니요. 제가 안고 갈 수 있어요. 형님은 꽃이나 가져가세요."
"응? 꽃?"
"예, 이것 때문에 건영이가 떨어졌어요."
일행은 어처구니가 없었다. 이런 계절에 꽃은 웬 것이며 또 그것을 따다가 사고가 나다니……. 그러나 지금은 그런 것을 따질 때가 아니다. 일행은 신속하게 출발했다. 박씨는 건영이가 몸이 흔들리면 더욱 고통스러워 할까봐 가급적 조심스럽게 걷고 있었다. 그러나 그 속도는 보통 사람이 뛰는 정도라서 남씨와 인규는 힘겹게 따라가고 있었다. 박씨는 걸으면서 건영이의 얼굴을 보니 더욱 창백해지고 호흡도 다시 약해졌다. 아무래도 몸이 흔들리는 것이 좋지 않은 것 같아서 일단 정지했다.
"형님, 아무래도 안 되겠어요. 몸이 흔들리는 것이 나쁜가봐요."
"그래. 그럴 거야. 내가 알기로는 높은 곳에서 떨어지면 움직이는 것이 안 좋다는데…… 참, 그런데 코피는 흘렸나?"
"예. 왜요?"
"그래. 다행이군. 코피를 흘려야 살아날 수 있다는데…… 그게 아니면 뇌출혈이 될 수 있지."
박씨는 고개를 끄덕이고는 생각했다.
'무슨 방법이 없을까? 옳지…….'
"형님, 제가 집에 갔다 올게요. 가서 촌장님을 모셔오든 약을 가져오든 아무튼 방법을 알아올게요."
"그래. 그동안 별 일 없을까? 마을까지는 상당히 먼데."
"형님 걱정 마세요. 금방 다녀올 거예요. 그동안 형님은 불을 피워 건영이 몸을 따뜻하게 하세요."
박씨는 대답을 기다리지 않았다. 바람처럼 내달리기 시작했다. 인규와 남씨는 깜짝 놀랐다.

"아니…… 저런! 박씨가 무슨 도술을 쓰는 건가?"

남씨 눈에는 번개같이 움직이는 박씨의 몸이 보이지 않을 지경이었다. 남씨는 그저 놀라울 뿐이었다.

"야 —! 대단하군! 어느새 저런 도술을 익혔지?"

남씨는 건영이가 위험한 것을 잠시 잊어버리고 박씨가 사라진 쪽을 바라보고 있었다. 남씨는 혼자말로 중얼거렸다.

"그럴 테지…… 촌장님을 그토록 오래 모셨으니…… 그건 그렇고 인규야, 불을 피우자."

두 사람은 건영이를 한쪽에 뉘어놓고 불을 피우기 시작했다. 박씨는 무서운 속도로 달렸다. 정마을까지는 절반 정도 온 셈이었다. 시간은 많이 걸리지 않았다. 이제부터는 길이 넓어 더욱 속도를 낼 수 있었다. 박씨는 한껏 속도를 올렸다. 이때 저 앞쪽에서 물체가 보였다. 사람이었다. 박씨는 속도를 줄이고 누군가 하고 보니 바로 능인이었다.

'아니, 신령님이 아니신가?'

박씨는 너무 반가웠다.

"신령님!"

박씨는 소리를 지르며 달려갔다.

"음…… 박군인가? 무슨 일인가?"

능인은 벌써 육감으로 심상치 않음을 알아챘다.

"예. 저, 건영이가 절벽에서 떨어졌어요."

박씨는 급히 말했다.

"건영이가? 얼마나 됐지?"

"예. 한참 됐어요."

"어허, 큰일 났군. 어느 쪽인가?"

"저쪽이에요."

박씨가 방향을 가리키자 능인은 벌써 그쪽으로 사라졌다. 실로 쏜 살같고 바람 같았다. 그야말로 눈 깜짝할 사이에 능인은 보이지 않았다. 박씨는 속담이 생각났다.

"뛰는 놈 위에 나는 놈 있다더니…… 과연 신령님이시군."

박씨는 뒤따라 달려갔다. 남씨와 인규는 불을 피우고 건영이를 불 가까이 끌어 옮기던 중 능인을 보았다.

"어, 신령님!"

능인은 말없이 건영이를 살펴보았다.

이어 손목을 쥐어보고 머리 쪽 어딘가를 손가락으로 강하게 짚었다. 그러고는 다시 엎어 뉘고 등을 찌르며 생명의 원기를 주입하기 시작했다. 건영이의 몸은 심한 진동을 일으키고 왈칵 검은 핏덩이를 토해냈다. 능인은 혼자말로 중얼거렸다.

"음, 겨우 목숨을 건졌군, 다행이야."

건영이는 숨을 한 번 깊게 몰아쉬더니 신음 소리를 냈다. 능인은 이번에는 건영이를 일으켜 앉히더니 두 손으로 머리를 잡고 우측으로 번개같이, 그러나 약하게 틀었다. '뻐적 —!' 하면서 목뼈가 교정되었다. 이어 팔을 잡아당기고 비틀고 밀고 어깨를 만져나가다가 최후에는 무릎을 손가락으로 찌르고 기운을 주입하는 듯했다. 건영이의 얼굴은 이제 생기가 돌고 땀을 흘렸다. 이윽고 몇 차례 신음을 하더니 의식을 회복했다. 이때 박씨도 도착했다. 인규는 슬픔 반 기쁨 반의 얼굴로 건영이를 불렀다.

"건영아, 정신이 드니?"

"음…… 여기가 어디지? 꽃은……?"

"이제 살았구나. 건영아, 너 죽을 뻔했어. 신령님이 구해 주셨어."

건영이는 이제 완전히 정신이 돌아왔다. 주변을 둘러보니 박씨·남씨·인규, 그리고 신령님이 있었다. 건영이는 금세 모든 상황을 파악하고는 몸을 일으켜 능인을 향해 인사를 했다.

"신령님, 또 제 목숨을 구해 주셨군요. 고맙습니다."

건영이는 밝은 표정으로 능인을 바라보았다.

"허허허…… 참 똑똑한 아이군. 정신력까지 뛰어나서 목숨을 건진 것이야. 게다가 박군이 늦지 않게 발견한 것이 다행이었지."

능인은 이렇게 말하고는 속으로 생각했다.

'참으로 기이하군. 이 아이는 하늘이 도우시는 거야. 속인으로서 풍곡 스승님을 만나 목숨을 구하고는 내가 또 두 번이나 살려주었지. 이건 내 뜻대로 한 것도 아니고 우연히 구할 수 있게 된 것이지. 천명이야…… 그리고 이 아이의 정신력은 그 깊이를 나로서도 알 수가 없군.'

여기까지 생각해 본 능인은 박씨를 향해 말했다.

"박군, 나는 이만 가봐야겠네. 앞으로는 언제 또 볼지 모르겠구먼."

박씨가 그 말을 음미해 보니 능인은 정마을을 떠난다는 것으로 들렸다.

"신령님, 아주 떠나시려는 겁니까?"

능인은 말없이 고개를 끄덕였다. 이에 모두들 무릎을 꿇고는 절을 올렸다.

"신령님……."

박씨는 눈물을 흘렸다.

"박군, 열심히 살게, 쉬지 말고 공부하게. 그리고 이 아이는 심한 내상을 입었으니 며칠은 정양을 해야 하네. 내일쯤이면 혼자 걸을 수도 있으나 무리하면 안 되고…… 마음에 충격을 받으면 목숨을 잃게 되니 평안한 마음을 유지하게. 하늘이 돕길 바라겠네."

"예? 무슨 뜻이온지요?"

건영이는 하늘이 돕길 바란다는 말이 걱정되었다.

"음, 아닐세. 건강은 곧 회복되겠지. 하늘의 도움이란 미래의 일을 말한 것이네. 자, 그럼."

능인은 인자한 모습을 보이고는 떠나갔다. 모두들 그 뒷모습을 한참 동안 바라보다가는 제정신으로 돌아왔다.

"휴 ―, 정말 다행이야. 마침 신령님께서 나타나셨으니 망정이지…… 자, 형님, 내려갈까요?"

박씨는 안도감에 밝은 얼굴이 되어 남씨에게 말했다.

"음, 내려가지."

건영이는 박씨 등에 업혔다.

"아저씨, 미안해요."

건영이가 업힌 채로 말했다. 일행은 모두 웃었다. 이젠 말을 할 수 있으니 얼마나 다행인가?

"건영아, 넌 참 신통하단 말이야. 어떻게 너에겐 매번 기적 같은 일이 생기느냐 말이야."

박씨는 마음속으로 깊은 감명을 느끼면서 진지하게 말했다. 남씨도 이 말에 동조했다.

"그래. 신기한 일이야. 아마 건영이는 하늘에서 내려왔나봐."

인규도 고개를 끄덕였다. '과연 그럴 것이다'라는 생각이 들었다.

"건영아."

친구인 인규가 다정히 불렀다.

"너 도대체 어쩌다 그런 일을 당했니?"

"응…… 그냥 돌아다니다. 발을 헛디뎠어."

"뭐가 그래!"

박씨가 말을 막으면서 한 마디 했다.

"꽃을 꺾으려다 그리 된 것이지. 꽃은 뭐 하려고 꺾었니?"

"예. 그건…… 저…… 그냥 예뻐서요."

"그게 아니겠지. 내가 한번 맞혀볼까?"

건영이는 업힌 채로 부끄러워했다.

"맞혀보긴 뭘 맞혀요. 그냥 예뻐서 꺾었다니까요. 어! 그런데 꽃은 어떻게 됐지?" 이때 남씨가 말했다.

"염려 말게. 꽃은 여기 잘 있으니까. 이거 어떻게 할까?"

"예? 거기 있어요? 잘 놔두세요. 아니 이리 주세요."

일행은 웃었다.

"하하하……."

"왕자님, 염려 말아요. 내가 공주님한테 잘 전해 줄 테니, 하하하……."

일행은 모두 즐거운 마음이 되었다. 이번 여행은 모두에게 유익했다. 남씨는 산삼을 얻었고, 건영이는 꽃을 땄고, 박씨는 능인을 만나보았고, 인규는 이 모든 것을 목격했다.

일행이 마을에 도착했을 때는 이미 밤이 깊어 마을 사람들은 모두 잠이 들어 있었다. 박씨는 건영이를 집에 데려다 눠고는 자기 집으로 돌아왔다. 남씨도 자기 집으로 돌아가 기쁜 마음으로 잠을 청했다.

박씨가 집으로 돌아와 보니 정섭이는 집에 없었다. 아마 숙영이네 집, 아니면 강노인 집에 가 있을 것이다.

촌장, 정마을을 떠나다

박씨는 잠을 청하지 않고 벽을 바라다보고 단정히 앉았다. 이제 몇 시간만 있으면 인시(寅時)가 되고 촌장을 만나러 가야 했다. 박씨는 고요히 명상에 들어갔다. 시간은 흘러갔다. 박씨는 명상에서 일어나 우물가로 갔다. 옷을 벗고 온 몸에 찬물을 끼얹었다. 추위는 조금도 느낄 수 없었고 피로하거나 졸리지도 않았다. 배도 고프지 않았고 오히려 기운이 충만했다. 찬물을 끼얹으니 정신은 더욱 맑아졌다.

옷을 깨끗이 갈아입고는 촌장 집으로 갔다. 촌장 집은 불이 켜져 있지 않고 고요했다. 촌장 집은 으레 이런 것이었다. 저 고요한 집 속에는 높고 높은 신선이 벽을 보고 앉아 있을 것이었다. 박씨는 잠시 마음을 가다듬고는 조용히 불렀다.

"촌장님 —."

그러나 한참을 기다려도 기척이 없었다. 박씨는 다시 한 번 불러보았다.

"촌장님 —."

여전히 기척이 없었다. 한 번 불러서 기척이 없으면 촌장은 없는 것이 틀림없었다. 촌장은 사실 부르지 않아도 사람이 오는 것을 항상 알고 있었던 것이었다. 박씨는 문밖을 살펴보았다. 신발이 없었다. 몇 달 전에 촌장이 마을을 떠났을 때에도 문밖에 신발이 없었던 것이었다. 박씨는 생각해 보았다.

'오늘 인시에 오라고 했는데 떠나시다니…… 아무래도 방에 들어가 보아야겠다.'

박씨는 방문을 열었다. 역시 촌장은 없었다. 박씨는 방 안으로 들어갔다. 오라고 하고서 없어진 것을 보면 무엇인가 남겨 놓은 것이 있을 것 같았다. 아니나 다를까, 방 한가운데 두툼한 봉투가 있었다. 열어보니 박씨에게 남겨놓은 글이었다.

박씨는 그 봉투를 가지고 방을 나왔다. 그러고는 강가로 향했다. 사방은 아직 캄캄했다. 박씨는 강가에 앉아 명상에 들어갔다. 시간은 한참 흘러갔다. 박씨가 명상에서 깨어나 보니 사방은 이미 밝아졌고 정마을에도 아침이 찾아와 있었다. 박씨는 촌장이 남겨놓은 글을 읽기 시작했다. 글은 다음과 같은 내용으로 시작되었다.

박군, 이제 나는 정마을을 떠나갈 시간이 되었네. 세상의 이치가 만난 사람은 반드시 떠나가게 되어 있는 것이니 박군은 너무 슬퍼하지 않길 바라네. 그간 나를 받드느라 수고가 많았네. 박군은 내가 없어도 여전히 자신의 길을 걸어가야 할 것이네. 박군은 열심히 애쓴 보람이 있어 이제 향상의 길로 들어섰으니 내가 없어도 크게 성취할 것으로 믿고 있네. 그리고 현재 이곳 정마을에 있는 사람들은 모두 착한 사람들이므로 앞으로는 박군이 잘 보살펴야 하네. 그래서 내가 몇 가지 당부하고 싶은 것이 있는데, 여기 씌어 있는 것을 잘 읽고 생각하면 박군은 능히 할 수 있을 것이네. 먼저 건영이에 관한 것이네, 박군은 건영이를 보호하는 일을 모든 것에 우선해야 하네. 이는 중요한 일이며 설사 박군의 목숨과 바꾸는 한이 있더라도 건영이에게 사고가 있게 해서는 안 되네. 건영이가 마을을 떠나면 박군도 함께 가야 하네. 때가 되면 이 임무는 끝나겠지만 그동안은 절대로 실수가 있어서는 안 되네. 그리고 마을 사람들에게 관한 것인바……

—— 중략(中略) ——

글은 길게 계속되었다. 끝에 가서는 다음과 같이 씌어 있었다.

박군이 수고를 많이 해야 하니 그 보답으로 나는 박군에게 몇 가지 선물을 남기려 하네.

첫째는 주역에 관한 책인데, 이 책은 건영이에게 공부할 수 있도록 하면서 박군도 조금이나마 배우도록 하고,

둘째는 이미 내가 박군의 몸에 주입한 진화(眞火)의 기운을 잘 길러 더욱 크게 해야 하고,

셋째는 따로 남겨놓은 글이 있는데, 이 글은 박군이 예순 살이 되거든 읽어보도록 하게. 그 전에는 읽어서는 절대로 안 되는 것이네.

넷째, 내가 이 마을에서 살면서 사용하던 모든 것을 박군에게 주겠네. 그럼 이만 앞날의 행운을 빌겠네.

정마을 촌장 서(書)

박씨는 글을 다 읽고 따로 들어 있는 작은 봉투는 촌장의 지시대로 읽지 않고 품에 간직했다. 박씨의 가슴에는 한없이 허전한 마음

이 몰려왔다. 눈에는 저절로 눈물이 나왔다.

이제 박씨는 촌장이 없는 정마을에서 살아가야 하는 것이었다. 박씨는 정신이 어지러워 어쩔 줄을 몰랐다. 지금 당장은 어떻게 해야 할지 아무것도 몰랐다.

시간이 지나면 서서히 이 운명을 받아들일 준비가 되겠지만…… 박씨는 강의 상류 쪽으로 무작정 걸었다. 흐르는 강물도 무엇을 생각하며 가는지 더욱더 조용히 흘러가는 것 같았다.

인생은 어디로 흘러가는가? 박씨는 지내온 모든 과거를 회상해 보았다. 그동안은 어린아이처럼 촌장을 받들면서 살아왔다. 이제 박씨는 갑자기 어른이 된 것이었다.

'사람과 사람의 만남이란 어떠한 운명이며, 헤어짐이란 또 어떤 운명인가? 촌장은 어디로 떠나간 것일까? 또 그 동안은 어떠한 이유로 정마을에 있었던 것일까?'

박씨의 생각은 한이 없었다. 그러나 의문만 끝없이 이어질 뿐 답은 아무것도 찾을 수 없었다. 생각에 지친 박씨는 털썩 주저앉았다. 그리고 잠시 후 모래 바닥에 쓰러져서는 잠 속으로 빠져들었다.

또다시 아침이 왔다. 정마을 사람에게는 저마다 하루 일과가 시작되었다. 남씨 집에는 숙영이가 찾아왔다.

"큰아버지."

"숙영이로구나."

남씨는 숙영이를 반갑게 맞이했다.

"큰아버지, 산에는 잘 다녀오셨어요? 약초는 좀 캤나요?"

"그럼! 약초 정도가 아니야. 대단한 것을 구했지. 산삼을 캐왔어!"

"예? 산삼을요? 대단하네요."

"그래그래. 내일은 이것을 내다 팔아야지. 그러면 숙영이에게도 예쁜 선물을 사다 주마. 하하하…… 참 그리고……."

남씨는 물에다 꽂아놓은 꽃을 내왔다.

"자, 이것 받아라. 왕자님이 네게 주는 것이야. 어제 산에서 꺾어온 것이지."

"어머! 예쁜 꽃이에요."

숙영이는 꽃을 받으려다 말고 얼굴을 붉혔다. 잠시 망설이고는 꽃을 받았다.

"큰아버지, 고마워요."

"고맙긴, 나는 전하는 것뿐이야. 그런데 이 꽃을 따다가 건영이는 심하게 다쳤어. 지금 누워 있을 거야."

"예? 다쳤어요?"

"응. 한번 가보아라."

숙영이는 걱정스러운 표정을 지으면서 고개를 끄덕였다.

"예. 큰아버지. 오빠한테 가보아야겠어요."

숙영이는 급히 나와 건영이 집으로 향했다.

대선관 비월의 간청

신시 정산(晶山)에서는 대선관(大仙官) 비월이 시주(市主) 와현선(渦玄仙)의 정실(靜室)을 찾아왔다.

"시주께서는 평안하오신지요?"

비월선은 정중하게 먼저 인사를 했다.

"어허, 비월이구려. 오랜만에 뵙겠군요!"

"죄송하옵니다. 자주 찾아뵈어야 하옵는데 워낙 게으른 몸이라서……."

"허허…… 무슨 말씀을, 뜻하지 않게 큰 도인의 왕림을 받고 보니 오늘은 내게 복이 있는 날인가 보오이다. 그래 도인께서는 공무로 찾아오신 건지 아니면 사무로 찾아오신 건지요? 하하하……."

시주 와현선은 무척 반가워했다. 비월선으로 말하면 높은 학문과 인격으로 신시 정산에서는 가장 존경받는 선인일 뿐 아니라 옥황상제도 그의 깊은 도력(道力)을 흠모하여 옥황궁(玉皇宮)에 자주 초청하는 대선관이다. 물론 대선관이라 하여도 천선계의 무슨 직책이 있는 것이 아니고 오로지 수도에만 몰두하는 특출한 신선이라 항상 숨어서 지내며 어디를 나다니는 성격도 아니다. 시주를 찾은 것은 실로 수십 년 만의 일이다.

"예. 제가 시주를 찾은 것은 공무라고는 말할 수 없으나 또한 사무라고도 말할 수 없는 것이옵니다."

"예? 그건 무슨 말씀이시오?"

"시주, 그럼 내가 찾아온 용건부터 말씀 드릴까요?"

"아니, 뭐 그런 뜻은 아니고 용무가 있다면 그것부터 처리해야 한가로이 곡차라도 한잔 할 수 있는 것이 아니겠소이까?"

"허허…… 그렇긴 하겠구려. 그럼 용건부터 말하오리다. 시주, 혹시 이곳에 귀인이 와 있는 것은 아니시오?"

"예……?"

시주 와현선은 잠시 망설였다. 평허선공은 자신이 이곳에 와 있는 것을 누구에게도 알리고 싶지 않다고 했기 때문에 시주는 난감했다. 시주가 망설이는 것을 보자 비월은 더욱 다그쳐 물었다.

"시주, 내가 한 말이 틀린 것이오이까, 맞는 것이오이까?"

"그게…… 저…… 글쎄."

"시주, 시주가 대답하기 곤란하다면 내가 말하리다. 이곳에 평허선공께서 와 계시지 않소이까?"

"아니! 그걸 어찌 아셨소? 허허……."

시주는 하는 수 없이 비밀을 털어놓았다.

"고맙소. 시주가 인정하니 내 부탁을 하겠소. 평허선공을 만나게 해 줄 수 있겠는지요?"

"글쎄…… 그게…… 내 마음대로 할 수 있는 것이 아니오. 더구나 평허선공께서는 이곳에서 자신의 존재를 비밀로 하고 싶다고 했소이다."

"시주! 그건 이미 비밀이 아니오. 나는 벌써부터 알고 있었던 것이오. 그러니 선공께 말씀 드려 좀 만나게 해 주시오."

시주 와현선은 잠시 생각해 보았다. 일이 이쯤 되었다면 오히려 선공께 보고하는 것이 나을 것 같았다. 이윽고 결심을 하고는 밝게 말했다.

"그럼, 일단 평허선공께 말씀 드려 보겠소이다. 그러나 내일 아침 일찍 말씀 드리리다. 그런데 무슨 일로 선공을 보려 하시는지요? 그리고 선공께서 이곳에 계신 것을 어떻게 알고 있으시오?"

"예. 죄송하오만 내일 선공께서 만나주시겠다면 그 자리에서 모두 밝혀 드리겠소. 그럼 나는 이만 가서 쉴까 하오이다."

"그러하오시지요. 용무가 끝나면 며칠 쉬어 가는 게 어떨는지요?"

"허허…… 고맙소이다."

평허선공의 혼령 출인

정마을에서는 인규가 문밖에 나와 있다가 숙영이가 오는 것을 먼저 발견했다.

“어! 숙영아, 웬일이냐?”

“예. 오빠, 저…… 건영이 오빠가 많이 다치셨다면서요?”

“응, 그래. 신령님께서 또 나타나셔서 구해 주셨어.”

“그랬군요.”

숙영이는 고개를 끄덕이며 속으로 생각해 보았다.

‘건영이 오빠는 참 이상한 분이야. 어떻게 두 번씩이나 신령님의 구원을 받다니…….’

“그럼, 오빠, 지금 용태는 어떠세요?”

“음, 위급한 상황은 지났고 지금은 정양 중이야. 음식은 잘 못 먹고…… 마음의 절대 안정이 필요하대. 들어가도 될까? 지금 잠이 들어 있는데.”

“잠이 들어 있어요? 그럼 그냥 쉬게 놔두세요. 저는 가서 죽이나 끓여 올게요.”

숙영이는 다시 자기 집으로 발길을 돌렸다. 숙영이 집에는 지금 정섭이가 혼자 공부를 하고 있었다. 숙영이는 정섭이를 혼자 두고 큰아버지 집과 건영이 집을 거쳐 다시 집으로 돌아가는 중이었다. 그런데 숙영이는 왠지 심한 불안을 느꼈다. 집 쪽으로 가까이 갈수록 어지러움을 느끼기도 하고 속이 메슥거리기도 하며 다리에 힘이 빠져 걷기가 힘들었다. 숙영이는 잠시 쉬려고 길가에 있는 나무 옆에 기대어 앉았다. 집이 저쪽에 보였다. 갑자기 눈앞이 캄캄해지며 정신을 차릴 수가 없었다. 공포가 엄습해 오며 말소리를 낼 수가 없었다.

"으—음! 어머니……."

숙영이의 목소리는 밖으로 들리지 않았다. 숙영이는 드디어 기절하고 말았다. 숙영이는 기절 상태에서 점점 깊은 꿈속으로 빠져들었다. 숙영이의 꿈은 죽음으로 통하는 길고 긴 동굴처럼 이어져 갔다. 숙영이는 지금 바로 자기 집이 보이는 길가에 쓰러져 아무도 보이지 않는 가운데 죽어가고 있는 것이었다. 그러면서 숙영이는 꿈을 꾸고 있었다.

꿈에는 자기 집 마루에 앉아 있는데, 웬 노인이 찾아왔다. 노인은 인자한 모습인데 얼굴에는 서광이 서려 있고, 눈썹과 머리는 모두 눈[雪]을 뒤집어 쓴 것처럼 하얗다. 노인이 말했다.

"아가야, 너의 집은 여기가 아닌데, 너는 왜 여기 앉아 있니?"

"예? 여기가 우리 집인데요?"

"물론, 여기도 너의 집이지. 그렇지만 여기 말고 진짜 집이 있단다."

"그게 어디예요?"

"잘 생각해 보아라. 너는 공주란다."

"아니에요. 저는 숙영이인데요."

"허허허…… 너는 또한 소정 공주이기도 하지."

"소정 공주요?"

숙영이는 소정이란 말이 낯익게 들렸다.

"그래…… 소정은 내 이름인데…… 그럼 숙영이는 누구지? 아니야, 내가 숙영이야. 그럼 소정은 누구일까?"

"허허…… 아가야, 소정이 바로 숙영이고 숙영이가 바로 소정이야. 아가야, 너는 아버지가 보고 싶지 않니?"

"아버지요? 아버지는 돌아가셨는데요!"

"그건 너의 아버지가 아니란다. 너의 진짜 아버지는 옥소국왕(玉素國王)이야."

숙영이는 꿈속이지만 옥소국왕의 모습이 얼핏 느껴졌다.

"아버지……."

"그래그래. 너의 아버지는 옥소국 왕이야. 생각이 나니?"

"아니에요. 우리 아버지는 남씨이고 얼마 전 산 속에서 죽었어요."

"허어. 그 사람은 너의 본디 아버지가 아니야."

"모르겠어요. 아버지……."

"아가야, 나를 따라오지 않으련?"

"왜요? 당신은 누군데요?"

"허어, 나를 모른다고? 나는 평허선공이야."

"예? 평허선공…… 그래요. 당신이 바로 평허선공이에요. 그림으로 보았던 것 같은데……."

"그래그래. 나를 따라오너라."

"왜요?"

"나를 따라오면 아버지를 만날 수 있어."

"아버지요? 옥소국왕? 남씨? 누가 제 아버지인데요?"

"글쎄, 와보면 알아. 함께 가지 않으련?"

"그래요. 아버지를 만나게 해 준다면 따라가겠어요."

"그래그래. 어서 가자."

"선공님, 잠시 기다리세요. 옷을 갈아입고 올게요."

"아니다. 옷은 그대로 좋다."

"싫어요. 예쁜 옷으로 입고 갈래요."

"그래. 그럼 빨리 옷을 갈아입고 나오너라."

숙영이는 집으로 들어갔다. 꿈속의 집에는 아무도 없었다. 숙영이 어머니는 외출 중이었다. 숙영이는 예쁜 옷을 찾아 입고 다시 마루로 나왔다. 숙영이가 꿈속에서 옷을 갈아입고 마루로 나온 시간에 건영이 집에서는 건영이가 마침 잠에서 깼다.

"잘 잤니?"

"내가 오래 잤구나!"

"오래 자는 게 좋지. 자는 게 몸과 마음을 안정하는데 제일 좋을 거야. 배고프지 않니?"

"응. 배가 좀 고픈데……."

"조금 기다려. 숙영이가 죽을 끓여 온다고 했어."

"뭐? 숙영이?"

건영이는 벌떡 일어나 앉았다.

"그래. 조금 전에 숙영이가 다녀갔어."

"내가 잘 때? 그럼 깨워야지."

"뭐. 다시 올 텐데. 숙영이가 깨우지 말라고 했어."

"그래도 깨워야지. 넌 왜 그러니?"

"하하하…… 내 참, 염려 말아. 곧 올 테니까."

건영이는 몹시 아쉬워했다.

"내가 너무 깊이 잠들어 있었구나."

그러고는 마음속으로 숙영이를 생각하며 들리지 않게 불러 보았다.

'숙영이…….'

이때 숙영이는 아직도 꿈속에서 헤매고 있었다. 그런데 숙영이는 꿈에서 건영이 생각이 떠올랐다.

'오빠…….'

숙영이는 건영이를 떠올리고는 평허선공에게 말을 건넸다.

"할아버지, 옥소국이 여기서 먼가요?"

"좀 먼 편이지. 그러나 걱정하지 말아라. 내가 데리고 가면 금방 갈 수 있단다."

"그래도 오래 걸리겠지요?"

"그럴 테지."

"그럼 오빠한테 인사나 하고 가야겠어요. ……그리고 어머니한테도."

"뭐. 금방 올 텐데. 더구나 어머니가 알면 못 가게 할 거야. 지금 어머니는 너의 진짜 아버지인 옥소국 왕을 좋아 안 해."

"그래요? 그럼 오빠한테만 인사하고 갈게요."

"오빠라니? 넌 오빠가 없잖니?"

"아니에요. 건영이란 오빠가 있어요."

"얘야, 그냥 가자. 오빠도 너를 못 가게 할 거야."

"그렇지 않아요. 오빠는 저를 보내줄 거예요."

"허어. 오빠가 너를 좋아하기 때문에 못 가게 할 텐데."

"그래도 오빠를 보아야 해요."

꿈속의 선공은 화가 났다.

"얘야, 안 된다면 안 돼! 네가 그렇게 고집 피우면 내가 강제로 데려갈 수밖에."

선공은 숙영이를 잡으려 했다. 숙영이는 슬쩍 피했다. 그러고는 도망가기 시작했다.

"허어, 이 녀석 도망 가 보아야 소용없어. 내 손을 벗어날 수는 없지!"

숙영이는 도망가다 돌아서서 얘기했다.

"할아버지, 그렇게 강제로 데려가려고 하면 전 아주 도망가 버릴 거예요. 할아버지가 가만 있으면 오빠 만나고 다시 올게요."

선공은 이 말에 잠시 망설였다. 숙영이는 뒤도 안 돌아보고 도망가기 시작했다. 그러나 숙영이가 도망해 보았자, 꿈속에서의 일이었다. 꿈이 잡히는 것으로 되면 잡히는 것이었다. 이것은 오직 마음의 문제인 것이었다. 숙영의 의지, 누구에게든. 꺾이지 않는 의지, 그리고 건영이게로 향한 마음, 이런 것들이 꿈속의 운명을 정하는 것이었다.

그런데 지금 꿈속의 운명은 곧 현실의 운명을 결정하는 것이었다. 꿈속에서 선공을 따라가면 현실세계에선 즉 죽음을 뜻했다. 그러므로 살기 위해선 숙영이는 멀리 멀리 도망가야만 했다. 아예, 잠에서 깨어나면 가장 안전하게 도망 나오는 것이지만…….

이 시간, 현실 세계에선 숙영이의 방 안에서 공부를 끝낸 정섭이가 투덜거리고 있었다.

"아이 참, 누나는 지금 어딜 간 거야? 공부는 벌써 끝났는데……."

정섭이는 기다릴까 하다가 나서서 찾아보기로 했다. 기다리는 것은 원래 정섭이 체질에는 맞지 않는다. 정섭이는 일어나 누나를 찾으러 나왔다. 그러나 오래 찾을 것도 없었다. 싸리문을 나서자 바로 쓰러져 있는 누나가 보였다.

"엇, 누나!"

정섭이는 급히 달려와 누나를 일으켜 보았다. 누나는 기절해 있었다.

"누나, 누나!"

정섭이는 몇 차례 불러보고는 안 되겠다 싶어 한쪽으로 겨우 끌어서 머리를 편히 높게 하고는 방에서 담요를 내와서 깔았다. 그 위에 누나를 끌어다 놓고는 다시 춥지 않도록 단단히 덮었다. 그러고는 박씨 아저씨를 찾으러 줄달음쳤다.

아저씨를 찾는 것은 어렵지 않다. 집에 가보고 없으면 강가로 가면 되었다. 정섭이는 벌써 집을 거쳐 강가로 달리기 시작했다.

이때 꿈속의 숙영이도 강가로 도망가는 중이었다. 아마 생시의 정섭이의 행동이 꿈속의 숙영이를 도와준 것은 아닐까? 숙영이는 꿈속에서도 도망가는 제일 좋은 방법이 강을 건너는 것으로 생각하고 강가로 도망가고 있는 중이었다. 정섭이도 누나를 구하기 위해 강가로 있는 힘을 다해 달렸다. 저쪽에 임씨가 보였다. 임씨는 강 쪽으로 가고 있는 중이었다.

"아저씨!"

정섭이는 임씨를 소리쳐 부르고는 급히 얘기했다.

"아저씨, 누나가 쓰러졌어요. 빨리 가보세요. 아무도 없어요. 저는 우리 아저씨 부르러 강에 가는 중이에요."

정섭이는 임씨의 대답을 기다리지 않고 벌써 강가로 달려가고 있었다. 임씨는 잠시 생각해 보고는 사태를 깨닫고는 반대 방향으로 달렸다. 임씨가 숙영이 집 앞에 도착하자 집 가까이에 숙영이가 쓰러져 있는 것이 보였다. 숙영이는 마치 방 안에 누워 있는 것처럼 담요 속에 편히 누워 있었다.

"숙영아!"

임씨는 불러보고 흔들어보고 나서는 방으로 옮겼다. 그러고는 다시 흔들어보고는 물을 먹여 보았다. 그래도 깨어나지 않자, 임씨는 방을 나와 숙영이 어머니를 찾으러 나섰다. 숙영이 어머니는 임씨 집에 있다가 숙영이 소식을 듣고 집으로 급히 달려왔다.

임씨는 다시 그 길로 남씨 집으로 갔다. 임씨는 오늘 남씨의 부탁으로 산삼을 가지고 읍내로 나가려던 중이었다. 임씨가 남씨 집에 도착하자 마침 나오려던 남씨를 만났다.

"형님, 큰일 났어요!"

"뭐?"

"숙영이가 쓰러졌어요."

"뭐라고? 그럼 빨리 촌장님한테 알려야지."

"예, 그래서 정섭이가 박씨 찾으러 갔어요. 곧 올 거예요."

"그래? 그럼 우린 빨리 가보자."

박씨를 찾으러 간 정섭이는 강가에 도착했으나 박씨는 나루터에 없었다. 정섭이는 강 상류 쪽으로 찾아보았다. 저쪽 끝에 가물가물하게 사람처럼 보이는 물체가 있었다. 정섭이는 그쪽을 향해 달려갔다.

건영이는 방에서 숙영이 오기만 기다리다, 시간이 한참 지나자 조급한 마음이 났다.

"인규야, 숙영이가 왜 늦지?"

"오겠지 뭐! 급하기는……."

"아니야, 내가 자는 줄 알고 안 오는가 봐. 처음에 왔을 때 나를 깨우는 게 좋았을 텐데."

"어허 사람도…… 아니 죽을 끓이려면 시간이 걸리는 게 아니겠어?"

"아냐, 시간이 너무 걸려. 나 죽 안 먹어도 좋으니 가서 숙영이 좀 데려와 줘!"

"아 글쎄, 기다리면 곧 온다니까!"

"인규야, 그러지 말고 좀 다녀와. 죽을 끓였어도 네가 좀 들어주면 좋잖아? 정 안 가겠다면 내가 가볼래."

건영이는 자리에서 일어나려 했다. 인규는 하는 수 없이 숙영이를 찾아가 보기로 했다.

"알았다. 알았어, 내가 가서 공주님을 모셔오지. 안 오겠다면 강제로 끌고라도 올 테니 걱정 말고 자리에 그냥 누워 있어라. 금방 갔다 올게."

인규는 빠른 걸음으로 숙영이 집에 도착했다. 숙영이 집은 공기가 심상치 않았다.

"아니, 무슨 일이 있어요?"

"음, 숙영이가 병이 났나 보다."

남씨가 걱정스레 대답했다. 숙영이 얼굴은 핏기가 없었고 창백했다. 숨을 몰아쉬고 있었고, 가끔씩 괴로운 신음 같은 말을 내뱉었다. 마을 사람들은 속수무책으로 박씨가 나타나기만 기다렸다. 박씨가 나타나야만 촌장을 만날 수가 있는 것이었다. 마을 사람들은 지금 촌장이 떠나간 줄도 모르고 박씨가 숙영이를 데리고 가면 촌장이 고쳐주겠지 하고 기대하면서 초조하게 박씨를 기다렸다.

인규는 한참 동안이나 망설이다가 건영이에게로 돌아왔다. 인규가 혼자 돌아오자 건영이는 다급하게 물었다.

"왜 혼자 오는 거야? 숙영이는?"

"……응. 숙영이는 몸이 좀 불편해서 못 온데."

"뭐? 몸이 아프다고? 그럼 내가 가보아야지."

건영이는 일어나서 옷을 입었다.

"안 돼! 숙영이는 나중에 온다고 했어. 가보면 안 돼. 건영이 네 몸으로 지금 걸으면 몹시 위험해."

"아냐. 난 아프지 않아. 숙영이가 아프다면 가보아야 돼."

인규는 속으로 생각해 보았다.

'숙영이의 모습을 건영이가 보면 충격을 받을 것이 틀림없다. 그런데 못 가게 해도 가만히 있을 건영이가 아니지.'

인규는 어떻게 할까 머뭇거리는데 박씨가 나타났다. 박씨는 정섭이 말을 듣고 혼자서 먼저 달려온 것이었다.

"건영이, 몸은 좀 어떤가?"

"예. 이젠 괜찮을 것 같아요. 그래서 바람 좀 쏘이러 나가려던 중이었어요."

"그래? 나랑 같이 숙영이한테 가보자."

"예? 숙영이요?"

"저도 거길 가보려고 했는데…… 숙영이가 아프데요!"

"음, 빨리 가보아야 할 것 같아. 그리고 건영이 내 말을 잘 들어라. 숙영이 때문에 놀라서는 안 돼. 숙영이는 너만이 구할 수 있다. 이건 촌장님이 내게 한 말이야. 자, 자. 내 등에 업혀라."

"예? 제가 숙영이를 구할 수 있다고요?"

"그래. 아무튼 빨리 가보자."

건영이를 업은 박씨는 단숨에 달려 순식간에 숙영이 집에 도착했다. 모두들 나와서 박씨를 맞이했다. 마을 사람들은 박씨가 건영이를 업고 나타난 것을 의아스럽게 생각하자 박씨가 먼저 남씨에게 설명했다.

"형님, 촌장님의 지시예요. 숙영이는 건영이만이 구할 수 있다고 했어요."

"그래? 그럼 빨리 들어가 보아라."

건영이는 영문도 모르고 숙영이가 누워 있는 옆에 앉았다. 어떻게 해야 하는 줄을 전혀 알 길이 없었다. 박씨가 다시 설명했다.

"건영아, 숙영이는 그냥 깊은 잠에 빠져 있는 것이니 네가 깨우면 되는 거야!"

이 말에 건영이는 숙영이의 손을 잡고는 가만히 불러보았다.

"숙영아, 숙영아!"

옆에서 보는 사람도 애처로웠다. 숙영이 어머니는 계속 눈물만 흘리고 있었다. 꿈속에서 숙영이는 나루터에 도착했는데, 배는 있으나 사공이 없으니 소용이 없었으므로 강 상류 쪽으로 무작정 달리고 있었다. 저 멀리에는 평허선공이 천천히 걸어오는데 거리는 계속 좁혀졌다.

이때 어디선가 부르는 소리가 있었다. 건영이 목소리였다. 숙영이는 서서 두리번거리며 건영이를 찾아보았다. 다시 부르는 소리가 들렸다.

"숙영아!"

숙영이는 건영이를 찾으려고 필사적이었으나 모습은 보이지 않았다. 대답을 해 보려고 애를 썼으나 목소리가 나오지 않았다.

"숙영아!"

또다시 건영이 목소리가 들렸다. 숙영이는 숨을 깊게 들이마셨다. 그러고는 힘껏 불러보았다.

"오빠!"

그러나 입 밖으로 소리는 나오지 않았다. 이번에는 건영이가 부르는 소리가 들렸다.

"숙영아!"

숙영이는 다시 힘을 들여 소리를 질렀다.

"오빠!"

드디어 목소리는 입 밖으로 나오고 그 소리는 건영이도 들었다. 건영이는 숙영이의 손을 힘 있게 잡고는 차분하게 불러 보았다.

"숙영아."

숙영이는 대답했다.

"오빠!"

동시에 숙영이는 깨어났다. 이로써 숙영이는 절대 절명의 위기를 넘기고, 건영이는 다시 한 번 자기가 사랑하는 숙영이의 목숨을 건지게 된 것이었다.

마을 사람들은 함성을 질렀다. 그러고는 숙영이와 건영이를 번갈아 보았다. 건영이는 긴장을 한 탓인지 얼굴에 땀을 가득 뒤집어쓰고 있었다. 몹시 힘이 든 것 같았다. 건영이는 숙영이의 손을 꼭 잡고 숙영이를 불렀다.

"숙영아."

건영이는 이 말을 하고는 울컥하고 피를 토했다. 그러고는 의식을 잃었다.

"오빠!"

숙영이는 애처롭게 소리를 질렀으나 건영이는 깨어나지 못했다. 박씨는 건영이를 업고 급히 숙영이 집을 나왔다. 그러고는 촌장의 집으로 달려갔다. 촌장은 집에 없었으나 박씨로서는 생각이 있었다. 촌장의 방에 도착한 박씨는 이내 환약 하나를 꺼내서 건영이 입에 넣었다. 건영이는 잠시 후 의식을 회복했다.

"건영아, 정신이 드니?"

"예, 아저씨 여긴 어디예요?"

"음. 여긴 촌장님 방이지."

"예? 촌장님은요? 숙영이는요?"

"촌장님은 안 계셔…… 숙영이는 이제 회복됐다. 이젠 너만 회복하면 다 되는 거야."

건영이는 창백한 얼굴에도 밝은 미소가 서렸다.

"아저씨, 전 괜찮아요."

"그래, 다행이다."

박씨도 밝게 웃었다. 건영이와 박씨 그리고 인규 세 사람은 편안한 마음이 되어 한가하게 둘러앉았다.

"아저씨, 도대체 어찌 된 거예요? 촌장님 방에 이렇게 들어와도 되는 거예요?"

인규가 이렇게 묻자 박씨는 웃으며 그간의 사정을 설명하기 시작했다.

평허선공, 멸진정(滅盡定)에 들다

신시(神市) 정산(晶山)의 정실(靜室)에서는 평허선공(平虛仙公)이 막 명상에서 깨어났다. 선공은 속으로 생각했다.

'음…… 참으로 기이하군. 숙영이가 나의 흡인을 물리칠 수가 있다니, 대단해…… 숙영이와 건영이의 인연의 줄이 그렇게 강하다면 더욱 독한 방법을 쓸 수밖에. 먼저 건영이부터 처치해야겠군. 이번에는 절대 벗어날 수 없을 것이다. 아예 건영이의 영혼마저 부숴버려야겠군?'

선공은 독한 마음을 먹고 조용히 눈을 감았다. 선공은 순식간에 깊은 명상에 도달했고, 서서히 기운이 발출되기 시작했다. 이 기운은 우주 자체에 내장되어 있는 근원의 기운으로서 이것이 일단 발동되면 이 세계의 어떤 힘보다 강한 것이었다. 이것을 막을 힘은 우주에 없는 것이었다.

선공은 이 기운을 극대화시키기 위해 자신의 영혼을 우주와 합일시키고 기운의 집결을 잠시 기다렸다. 이제 기운은 극한상태에 도달했다.

선공은 이 기운을 파괴적인 힘으로 전환시켰다. 기운은 혼돈스럽게 요동했다. 이 힘을 저 멀리 떨어진 세계에 있는 건영이란 약한 영혼을 향해 조준했다. 이제 최후의 순간이 왔다. 선공은 다시 한 번 마음을 평정시키고는 최후의 의지를 작동시켰다.

이때 이와 동시에 선공의 깊은 의식 속에는 극히 미세한 신호가 포착되었다.

선공은 즉시 의지를 멈추고 신호를 증폭했다. 신호는 가까이에서 발출된 것이고 그것은 자기를 향해 오는 것이었다. 선공은 명상에서 깨어났다. 눈을 뜨고 자리에서 일어나 정실 문을 열고 밖으로 나왔다.

잠시 후 바깥문을 두드리는 소리가 들렸다. 선공이 기척을 하자 문이 열리고 정산의 시주 와현선이 들어왔다. 시주는 선공을 보자 즉시 무릎을 땅에 대고 두 손을 모아 인사를 했다.

"선공님, 소란을 피워 죄송하옵니다. 방해는 안 되었사온지요?"

선공은 대답 대신 사나운 음성으로 힐문을 던졌다.

"그래, 무슨 일인가? 조용히 있겠다고 했는데."

"예. 죄송스럽사옵니다. 실은 누가 찾아왔기 때문에."

"뭐라고? 누가 나를 찾아왔단 말이지?"

"예. 그렇사옵니다."

"아니, 그럴 리가 있나? 내가 이곳에 있는 것을 어찌 알고 누가 찾아왔단 말인가?"

"저도 모르겠사옵니다."

"자네가 실수한 것은 아닌가?"

"아니옵니다. 저는 선공님이 이곳에 계시다는 생각 그 자체를 잊어버리고 지냈사옵니다."

"그런가? 그런데도 누가 나를 찾아왔단 말이지? 정확히 나를 찾던가?"

"예. 그렇사옵니다."

"그래. 무슨 일이라든가?"

"예. 그것도 잘 모르겠사옵니다."

"아니, 이 사람아. 찾아온 이유도 모른단 말인가? 자넨 그자에게 묻지도 않았나?"

"한사코 대답하지 않았사옵니다. 선공님을 직접 뵙고 말씀드리겠다고 했사옵니다."

"어허, 어처구니없는 일이군. 참으로 방자한 일이야. 그래, 그 자는 도대체 누구인가?"

"예. 선공님도 잘 아시는 인물이옵니다. 워낙 신망 있는 사람이기에 저도 이렇게 선공님께 보고 드린 것이옵니다. 그 사람은 비월선(扉月仙)이옵니다."

"허허허……."

선공은 잠시 웃는 모습을 보였다.

"비월이 나를 찾는단 말이지? 그 사람이 나를 찾는다면 중요한 이유가 있겠지. 워낙 착한 사람이니. 좋아, 비월을 만나겠네. 가서 데려오게."

"감사하옵니다."

시주 와현선은 밖으로 나갔다. 평허선공은 생각해 보았다.

'참으로 알 수가 없군! 도대체 이런 일은 또 어째서 있을 수 있는가? 비월 같은 사람이 어떻게 내가 이곳에 온 것을 알 수 있단 말인가? 연진인조차 알 수가 없을 텐데…… 설혹 그분이 안다 하더라도 아직 사람을 보낼 시간이 안 되었는데.'

평허선공은 마음이 심란했다.

'내가 이곳에 오는 중에 발각 난 것일까? 그럴 리가 없지. 나의 명행보(冥行步)를 간파할 자는 이 정산에서는 없을 텐데. 그렇다면…… 그 전에 내가 이곳으로 향하는 것을 누가 알고 연진인께 보고한 것일까? 그렇다면 더욱 말이 안 된다. 비월이 연진인의 명을 받고 온다 하더라도 이곳에 오려면 일 년은 걸릴 것이다. 그렇다면 도대체 무엇이란 말인가?'

평허의 생각은 끝없이 깊게 진행되어 무엇이든 있을 수 있는 생각을 해보았으나 마땅한 답이 나오지 않았다. 이윽고 비월이 나타났다.

"선공님을 뵈옵니다."

비월선은 정중하게 인사를 올렸다.

"음, 어서 오게. 나를 찾아왔다고?"

"예. 그렇사옵니다."

"허허허……."

선공은 웃었다.

"그래. 무슨 일인가? 그리고 내가 이곳에 있는 것을 어찌 알았나?"

"예. 그것은 연진인께서 알려주셨사옵니다."

"뭣이?"

선공은 적이 놀랐다. 잠시 평정이 무너졌다가 다시 안정이 되었다. 이제 선공은 무심한 마음이 되었다. 무엇인가 자신이 모르는 자연의 섭리가 작용하는 것을 느꼈기 때문에 경건하게 그것을 받아들일 자세를 갖춘 것이었다. 선공은 차분하고 자비로운 표정으로 얘기했다.

"그래, 무슨 일인지 자세히 얘기해 보게."

"예. 실은 이십여 년 전에 연진인께서 이곳에 다녀가셨사옵니다."

이 말에는 시주 와현선이 놀랐다.

"아니, 그럴 수가……? 이거 큰 죄를 지었군, 연진인께서 다녀가셨는데 내가 모르고 있었다니!"

선공은 고개를 끄덕였다. 그럴 수 있는 일이었다.

"그런가? 그래 연진인께서 이십 년 전에 이곳에 와서 자네를 만났단 말이지?"

"그렇사옵니다."

"무슨 분부가 계셨나?"

"예. 연진인께서 앞으로 이곳에 평허선공이 나타나는 날을 제게 알려주시면서 명을 내렸사옵니다."

"음…… 그게 무언가?"

"예. 연진인께서는 평허선공님을 체포하라 하셨사옵니다."

"허허허……"

평허선공은 기가 찰 노릇이었다. 이십여 년 전이라면 자신은 옥성국에서 아무 일 없이 지낼 때가 아닌가? 그 당시 자신은 이 세계에 있는 정산에 올 생각도 안 했고 올 일도 없었다.

평허는 냉정을 찾았다. 이제 와서 복잡하게 생각할 필요가 없었다. 연진인이라면 당연히 할 수 있는 일이었다. 자신이 부족해서 그런 일을 생각하지 못한 것뿐이지. 평허는 속으로 자신의 게으름을 나무랐다.

'음…… 더욱더 열심히 공부를 해야겠구나.'

선공은 깊은 생각 속에서 새로운 각오를 다지고는 현실로 돌아왔다.

"연진인께서 나를 체포하라고 자네를 미리 파견해 두었단 말이지! 그뿐인가?"

"예. 그렇사옵니다."

"허허허…… 그렇다면 연진인께서 실수를 하셨군. 자네가 나를 어떻게 체포할 수 있단 말인가? 나는 이미 연진인의 명을 어기고 압송관에게 모욕을 주었을 뿐만 아니라 그를 퇴치해 버렸네. 자넨 도대체 어떻게 나를 체포할 수 있단 말인가? 허허허……."

평허는 재미있다는 듯이 비월을 바라보면서 다시 말을 걸었다.

"어떤가? 내 말이 틀리나? 연진인께서 자네를 보냈다면 그것은 분명 실수야."

"그렇지 않사옵니다."

비월의 이 말은 너무나 확신에 차 있었고, 그 냉정함은 온 세계를 얼려버릴 것 같은 기상이 있었다. 옆에서 보는 시주는 아연 긴장하지 않을 수 없었다. 감히 평허선공의 말을 이토록 냉정하게 부정할 수 있단 말인가? 평허선공의 음성이 다소 냉정해졌다.

"그렇다면 자넨 나를 체포할 방법이 있다는 것인가?"

비월은 지지 않고 답변했다.

"선공님께옵서 연진인의 명을 따르느냐 따르지 않느냐는 저로서는 알 바 없사옵니다. 하지만 저는 단지 연진인의 명을 선공님께 전하라는 명만 받았사옵니다."

"허어, 그런가? 그렇다면 자넨 이미 그 어른의 명을 받들어 수행한 것이니 책임은 끝난 것이구먼. 그러나……."

평허선공은 속으로 생각해 보면서 잠시 침묵을 했다. 짧은 침묵이었지만 길게만 느껴졌다. 이윽고 선공은 생각을 정리한 듯 천천히 그리고 조용히 얘기했다.

"나는 연진인의 명을 따를 생각이 없네! 자네들은 이제 돌아가게!"

선공은 할 얘기를 다 했다는 듯이 시주와 비월을 내보내려 했다.

"그럴 수는 없사옵니다!"

비월의 결연한 음성이 들려왔다. 앞에서 듣는 시주는 숨이 막힐 지경이었다. 온 세상의 시간이 정지된 것처럼 느껴졌다. 선공은 미동도 않은 채 비월의 다음 말을 기다렸다. 그러나 선공의 얼굴을 누군가 자세히 보았다면 한 순간 미소가 일어났다가 감추어진 것을 알았을 것이다. 비월의 음성이 재차 들려왔다.

"선공님은 지금 연진인의 명을 받들지 않겠다고 하셨습니다. 이럴 경우를 대비해서 연진인께서 제게 다른 명을 내리셨사옵니다."

"음, 다른 분부가 계셨다고? 그것이 무엇인가?"

"예. 바로 이것이옵니다."

비월은 품속에서 족자 하나를 꺼내 선공에게 내밀었다. 옆에서 시주 와현선이 받아서 선공에게 전달해 주었다. 평허선공은 조심스럽게 족자를 펴보았다. 그리고 한참 동안 살펴보았다. 이내 평허선공의 얼굴에 밝은 웃음이 깃들였다. 평허선공은 고개를 끄덕였다.

"그렇군. 비월, 자네 수고했네. 나는 이 길로 즉시 연진인께 돌아가 자수하겠네. 허허허……."

밝은 표정이 된 선공은 자리를 떠나려 했다. 이때 비월이 다급히 선공을 불렀다.

"선공님, 잠시만……."

"음, 또 무엇인가?"

"아니옵니다. 저…… 그 족자는 제게 돌려주시옵소서."

"허어, 이것 말인가? 그래그래. 이것은 자네 것이지!"

평허선공은 손을 내밀어 족자를 비월에게 주었다. 비월은 무릎을 꿇고 두 손으로 조심스레 족자를 받아 품속에 간직했다.

"자. 나는 이만 떠나려네. 시주, 자네도 수고가 많았네. 훗날 보상을 하겠네."

이 말에 시주 와현선은 황급히 무릎을 꿇고 인사를 했다.

"선공님, 보상이라는 말씀은 당치 않사옵니다. 저는 선공님을 조용히 모시려 했는데, 뜻대로 되지 않아 죄송스럽기만 하옵니다."

선공은 고개를 끄덕였다. 그리고 선공의 주변에 안개가 서리는 듯하더니 선공은 사라졌다. 선공이 사라지자 시주와 비월은 잠시 말없이 그 자리에 서 있었다. 시주 와현선이 먼저 말을 걸었다.

"비월! 큰일을 하셨구려! 그런데 그 족자는 무엇이오?"

비월은 빙긋이 웃었다.

"이것이 보고 싶소?"

시주 와현선이 웃음으로 청원하자 비월은 족자를 건네주었다. 족자에는 다음과 같은 글이 적혀 있었다.

사람은 덕(德)을 따르고
덕은 진(眞)을 따르고
진은 명(命)을 따른다.

그리고 글의 마지막에는 이 글을 쓴 날짜와 연진인의 서명이 들어 있었다. 시주 와현선은 글을 읽고 음미하더니 두 손으로 족자를 받들고는 서쪽을 향해 무릎을 꿇고 잠시 고개를 숙였다. 시주 와현선은 일어나서 족자를 다시 비월에게 돌려주더니 경건하게 말했다.

"비월선께서는 큰 보물을 얻으셨군요!"

비월도 자랑스럽게 고개를 끄덕였다.

"자, 그럼! 우리도 일을 시작합시다."

"예? 일이라니요?"

"허어, 시주! 나에게 곡차를 하자고 하시지 않으셨소?"

"허허허…… 그렇군요."

두 사람은 웃으며 사라졌다.

평허선공은 신시 정산을 나서자 신족(神足)의 강기를 최대로 운행했다. 십여 일이 지나자 벌써 남선부 어귀에 도착했다.

선공은 조용한 곳을 찾아 정좌하고 일단 명상에 들어섰다. 마음을 우주의 근원과 합일하여 우주의 뜻과 자신의 뜻을 하나로 합치시켰다. 선공의 몸에는 상서로운 기운이 가득 차고 주위에는 무지갯빛 서광이 안개처럼 감싸고돌았다.

선공은 명상 중에 수많은 세계를 보았다. 그 많은 세계는 저마다의 운행을 계속했다. 생겼다 사라지고 다시 생기고…… 그러나 이곳저곳의 세계에는 생각지 못할 혼돈이 수없이 일어나고 있었다.

'음…… 이 많은 혼돈은 무엇이란 말인가?'

선공은 명상에서 깨어나 한숨을 쉬었다.

'나로서는 이러한 것을 결국 알 수가 없단 말인가? 나의 모든 운명이 끝나는 한이 있더라도 이 일의 근원을 알고 싶었는데……'

선공은 체념했다. 모든 것은 끝이 난 것이었다. 자신의 힘으로는 천명이 한없이 어긋나는 혼돈을 깨달을 수가 없었다.

'이제 재판을 받게 된다. 결말은 뻔한 것이야. 연진인의 명을 어기고 도주했으니 그보다 더 큰 죄가 어디 있단 말인가? 억만 년 동안 쌓았던 선공도 이젠 물거품처럼 사라질 것이다.'

그러나 선공은 번민은 없었다. 자신의 운명은 이미 연진인에게 맡겨진 것이었다. 선공은 세상의 모든 것을 잊었다. 지금부터 자신의 존재는 임시적 존재인 것이었다. 어떤 것에도 미련을 갖지 않았다. 아무런 기대도 없었다.

선공은 일어나서 천천히 남선부의 관문을 향했다. 평허가 관문에 도달하자 총관(總官)인 분일(汖一)이 정중히 맞이했다.

"선공께 인사 올리옵니다."

분일은 현재 남선부의 대선관의 업무를 대행하고 있었다.

"음……."

평허는 간단히 응대하고는 대선관의 안부를 물었다.

"소지(疏止)는 잘 있는가?"

"예. 죄송하옵니다만 대선관 소지는 지금 근신 중이므로 제가 대신 모시러 나온 것이옵니다."

"응? 근신 중이라고?"

"예. 성유선(惺幽仙)에 대한 감독 소홀로 연진인께서 벌을 내리셨사옵니다."

성유선은 대선관 몰래 평허선공의 밀명(密命)을 수행하다가 연진인의 벌을 받고 있는 것인데, 선공으로서는 금시초문이었다.

"허허허…… 미안하구먼. 나 때문에 벌을 받다니…… 그래 성유는 어찌 됐는가?"

"예. 성유선은 선적을 박탈당하고 염라부에서 천 년간의 벌을 받고 있는 중이옵니다."

"그것 참 안됐군. 모든 것이 다 내 불찰이야."

분일은 어쩔 줄 모르고 그저 숨을 죽이고 있었다. 평허는 잠시 지난 일을 생각하더니 다시 물었다.

"연진인께서는 어디 계신가?"

"연진인께서는 현재 출타 중이시옵니다."

"출타 중이시라고? 내게 무슨 분부가 없었나?"

"예. 다른 분부는 없었고, 단지 태상정(太上亭)에서 기다리시라고만 하셨사옵니다."

"음. 알았네. 나는 태상정에 가 있겠네. 안내는 필요 없고 일체 사람을 접근시키지 말게."

"예. 분부대로 하겠사옵니다."

분일은 물러가고 평허는 태상정으로 향했다. 태상정이 있는 운지(雲池)는 한없이 고요했다. 평허는 태상정에 도착하자 즉시 멸진정(滅盡定)에 들어갔다. 연진인이 아니면 이제 평허를 명상에서 깨어나게 할 수 있는 자는 아무도 없었다. 평허의 명상은 주변의 시간의 흐름마저도 정지시켰다.

— 2권에 계속 —

인지
본사
소유

대하소설 주역 ①

1판 1쇄 인쇄 1994년 11월 30일
1판 1쇄 발행 1994년 12월 10일
2판 1쇄 발행 1998년 12월 20일
3판 5쇄 발행 2024년 02월 20일

지 은 이 김승호
편집주간 장상태
책임편집 김원석
디 자 인 정은영

펴낸이 김영길
펴낸곳 도서출판 선영사
주 소 서울시 마포구 서교동 485-14 영진상가 지층
TEL (02)338-8231~2 FAX (02)338-8233
E-mail sunyoungsa@hanmail.net

등 록 1983년 6월 29일 (제02-01-51호)

ISBN 978-89-7558-201-1 03810